虎嘯龍吟

朱貞木

近代武俠經典復刻版

朱貞木——著

上

劍氣騰霄

目錄

第一章　劍氣騰霄

古人說，北方風氣剛勁，所以燕趙多悲歌慷慨之士。這話誠然不錯，但是山川鐘毓，何地無才？也不能一概而論。就舉在下的故鄉，號稱人物文秀的浙江來說，從古到今，所謂武健豪俠一流的人物，著實出了不少。

時代久遠，見於記載的，且不必浪費筆墨人云亦云。我說的是清代咸豐年間的時候，正值太平天國縱橫之際，戰爭連年，人物蔚起，也不知造就了多少俊傑，不知埋沒了幾許英雄。恰恰這時節，浙江紹興府諸暨縣，出了一個包立身，居然就憑一個鄉僻農夫，把太平天國一支精銳軍隊，殺得七零八落，因此震動一時。甚至深居九重的咸豐皇帝，也肅然起敬，頒賜了一件不痛不癢的黃馬褂，你道奇不奇？

這一樁故事，已經散見於各家筆記，可是記載得未見十分確實，現在姑且不提。單說包立身震動一時的時候，距諸暨大約百餘里路，有一個山陰縣屬的小小村落，叫做劍灶，卻也出了一個肝膽磊落的草莽英雄。原來這劍灶村，四面峰巒環抱，景物清幽，也是山陰道上名勝的一小部分。古老相傳，當年吳越爭霸時代的越國，即在此地鑄成干將、莫邪兩把千古聞名的寶劍。到現在村南的金雞山，村北的玉虯山，上面尚有兩劍火的遺址，所以這個地方，叫做劍灶。那金雞、玉虯兩座山，遙遙對峙，中間相距約有十餘里遠。後人又把玉虯山那一面的村落，叫做上灶；金雞山這一面的村落，叫做下灶。下灶近水，直達縣城，上灶重山疊嶺，可通道平水、諸暨等處。

在洪楊以前，下灶村內也有百餘戶人家，大半是農夫樵子，也有幾個打獵為生，倒是風俗淳樸，別有桃源。但是這幾百戶土牆茅舍中，偏有一個姓吳的書香世第縉紳人家。這家房子，門牆高峻，背山面水，正在村口。凡從山陰城內到下灶去的，不論水道、旱道，都要經過這吳家門口，地形上宛然是全村鎖鑰。並因為是村中獨無僅有的一個巨宅，又是纘紳門第，所以村中一舉一動，也唯這吳家馬首是瞻。作者與這吳家誼屬姻戚，曾經看過他們的家譜，知道自明末避亂於此，歷世科甲連綿，文風不絕。

嘉道年間，有一位吳楨，字幹侯，從兩榜出身，歷任雲南繁劇各州縣。那時雲南各府，苗匪猖獗異常，偏又到處高山密箐，民情凶悍，差不多林深山險的地方，都有嘯聚的劇盜。且地屬邊疆，奇風異俗，號稱難治。虧得這位吳幹侯雖然是個七品縣官，才具著實開展，他所到的地方，撫緝得宜，頗有政聲，上方也十分器重。不到幾年，就保升臨安府知府，這時他正四十九歲。膝下一男一女。男名壯猷，字蘊之，年十七，已青一衿；女名娟娟，少兄二歲，待字閨中。因為雲南遙遙萬里，不便挈眷，就命兄妹二人仍在家中侍奉母親，專心攻讀，任上只帶了一名收房婢女，同幾個貼身親隨。

升任臨安府這一年的秋天，恰值浙江鄉試，接到壯猷平安家報，知道壯猷中了舉人，而且高中在十名以前。信內還說來年初夏，是他老人家的五十大壽，母親的意思，定要挈帶兄妹，到雲南來奉觀祝壽。預定來年正月底動身，到雲南省的時候，請他派人去接。榦侯接獲這封家信，頗為高興。想到自己的官運尚算一帆風順，兒子未到弱冠，已經一舉成名，將來成就或在自己之上。正在捋鬚微笑，神馳家鄉的當時，忽然覺得冰涼挺硬的一件東西，在嘴唇皮上碰了一碰。回頭一看，原來他這位丫頭收房的姨太太，早已經移動蓮步，在身旁侍候。

她看見老爺手裡拿著一封信，望空出神，以為又是一件緊要公事，所以如此費神的思索；順手就拿起了桌上的水煙袋，裝好煙，點好媒頭紙，把長長的煙嘴，向老爺的嘴上一送，助助他的精神。果然，榦侯體會到這位姨太太的意思，就隨意呼呼的吸了幾口，笑著向她說，這是家裡來的信，壯兒中了第八名舉人，也算虧他的了。姨太太說：「呦，原來少爺高中了，這是天大的喜事，應該向老爺叩喜才是。」說罷，連忙把水煙袋輕輕一放，先恭恭敬敬的向榦侯福了一福，就要叩下頭去。

榦侯一擺手，說：「且慢，這是祖宗的庇蔭。少時，中堂預備香燭，待我叩謝祖先後再說，但是將來你要多伺候一個人了。」

姨太太聽了這句話，宛似丈二和尚，摸不著頭腦，愣愣的說：「好好的叫我伺候誰呢？」

幹侯知道她誤會到別的地方去，暗暗的好笑，就舉著桌上的信，對她說道：「信上說，明年太太率領著孩子們，要到這兒來替我做壽，太太到了此地，豈不是又要你多侍候一個人了？」

姨太太喜形於色的說道：「呦，原來如此，這太好了！本來這上房內，每逢老爺到外邊去的時候，除了幾個老媽子，只剩我冷清清孤鬼似的一個人。有時候逢到文武官員喜慶應酬，我年紀輕，也摸不著頭路，有了太太作主，萬事都有脊骨柱兒，多麼好呀！少爺小姐一家子都聚在一塊兒，又多熱鬧呢！」

幹侯聽她天真爛漫的說了一大串，一面暗暗點頭。知道他這位姨太太貌雖中姿，心地倒還光明純潔，絕不是鬥妝爭艷，捻酸吃醋的那流人物。於是慢慢的對她說道：「我本來對於許多家眷，盤踞衙門之內，是不大贊成的。因為家眷一多，難免引朋招戚，無意中就許招搖惹事。何況家鄉到此，萬里迢迢。可是現在情形不同，最要緊的，是壯兒青年中舉，難免不意氣飛揚，目無難事，不如在我身邊，可以隨時督飭，不致荒廢學業。明年出來，萬里長途也可增長些許見識，所以這回太太率領兒女出來，我倒是很贊成的。」

這位實胚胚的姨太太，聽了她老爺的一番大道理，也是似解非解，只有唯唯稱是。幹侯就順手抽毫拂箋，寫了一封回覆家中的信，信內無非應許他們出來，叮囑沿途小心的一番話。這位姨太太站在旁邊，又送了幾口水煙，斟了一杯香茗，就閒得無事可做。忽然靈機一動，擺動她的百褶湘裙，行如流水的出了屋子。

半晌，幹侯剛將信皮寫好，聽得堂屋外邊許多腳步聲響。一個老媽子進來說，請老爺到姨太太房裡更衣，堂前香燈已經預備好了，還有內宅幾個聽差的爺們，都預備著站班叩喜呢。這個消息立刻震動全衙，上自錢刑兩幕，下至三班六房，都按班進來道喜。後來同城的文武官僚也都知道了，紛紛道賀，自有一番應酬熱鬧，這且擱下不提。

且說幹侯的故鄉下灶村內，有一天，吳宅門口掛燈結彩，熱鬧非凡，門口河埠停了幾隻五道篷三支櫓全身彩油的座船，同幾隻腳划小船（紹興船大半畫著五彩花卉人物，另有一種腳划船，手足並用，快如奔馬）。門內老少男女，進進出出，絡繹不絕。

原來幹侯的兒子壯猷中了舉人，拜了座師，吃了鹿鳴宴以後，從省城回到家中，一時遠近親友都來道賀。壯猷的母親陳氏係出名門，原是個賢母，見了兒子中舉回來，雖然夢裡都笑得合不攏嘴，可是當著兒子的面，也著實勉勵一番。而且希望他格外上進，掄元及第，與幹侯的意思，可算得異床同夢。

話雖如此，還是擇了這一天黃道吉日，安排筵席，祭祖敬神。順便邀集遠近親友，同幾個村中上年的父老，開閣飛觴，為兒子舉行開賀的盛典。門口河埠停的幾隻大小船隻，就是眾親友乘坐來的。還有本村的人們都知道吳府少爺中了舉人，今天開賀，無不扶老攜幼，到吳家門口，東一張西一望的，來趁熱鬧。有幾個年輕力壯的，早已自告奮勇，進門來充個臨時當差，既可油油嘴，事後還可得個喜賀封。

這時廳上廳下都已坐席，壯猷畢恭畢敬的挨席依次斟了一巡酒，道了謝，然後回到幾位長輩的席上，坐在主位陪著。其餘的席上，就請族中幾個平輩陪坐。至於內房女眷們的席上，自然是陳氏同她的女兒娟娟分頭應酬。還好這位娟娟小姐，雖然小小年紀，可是姿容端麗，應對從容，來的一般女眷們，沒有不喜歡她的。最奇怪的是這位小姐，雖然生長深閨，不及乃兄飽學，但是智慧天生，料事明決，宛如老吏斷獄，有時壯猷還得甘拜下風，所以一般親友女眷們，都戲稱她女諸葛。你看她在這釵光鬢影之中，蓮舌微舒，鶯聲嚶嚶，而且巧語解頤，周旋中節，惹得各席女眷們又憐又愛，滿室生春。

在這上下喜氣洋洋內外觥籌交錯的當口，就只忙壞了一個人。這個人清早起來，水米不沾就奔上奔下，佈置一切，等到客人到齊，他又指揮一般臨時當差，各處張羅。這時內外開席，格外足不停趾的忙得不亦樂乎，百忙裡還要顧到大門口閒雜人等混進來，來一個順手牽羊。這個人就是吳家的一個得力長工，他姓高，人人都叫他高司務，年紀也不過二十有餘，三十不足。因為他戇直異常，做事得力，吳家上下沒有一個不讚賞的。尤其是壯猷兄妹二人，時常說他生有異稟，絕非久於貧賤之人，所以壯猷格外顧卹他，當他一家人看待。原來這個高司務，到吳家當長工的來歷與眾不同，趁這時吳家內外歡宴的當時，不妨表明一番。

這個高司務原是本村的人，因為他母親早已亡逝，從小就跟他父親打獵維生。後來父親故去，家中只剩他一個人。這時候，他已年近二十，生得容貌魁梧，膂力過人，就攜著父親遺下的打獵傢伙，每天清早獨自出去，到周圍百里內的山林中，獵點獐鹿雉兔之類，向各處兜賣度日。本村吳家也是他的老主顧，有時候還弄個活跳跳的松鼠、咯咯叫的草蟲，送與吳家少爺小姐玩，所以壯猷兄妹從小就認識他。

有一天，村中的人們看他早晨拿了獵叉獵槍出去，從此就不見他回來，都以為他遇到毒蛇猛獸，遭了不測！派人四下山裡去找他，也不見一點蹤跡，只好代他把他的一間破房子關鎖起來，好在屋內別無長物，無須特別照顧。但他這一去不返，弄得滿村疑神疑鬼，議論紛紛，連壯猷兄妹兩個小心眼兒，也怙惙了幾天。後來日子一久，也把他淡忘了。

到七、八年後，正值壯猷入泮那一年冬天，連日大雪紛飛，滿山遍野的雪積得一尺多高，官路上靜蕩蕩的絕無人跡。突然有一天，關鎖了七八年的破屋子的隔壁，有個鄰居老頭兒，一早起來，打掃門前雪路，一眼看見破屋門口倚了一支茶碗口粗細、撐大船用的毛竹竿，有一丈多長。

這個老頭兒看到這支撐船竹竿，心想左右鄰居用的都是划槳小船，這是誰擱在這裡的呢？正犯怙惙，猛然間，呀的一聲，破屋的門開了開來，把這老頭兒嚇了一大跳！再一細看，從又矮又爛的破門裡，躬著身鑽出一個又高又大的漢子來。頭頂盤著一條漆黑大辮，身上穿著簇新粗藍布棉襖褲，腳上套著一雙爬山虎，手中拿著一個破畚箕，裝著滿滿的灰土，大踏步出門來，隨手往牆角雪堆裡一傾。一回身，看見隔壁門口站著一個老頭兒扶著掃帚，滿面詫異的望著他，他立刻把破畚箕向破門內輕輕一拋，走過去向著老者叫道：「大伯伯，你還認得我麼？我就是打獵的高某呀。」

這老頭兒瞪著眼，顫巍巍的走近一步，向大漢看了又看，忽然回頭大叫道：「這可了不得！七八年不見了的高家姪子回來了，你們快出來呀！」

這一嚷不要緊，立刻從兩邊破門破戶裡，擠出了許多男女老少，奔過來把這大漢和老頭兒兩個人包圍起來，你一言我一語的，喧擾不清。這時大漢趁勢就向眾人作了一個羅圈揖，朗朗的說道：「高某在七八年前進山打獵，逢著一個父親的老友，當天帶我到外省去做事。因為去得匆忙，來不及回來同諸鄉親告別，承請鄉親不以為意，反替我照顧這間破房子，心裡實在感激得說不出來，只有在這裡謝謝諸位了。」說著，又向眾人打了一躬。

這時候，就有幾個他父親生前的老友，同幾個他小時候作伴的近鄰，走進來問長問短。他就邀著他們到他的破屋裡邊來，眾人就跟著他到了屋子裡邊，把這屋子擠得水洩不通，門口兀自塞滿了人。

眾人看他屋裡，已打掃得乾乾淨淨，一張破床上放了一個沒有打開的鋪蓋卷兒，和一個大包裹、一把雨傘。從前打獵的傢伙一件也沒有了。就有人問他，這七、八年在外邊做些什麼事？他說：「無非做點小買賣，有時幫人做短工，混了幾個年頭，也沒有什麼出息。現在回到家鄉，也不願出外去，也不願再打獵，情願在近處替人家做個長工，混碗飯吃就得。今天從官道上走回來，天還沒有亮，又是大雪的冷天，所以不敢驚動鄉親，先把這屋打掃打掃，不想頭一個就看見這位老伯伯了。」

這時頭一個見到他的老頭兒，因為人多語雜問不上話。此時他也跟了進來，好容易得了說話機會，就緊接著他的話，顫巍巍的指著門口倚著的長竹竿，向他說道：「你走回來，怎麼還扛著這支撐船的長竹竿？」

他聽了這話，似乎一愣，然後笑了一笑，含糊的對他說道：「這是一個撐船的朋友，暫時寄在我這兒的。」

從這一天起，他時常買點酒肉到父母墳前去祭奠，就把祭奠的酒肉，請左右鄰居一同來吃。有時候村裡有用力氣的事，他沒有不爭先幫忙，而且他的力氣也大得異常！往往七、八百斤的石頭，兩三人扛不動，他一人扛輕如無物。而且人還和氣非凡，所以村中的人們，沒有一個不說他好的。但他來的這一天，村中沸沸揚揚，傳說了一樁不可思議的怪事。

因為這一天，城內有一個人，大清早來到下灶，辦一樁要緊的事。出了縣城，船也捨不得僱，就從官道上踏著一尺多厚的雪，一腳高一腳低的走了去。這時東方呈現魚肚白色，映著一片漫漫的雪地，倒也四面朗澈，比平時格外的明亮，可是這般長的官道，也只有他一人踽踽獨行。他走著走著，出城不到兩里路，忽然向前一看，詫異得幾乎叫出聲來！原來他走的這條雪路上，一路都有兩個併著的腳印，起先他並不注意，以為也許有人比他起得更早，走在前頭。後來一路走過，都是一樣的腳尖印，沒有一個印著腳跟的。最奇怪的，是頭一個腳尖印到第二個腳尖印，相隔足足有五、六丈遠。一路過去，都是一個樣子，用尺來量，也沒有這麼準。再一直往前看，也是一式無二。

他一面走，一面想：天底下哪有用腳尖併著走路的人？也沒有這麼長的腿，一步就有五六丈遠，就算他縱跳如飛，從來也沒有聽過能跳得這麼遠的。而且要一步不停的接連跳過去，一樣的尺寸，一樣的腳尖併著，一直跳了好幾里路不改樣子，無論多大能耐，也是辦不到的。他越想越奇怪，奇怪得有點害怕起來，不敢往前走，深怕這個怪物在前面等他。幸而回頭一看，路上漸漸有人走過來，他就指點著奇怪的腳尖印，向後面走近來的人，連比帶說的叫人來看。

紹興的人們本來迷信很深，略微有一點奇怪的事，每每附會到神鬼上去，何況是有憑有據，親眼目睹的事情。經這個人連比帶說的說了一番，有的說是開路神走過的，也有的說是殭屍跳過的。這時候天已大亮，兩頭路上走的人，絡繹不絕，早已把一路潔淨的雪地踏得稀爛，要查考這個怪腳印的來蹤去跡，也無從查考。而且這般迷信，大家只管疑神疑鬼、罰咒，也沒有打這個主意。一忽兒，這個怪事傳到下灶，又經看見的人添油加醋的一說，格外神乎其神，弄得一村的人沸沸揚揚，議論這樁怪事。但是這個怪腳印，究竟怎麼一回事呢？作者也要賣一個關子，打一個悶葫蘆，略待後文交代。

現在且說打獵的高某回來不到幾天，恰值吳壯猷中了秀才，壯猷的母親也一樣敬神祭祖，不過沒有像現在中舉的熱鬧罷了。這時吳家正缺少一個長工，本村的人就把高某薦了進去。壯猷一看他，長得偉岸雄壯，聲若洪鐘，雖然仍舊農家裝束，與從前打獵時候的形狀，迥然不同。試了幾天工以後，見他舉止沉著，勤奮異常，非常合意。尤其是這位娟娟小姐，引證柳莊麻衣的相術，說他虎頭燕頷，干城之相，這樣一來，上上下下格外另眼相待。直到壯猷中舉開賀，已經在吳家過了兩個年頭，日子一久，吳家知他誠實可靠，一切粗細的事務，推心置腹的交他經營。這位高司務簡直像吳家的總管一樣，所以壯猷中舉開賀的一天，他忙得不亦樂乎。

這一天，席散送客，已經日落西山，有幾個路遠的親眷，吳家殷情款留，重新細酌談心。恰巧這幾天是月到中秋分外明的時節，一輪皓月早已擁上庭梧，壯猷豪興勃發，就邀幾位留宿的親戚們，移席到廳旁一座三面開窗的小樓上，來一個舉杯邀明月。

這座樓三面都開著窗戶，正對著金雞、玉虬兩座山峰，所以樓窗口掛著一塊匾叫作對山樓，平日為壯猷靜讀之所。琳瑯四壁，雅潔無塵，高司務早已指揮下人們，在窗前一張紅木八仙桌，佈置好時饈佳果，壯猷就同這般親戚們上樓來，揖讓就座，洗盞更酌起來。這時首座有一位壯猷的長親，道貌岸然的說道：「室雅何須大，像蘊之這樣俊雅不群，方不負此雅室。」

又有一位鬚髮蒼白的老先生，先重重的嘆了一口氣，然後說：「現在城內的富家子弟，把書房裝飾得精緻絕倫的很多，可是縹緲萬軸，也無非是表面的裝飾品，還不是終日鬥雞走馬，何嘗到那精緻的書房內，靜靜的用一回功呢？要像我們這位老侄台下帷刻苦，真可算得鳳毛麟角了。

到底皇天不負苦心人，所以這次秋試一舉成名，將來蟾宮折桂，衣錦榮歸，也必定穩穩的捏在掌中的了。」這樣你一言，我一語，轉彎抹角的，把壯猷恭維得不知所云。

壯猷正想謙遜幾句，忽然，坐在隔壁的一位，結著曲蚓小辮、穿著二藍繭綢夾袍子的一個冬烘先生，搶著說道：「讀書人到了三考得中，才算有了交代，但是談何容易？一要祖宗積德，二要自己用功，最要緊的，還需風水好。我們紹興文風之盛，全在山明水秀上。當年上輩傳下來說，倘然城內龍山上面的魁星閣上發現紅光，照澈全城，這年必定出個狀元。倘然這兒的金雞、玉虬兩座山上，發現兩道白光，直上霄漢，這年必定有個將星出現。原來紅光就是山川發越的文氣，白光就是劍灶內的劍氣，這是應驗不爽的。今年魁星閣上的紅光，聽說城內已經有人在半夜裡看見過一次，或者就應驗在我們蘊之老弟身上，也未可知。」

經這位一說，格外把壯猷窘得如芒在背。幸而首座上，道貌岸然的這一位，老氣橫秋的來了一句：「齊東野語，姑妄聽之。」總算為壯猷順了一順氣。可是隔壁座上這位曲蚓小辮，原是個風水先生，研究堪輿之學，頗為有名，自以為這一番話大有道理，對於首座這一句斷語，大不服氣，還覺得有點暗含著說他恭維不得體，越想越不是味兒。正想引經據典，來一番辯正的話，忽然牆外一陣喧嘩，好像有無數村男村女在門口嚷鬧一般。這陣喧嘩過去，又聽得窗下有一個人，長嘆一聲，似乎還聽得他說了一句：「彗星掃野，劍氣騰霄，正是我輩一獻身手的時候了。」

壯猷聽得，似乎是高司務的聲音，就立起身到窗口俯身一看，看見梧桐樹下有一個長長的身影，背著手正在來回踱步。壯猷朝下問道：「是高司務嗎？」這個人聽得樓窗口有人問他，仰著頭說道：「少爺，要添酒嗎？少爺看到這顆怪星了嗎？」

壯猷抬頭一看，一輪皓月之外，星光萬點，與平常一樣，何嘗有什麼怪星？正想再問樓下，忽聽背後有人喚著他的號連聲說道：「蘊之，蘊之，在這兒，在這兒。怪呀，怪呀！」

他回頭一看，席上一個人都不剩，滿聚在那一面的窗口，各個仰著頭望著。他走過去探身一看，果然西南天角上有一顆大得異常，赤有火苗的怪星，在天上閃閃發光。而且細看起來，光芒分射，支支可數，宛如掃帚一樣。其中另有獨出的一枝，光芒形同箭竿，遠看去，射出來的光芒，足有四五尺長。

此時一輪明月，偶然被一塊浮雲遮蓋，這顆怪星越顯得光奪日月，彷彿半天裡懸了一具極大的紅燈，把滿天的無數小星弄得暗淡無光。這時樓上的一般親戚，又顛頭簸腦的各抒怪論起來，壯猷也不去理他們，兀自倚著窗檻，望空出神。心想這種彗星，就是古人所說「攙搶」，又叫「孛星」。照歷代的史實，發現這種彗星絕非吉兆！現在西南各省，正在鬧天地會、哥老會，朝廷的官吏又腐敗不堪，恐怕不久就要大亂！想起父親宦遊萬里，還沒有接到平安覆信，心裡頓時忐忑不安起來。

正在痴痴馳想的當口，忽然覺得後面有人把他衣襟一扯，回頭一看，高司務已立在他身邊，低低說道：「時候不早，少爺同諸位親戚老爺們，早點安息吧。」

壯猷回身，皺著眉向幾位親戚說道：「這顆彗星果然來得奇怪，恐非國家之福，父親遠在雲南，實在放心不下。」

眾人看見壯猷記掛父親，滿面愁容，也就無心暢飲，草草終席。壯猷陪著他們下樓，請他們分頭在客房安息，自己就到後面向母親妹妹說明究裡。哪知陳氏同娟娟及一般留住的女眷們，也因為看到這顆怪星，想起雲南的丈夫，又想起翌年同兒女到雲南，不覺眉頭都起了個老疙瘩。壯猷看見母親愁悶，不敢再說什麼，反說父親見識比我們自然高得多，好在不久就有回信來，父親一定有指示我們的話。何必因為這顆星，就無緣無故的擔憂呢？

正在微微解說的時候，一個老媽子進來說：「高司務請少爺出去說句話。」壯猷想今天事多，高司務或者有請示的地方，就立起身來，對娟娟道：「時候不早，妹妹請母親同幾位親眷們，早點安息吧，我出去料理料理，也要睡了。」說罷，走了出來，見高司務立在院子裡等著他，就向高司務說道：「你忙碌了一整天，也早點安息吧，有事留著明天再辦不好嗎？」

高司務微笑著輕輕說道：「少爺體諒我，可是有一位客人不肯體諒，要我伺候著他呢。」壯猷聽了一愣，說道：「前面客人不是都已安睡了嗎？」

高司務接著說道：「不是這幾位客人，這個人也許還沒來呢。」這樣一說，壯猷越摸不著頭腦，高司務又輕輕的說道：「少爺可以睡了，房內不要點著燈，

我就在少爺房門口坐著，倘然外邊有點奇怪響動，千萬不要出來，也不要高聲叫喚。」

壯猷雖然聽得離奇莫測，知道他素來誠實，今天他這一番話，必定有他的用意；可是說得太突兀，不能不問個水落石出才安心。於是一面向外邊廳屋房裡走，一面問高司務道：「你此刻說的話，我一點不明白，究竟怎麼一回事呢？」

高司務說道：「到了少爺臥房裡再說。」

第二章　遊戲風塵

原來壯猷臥室，就在廳旁對山樓底下的一間房子。這棟小樓，本來只有兩樓兩底。樓上作為書室，兩間打通，較為寬敞。樓下分內外兩間，壯猷將內室當作寢室，外間空著，略微佈置一點古玩字畫，恰也幽雅非凡。這時壯猷在前，高司務在後跟著，業已走到門口。高司務搶先一步，打起湘簾，讓壯猷進去，然後跟著到了屋內。看到裡間外間都點著紅燭，高司務先將古銅燭台上面的燭花剪去了一些，屋內頓時光明。壯猷就向琴台前方的椅子上一坐，抱著膝，靜等高司務說明說明。

這時一輪明月依然，照澈大地，滿院子梧影參差，好像浸在水裡一般。高司務不說話，先走到窗口，抬頭向四面一望，然後掩上窗門，走到壯猷面前站著說道：「從前我在外省混了幾年，對於江湖上的門檻略微知道一點。今天廳上款待眾親友的時間，大門口擠滿了人，我偶然一眼看見人叢中，有一個搖串鈴背藥箱的過路郎中（南方大夫叫郎中），生得獐頭鼠目，兩隻骨碌的賊眼，向廳上瞧個不住。

「我以為這個過路郎中，雖然有點道路不正，偶然息息腳，瞧瞧熱鬧，也是有的。後來我出去招待眾親友船上的船夫吃飯，這個過路郎中仍舊在門口左近，向一個本村人打聽咱們家裡人口多少？做什麼官？我就留了意，知道這類走江湖的郎中，大半同線上朋友有來往的。我們雖不是真真富厚之家，可是在這個村子裡，總是獨一無二的大家。何況老爺在外做官，誰不知道？容易被這般人窺覷，也許這個過路郎中是來探道的。

「那時心裡雖然這樣想，究竟也沒十分把握，可是終放不下這顆心，等到太陽落山的時候，我又到咱們屋外看了一遍，果然被我尋到一點證據。就在這個對山樓牆外，不高不低的畫了一個很小的白粉三角形，角尖朝上。這處牆外本來是僻靜的地方，牆內恰巧一株梧桐樹的枝條伸出牆外，從牆上進來，既可蔽身又可墊腳，原是最好不過，而且他們留下的記號，也有許多講究。

「他們的黑話，畫記號叫作定貨。一方面晚上可以認清進來的地方，一方面倘然同道路過看見記號，就知道已經有人定貨，可以不必再進來，免得傷了同道和氣。至於他們的記號，一路有一路的樣式，也記不清許多，不過這個三角形尖朝上的記號，知道是他們裡邊資格較深、有點能耐，能夠獨來獨往的一種標誌。次一點的，角尖朝下。最下等的，隨便畫個圓圈形，那就是撬門挖壁洞的劣等貨。今天這個賊人，雖然有點能耐，我自問還剋得住他，絕不叫他動咱們家裡一草一木去。少爺用不著擔驚，儘管照常安睡好了。」

壯猷聽了他這一番話，真是聞所未聞。倘然高司務所料非虛，也許此刻賊人就在牆外。想到這兒，覺得毛骨悚然，窗外梧桐葉被風略略颳動，院子裡月光花影略略參差，都疑心到賊人上去。高司務看他變貌變色的神色，知道他是個文弱書生，年紀又很輕，沒有經過風浪，就安慰他道：「賊人來的時候，差不多都在子時左右，此刻還早呢。橫豎您一點不用擔驚，交給我辦，絕沒有錯，您安睡吧。」

三番五次催他睡，壯猷坐在椅上總不動身，沉思了半晌，向著高司務說道：「你雖身高力大，賊人也許帶有利器，又許不只一個，趁這個時候，咱們把人都叫起來暗暗的埋伏起來，把他捉住送官究辦，不很好嗎？」

高司務聽得連連搖手道：「我的少爺，千萬不要大驚小怪，賊人是要偷點值錢東西，不是來要命的。再說為一個毛賊弄得大動干戈，也犯不著。萬一不來，豈不是個大笑話。」他雖然這樣說，可是壯猷不聽信，依然東張張，西望望，弄得草木皆兵。這樣耗了許多時候，高司務看他這份稚氣，懊悔不該預先對他說出來，這樣子兩個人耗著，反要誤事。眉頭一皺，計上心來，向壯猷道：「少爺，外邊有錢串子存著嗎？」

壯猷道：「怎麼沒有？裡間床下就有二十幾貫錢存著。」（昔時都使用銅錢，南方一千錢為一貫，用麻繩串成）邊說邊往裡屋走去，指著床下叫他去看，說道：「這幾十貫錢，原是今天開銷剩下的，你說這個，是什麼意思呢？」

高司務笑道：「就用這個錢同賊人開個小玩笑，可以打發他走路，下次不敢再到我們村子來糾纏。」說罷，就俯身把床下二十幾貫錢，一齊撩在身上。走到外間，又都堆在一張琴台桌上，又把古銅燭台的殘燭，取下來，換上一枝整的點著。佈置已畢，走到窗口開窗一探頭，又隨手把窗虛掩上，回身看見壯猷立在裡屋門口，痴痴的望著他。高司務走過去，悄悄的說道：

「此刻快近三更，那個話兒也許快到來，您既不願睡覺，在暗地裡悄沒聲兒瞧著，取個樂兒，倒也不錯。」

這時壯猷雖不知道他葫蘆裡賣的甚藥，可也料到幾分，知道他不是無理取鬧的一種舉動，反倒沉住氣，隨他擺佈，決意看他一個究竟。兩個人沉默許久，壯猷忽然想起了另外一樁事，正向著高司務開口要問，猛聽得院子裡噠的一聲，彷彿牆外擲了一顆小石子進來。高司務向著他連連搖手，一邁步，跨進裡間，一口先把燭光吹滅，然後拉著壯猷坐在床邊，附耳輕輕說道：「那話兒來了，你悄悄的坐著，不要動，回頭我叫您出來，您就出來。」

說畢，就覺得他飄身而出。此時壯猷側耳一聽，內外靜寂如墟墓一般，只有外間桌上燭光透了進來。默坐了半晌，又聽得庭心嗒的一聲，一聲過去，梧桐樹上的葉子，也像被風吹得簌簌作響，響了一陣，又岑寂起來。許久許久，似乎窗口有微微響聲，再聽又沒有動靜了。

忽然從外間射進來燭光，微微的晃了幾晃，就聽得高司務在院子裡輕輕向一個人說道：「見面有份，拿不了許多，分一半好嗎？」似乎另外有一個人嘰喳了幾句，聽不真切。又聽得高司務說道：「你說的行話，我全不懂。咱們這麼辦，這個錢不是你的，也不是我的，咱們現在請這個錢的主人出來，替咱們分一分，你道好嗎？」說畢不等那個人開口，便又輕叫道：「少爺，客人來了，你出來吧。」

壯猷在裡邊聽得暗暗好笑，想到外間暗地裡，看一看賊人的形狀，聽得高司務叫他出去，知道有他保鏢，出去不妨事。當即起身來，走到外邊一看，有一扇窗戶已經敞著，院子裡的風颼颼的吹進來，把琴桌上的燭光，吹得四面搖擺。順眼一看桌上堆的錢串，似乎短了十幾串。走到窗口藉著月光向庭心一望，只見高司務一隻手，拉著一個短小精悍通身黑衣的人，遠看去，好像很親熱的併立著談話一般。

此時壯猷在窗口一探，高司務就對他說：「請您把門開了，到院子會一會兒這位佳客。」壯猷一笑，就把中間的門一開，立在台階上，仔細打量那個賊人。看他黑帕包頭，穿著一套緊身俐落、上下排扣的黑色衣褲，腰間掛著一個皮囊，左右肩上，分搭著幾貫錢串，襯著一張瘦骨臉，活像社廟裡泥塑的小鬼一樣。此刻一隻膀子被高司務執著，一聲不哼，好像咬緊牙關、極力忍著痛的樣子，但是頭上的汗，被月光反映著，顯出來顆顆晶瑩可數。

原來賊人的膀子被高司務握住，好像束了幾道鐵箍，愈收愈緊，痛徹心脾！此時高司務知道他受夠了，猛的一鬆手，那賊人身不由己的倒退了好幾步，腿上一用勁，才穩住身子。那隻膀子兀自動彈不得，只能瞪著雙耗子眼，向著高司務一跺腳，說道：「好，今天算我栽了，走的不算好漢，由你們擺佈吧。」

高司務衝著賊人走近一步，冷笑一聲，說：「朋友，這兒不是充硬漢耍骨頭的地方，倘然要得罪你的話，你想走也不成。可是話說回來，咱們平日無怨無仇，何苦憑空與你過不去？今天你栽了一個小小觔斗，只怪你自己眼光不透，耳根不清。你要知道，這吳家是書香門弟，清白人家，雖然有人在外做官，依然兩袖清風，絕不是貪官豪富，藏著許多珍寶。倘然是江湖上響噹噹的腳色，絕不願意進來的。偏你冒冒失失闖了進來，又不開眼，看見這幾十貫錢，暗地裡就扮了一個鬼臉，兩隻眼笑得沒有縫。那時我就在那屋子裡，你雖然看不見我，我卻看見你這副鬼臉，想到你牆外畫的三角形，看你這份窮形極相，你真的有點不配。」

這一番話，說得賊人呆若木雞，連台基上立的壯猷也聽得呆了。這時高司務又開了口，衝著賊人說道：「常言道賊無空回，你既進來，咱們也不好意思叫你空手出去，現在咱們這麼辦。」一邊說一邊進了屋內，迅速地把琴桌上的錢如數扛在兩肩上出來，又把賊人肩上的錢也拿過來，加在自己肩上，反指著錢對賊人說道：「這三十幾貫錢，大約有百來斤重……」

一言未畢，他衝著靠外邊的牆，走近一步，身形略矮，兩膊微振，一個「旱地拔蔥」就扛著錢上了牆頭。也不轉身，一眨眼，又半塵不驚的跳落當地，微笑著對賊人說道：「你照這個樣子，扛著錢縱出去，這二十幾串錢如數奉送。倘若不能，你瞧，這兒也有兩串錢，略表微意。可是從此以後，不准你到這個村子來。」說畢，把肩上的錢都撩在地上，兩手一叉，靜看賊人怎麼辦。

賊人肚裡明白，今天碰到了行家，雖然自己單身跳得過牆，但是要扛著百來斤重的錢串，就萬難跳得過去！這所謂藝高一著縛手縛腳，到此地步，沒得說，立刻老著面皮，走過來向高司務連連打恭，說道：「老師父，真有你的，早知道老師父在這兒，我吃了豹子膽也不敢進來衝犯您老人家！現在請您恕我初犯，高高手兒，放我出去吧，我永遠不會忘記您的恩德。至於老師父賞我的錢，萬不敢領的。」這一番話，倒也說得宛轉動聽，果然這位高司務點了一點頭，說一聲：「去吧。」

不想這道赦旨出口，忽然立在台階上的壯猷突然說了一聲「且慢！」這一聲不但把賊人嚇一跳，連高司務也自愕然，原來高司務對著賊人露了一手能耐，又把賊人連訓帶損的說了一番，壯猷立在台階上默默無言的聽著。心想：高司務原來有這樣的驚人本領，平時深藏若拙，不肯依恃本領去胡作非為，情願低首下心的為人僕役，這種克己功夫就是向宿儒飽學一類的人去找，也很難遇見的。

壯猷這樣一想，把高司務這個人，從心坎裡佩服得五體投地。覺得自己默默的站著，真是有點自慚形穢，恨不能也走過去，侃侃的發揮一陣。可是搜遍肚腸，竟想不出一句適當的話，只好依舊作個壁上觀。等高司務對賊人說了一聲去吧，不料這一聲去吧，倒把他的文機觸動，而且連帶動了他書呆子的主意，就突然的說了一聲且慢；然後慢條斯理的踱了幾步，對高司務說道：「你對他說，我還有幾句話對他說呢！」

賊人何等機警，早已看見台階上立著一個文縐縐的雛兒，一定是這家小主人，此時不等高司務開口，趕快走到壯猷面前，屈腿打了一千，道：「求少爺開開恩，放我出去吧。」壯猷搖著手說道：「不是這個意思，我想勸你幾句，因為你也是父母十月懷胎生下來的，你也有一點小能耐，何必幹這個沒出息的勾當？你看做賊的人們，哪一個有好結果？就是做一點小買賣，一樣也可以安身立足。從今天起，我勸你回頭是岸，改過前非！現在我把這地上堆的二十幾貫錢，如數送你，作個小買賣的資本，你就拿去吧。」

這賊人聽得心花怒放，心想今天逢兇化吉，依然沒有白來。偷偷的看了一看高司務的顏色，看他對著壯猷不住的點頭，似乎不至於阻攔，就立刻衝著壯猷，趴在地上，叩了幾個響頭，口裡還說謝謝少爺的成全，立起來又衝著高司務叩下頭去。高司務微笑著說道：「不用謝我，記住少爺的話，不要口是心非。就算你自己的運氣，但是你這許多錢怎麼拿呢？」

賊人一聽，頓時一呆，心裡想：對呀！一齊扛在肩上，不要說跳過這座牆，就是一步步走，也要出點大汗。難道我還叫人家開了大門，把我送出去不成？這時把賊人難住了，弄得他哭喪著臉，不知如何是好。

高司務冷笑了一聲，說道：「沒出息的東西，下次不要再來丟人現眼，此番老子好人做到底。走，老子代你扛出去吧。」這一來，賊人又千謝萬謝，正在這個當口，忽然空中猛然一聲巨喝，說：「且慢！」

這一聲，宛如晴天裡起個霹靂，連高司務也吃了一驚！喝聲未畢，從梧桐樹上，一陣風的跳下一個怪漢來。不料這個怪漢跳下來與賊人一照面，把賊人嚇得屁滾尿流，錢也顧不得要，拚命的往牆上一縱，攀住牆頭，連爬帶滾翻落牆外，逃得無影無蹤。怪漢一看，賊人跑掉，哈哈大笑道：「權且寄下這顆狗頭。」一挺脖子，向著高司務說道：「六弟真是忠厚人，這種小丑便應一劍了卻，何必同他廢話。」

此時高司務業已認清是誰，立刻滿面堆笑的說道：「我道是誰，原來是二師兄，做夢也想不到師兄在深夜光降。此地不是談話之所，請裡面坐，容小弟拜見。」回頭一看壯猷，蹤影全無。

你道壯猷如何忽然不見，原來他幹了二十幾貫錢的義舉，正在得意洋洋的時候，猛然半空裡又有人大喝一聲「且慢！」這一聲，不知是人是怪，幾乎把他魂都嚇掉！接著一個怪漢飛的一般從樹上飄下來。一看這怪漢，滿頰虬髯，滿頭亂髮，在這鬚髮虬結當中，隱著一雙大目，炯如駭電，閃閃逼人。身上又穿著一件碩大無朋的破衫，把前襟曳在束腰汗巾裡面，露出一雙毛腿，赤足套著一雙破靴，這個怪相活像戲上嫁妹的鍾馗一般。

壯猷自出娘胎，何曾見過這種人物，嚇得他一步一步的望後倒躲，躲到門口，一溜煙進去不敢出來。此時聽得這怪漢是高司務的師兄，心裡略安，等到他們弟兄攜手進來，便壯著膽迎出來。藉著燈光仔細一看，見這怪漢雖然一身落拓不羈的樣子，可是廣顙隆準，闊口豐頤，加以兩道濃眉底下襯著一雙開闔有神的虎目，著實威武異常。這時怪漢進門，也看見屋中立著一個丰

神雋逸的少年，未及開口，高司務搶著對怪漢說道：「這是此地小主人，今天正是中舉開賀的日子。」又對壯猷道：「這是俺的二師兄，雖然外表生得粗魯，倒是滿腹經綸，也曾中過進士，也曾做過縣官，因為……」

話到半截，那怪漢一聲怪笑，聲若洪鐘的說道，「這種鳥事，提他則甚？今天既然這位中舉開賀，俺算一個不速之客，拿點酒來，作個長夜之飲，倒也痛快。」

高司務知道他這師兄脾氣古怪，嗜酒如命，連聲道：「有，有，待小弟去拾掇前來。」說畢，就邁步出門，忽又回身進來，對壯猷道：「這位師兄不比俺一肚子草料，或者同少爺談得上來。」又笑對怪漢道：「有一樁事要請師兄原諒，談話時請壓點聲兒，因為那邊住著幾位賀客，免得他們聞聲驚怪，糾纏不清。」

那怪漢略一點頭，說：「俺理會得。」高司務方才匆匆自去蒐尋酒肴。

屋內壯猷同怪漢略事寒暄，各問姓氏。方知這怪漢姓甘，湖南人氏，江湖上因他時常使酒罵座，都叫他甘瘋子，他就以此自號，把真名真號隱埋不用。壯猷聽得高司務說他中過進士，猛然記起父親中進士那一年的同年錄上，確有一位姓甘的湖南人；而且還記得小的時候，常聽說姓甘的許多異事，與這座上怪漢的舉動，暗暗吻合。於是話裡套話問到怪漢科第的年月，證明的確是父親的同年，這一來，立刻矮了一輩，重新以晚輩禮見過，改口稱呼年伯。哪知道這位年伯滿不理會，一忽兒詼諧百出，一忽兒據史引經，詞鋒汩汩，口沫四噴；弄得壯猷插不上嘴，只有唯唯稱是的份兒。

這當口，高司務已側著身進來，左脅下夾了一罈狀元紅，右手托著一大盤菜。先把一罈酒輕輕放在當地，然後把盤內果子杯箸，一一拿出來，擺在桌上。甘瘋子一看他面前放著一大罈酒，立刻濃眉一揚，咧著大嘴立起身來。把破袖一捲，伸出一隻巨靈般的大掌，按著酒罈的泥封，只一拍一旋，就把尺高的泥團取下來，又把幾層箬封一揭，突的一陣清醇的酒香，直衝上來。甘瘋子脖子一仰，腰板一挺，衝著高司務一豎大拇指，縱聲大笑，道：「好酒，好兄弟，這才是愚兄的知己。」

高司務指著外邊，連連的向他搖手。甘瘋子把脖子一縮，用手一掩自己的闊嘴，一回身，又蹲在罈邊，嗅個不停。猛的兩手把酒罈輕輕一舉，大嘴湊著罈口，接連咕嚕幾聲，重又慢慢放下，咬嘴吮舌的直起腰來，顛頭簸腦的說道：「好酒好酒！真不虛此行！」一眼看見桌上杯箸餚果，已是星羅棋布的擺滿了一桌，就向壯猷一拱手說道，「來，來，來！老夫不拘小節，主人亦非俗士，毋負美酒，快來痛飲。」

壯猷此時被這位年伯略一薰陶，也知道對待這種狂客毋須拘謹。但有一節，高司務與自己分屬主僕，這位年伯與他卻是同門，這個局面，又怎麼辦呢？低頭一想，恍然裡鑽出一個大悟來，立刻走到高司務面前，恭恭敬敬的兜頭一揖。弄得這位高司務不知所措，說道：「少爺，這是什麼意思？」

壯猷很鄭重的說道：「高先生身懷絕藝，深自隱晦，委屈在舍下好幾年，晚輩今天才明白，已經慚愧萬分！何況又是年伯的同門，從今天起，趕快改了稱呼，免得折殺晚輩。而且晚輩還有一樁心事，此時暫且不提，將來稟明雙親，再同兩位前輩慢慢商量。」說畢，又是深深一躬。

此時高司務弄得不知如何是好，那甘瘋子從旁微微一笑道：「在世俗眼光中，自然有此一番拘泥。倘從咱們這種人講，風塵遊戲，富貴浮雲，偶為主僕，何關大體？現在這位老弟台，既然誠意拳拳，倒也不辜負他一番好意，彼此暫且脫略形跡，六弟也毋須固執。來，來，來！浮文掃除，吃酒是正經。」

於是彼此就座，開懷暢飲起來。席間壯猷不免問長問短，高司務就把自己以前的行蹤，同這位甘瘋子的來歷，一五一十的說了出來。（這一夕話，便令作者禿了筆，從此也就是本書的正文。直到本書結尾，才能回過筆頭，點明高司務隱身廝養的原因，和甘瘋子來到吳家的線索。）

原來那一年，高司務清早扛著獵槍獵叉出門的這一天，正是深秋氣爽宜於打獵時節。他先到近村山內蹓躂了一回，因為沒有獵到值價點的野物，他又翻山越嶺走了好幾十里路，在人跡稀少的山頭，又獵了幾隻文雉、野兔，一齊掛在叉上。覺得有點飢餓，就在山腰一條溪澗旁邊，挑一塊磨盤大石，放下傢伙，坐下來。從腰裡掏出乾糧，隨意吃了一頓，又順手掬著碧清的溪水，喝了幾口，潤一潤喉嚨。這樣休息了頓飯時候，抬頭一看，日已近午，便立起身預備回去。忽然一瞥眼幾十步開外，那一邊溪頭的松樹底下，有一隻長身細腿，大逾山羊的麂，身子靠著樹，不住的來回擦癢。一忽兒，雙耳一豎，跑到溪邊，伸著長長的頸，喝那溪水。

高司務一看，喜出望外，因為這幾百里山內，像虎豹一般的猛獸從來少有，最貴重的野獸，就是這種麂，味既鮮美，皮毛也稱上品。不過麂性機警，而且細長的腿奔越如飛，獵取頗不容易。這時高司務趕快一伏身，摸著獵槍，再向懷裡掏火繩（昔時獵槍，內裝火藥鉛子，外引藥線，用火繩燃發。後來改用銅帽子代替，皆光緒前民間舊物也），不料空無所有。四面一找，原來俯身淘水的時候，掉在溪內了。獵槍沒有火繩，等於廢物，只可夾在脅下。撿起那支獵叉，把叉上的野物轉曳在腰裡，鷺伏鶴行的向前走了幾步，把身子隱在溪旁枯草裡邊。微微抬頭向對岸一看，哪知這樣一耽延，那隻麂已不在溪邊喝水，又回到溪頭松樹底下，啃地上的草去了。

幸而這條窄窄的溪，一躍可過，距麂所在，也不過三四丈遠。高司務又悄悄的向前走近幾步，右手舉起獵叉，覷得準確，把叉使勁一擲，輕輕喊著，滿以為這一叉必中無異。那把叉去得快，麂的腿更快。因為雪亮的鋼叉頭，從日光底下遞擲過去，一路銀光閃閃，早把那隻麂驚得弩箭離弦一般飛跑開去，跑得老遠，還立定回頭探看。恰巧那隻鋼叉，不偏不倚釘在那株松樹身上，餘勢猶猛，叉柄顫動，又把牠嚇得連奔帶竄，跑上山頭。

高司務一擊不中，恨得把牙一咬，夾著槍，一縱過溪，順手把釘在樹上的叉拔下來。追上山頂，四面一望，哪有麂的蹤影？癡立半晌，正想迴轉，忽聽得對面山坳內一陣鑼響。四面環抱的山崗，空谷傳聲，都是鐺鐺之聲，好像有千百個人鳴鑼一樣。鑼聲響處，從對面山坳轉出一群人來，頭一個人手攙著一面小鑼，肩上扛著一塊木牌，後面跟著十幾個人，也像獵戶裝束，最後還有許多村男村女一路喧嚷著跟著走。心想這是做什麼的？不覺信步往山下走去，想過去看個明白。但從這邊走到那邊，雖只一箭之遙，因中間隔著高高低低的山田，只可迂迴著兜過去。

等到他走到對山，那群人已經轉過山腳，走入松林裡一個土地廟內去了。遠望過去，似乎廟內擠滿了人，那木牌卻插在廟門口的地上。高司務緊走幾步，趕到廟前，先不進去，走近木牌一看，牌上貼著一張紙，寫滿了字，似乎字上還有硃砂畫的符。他原不識字，看得莫名其妙。正想邁步進門，不料門內正有一人低著頭匆匆出來，幾乎撞個滿懷。他連忙閃到旁邊，一看是個老頭兒，穿一件長與膝齊滿身泥垢的黑布馬褂，束著一條不紅不黑的腰巾，頭上斜罩著一頂破爛的羽纓帽，一條花白小辮曲曲的搭在前面，原來是這兒平水鎮的張地保。免不得叫他一聲：「張老爹，你好呀？」

那張地保抬頭一看，用手一指說道：「咦，原來是你，你倒是個機靈鬼，居然被你趕上了。也罷，看在你爹面上，換個別人，這宗巧事兒我還不高興抬舉他呢！我也不希罕你謝我，就把你腰裡掛的雉、兔拿過來，與我下酒吧。」

高司務知道他是出名的張搗鬼，以為他說的一番話，信口開河，便笑著道：「老爹休得取笑，巧事滿天飛，也挨不著我。此刻我在對山趕失了一隻麂，聽見鑼響，望見老爹扛著這塊牌，所以趕過來看個究竟，真個老爹今天穿得這麼整齊，又有什麼公事嗎？」

張地保笑著點了一點頭，道：「原來你真不知道，這也難怪，但是你來得真巧，也算你的巧運。來來來！門口不是談話之所。」就拉著高司務遠走幾步，到了一株大松底下，一齊坐在松根上。

那張地保指著插在地上的木牌道：「這塊木牌上貼的是縣裡發下的告示，因為寧波、紹興兩府交界的地方，有一座四明山，凡兩府各州縣的大山小峰，都是這座山的分支。你想這座山多大多高，不料今年夏天四明山下出了一次蛟，把近山的寶幢縣裡的田廬牲口漂沒了許多。不是這當口，咱們紹興河水也漲了一漲麼！也是受了四明山出蛟的影響，山洪暴發，直注下來的緣故。

「這還不算，前幾天寧波府的官廳紳士們，往四明山踏勘出蛟地方的蛟穴，順便到各處有古蹟好風景的山頭遊玩。不料無意中看見有一處山地上，骨嘟嘟的往上直冒水泡，冒得有一尺多高。看見的官紳裡邊有個德高望重的大紳士，一看地上冒的水泡，嚇得直跳起來，問他為何如此？他說不得了，冒水泡的地下，必定還有蛟龍潛藏，倘然天上一動雷雨，也許就要出來。這樣一說，上至官府，下至老百姓，尤其是近山幾個村鎮，想到上次出蛟可怕，都嚇得走投無路！幾個無知村夫農婦，甚至跑到山上冒水泡的地方朝夜焚香叩禱，請蛟龍不要出來，也有朝天許願，希望天爺爺不要動雷降雨。

「這時寧波的幾個主要的官職，也知道事關重大，邀集縉紳會商了幾次。後來由那位德高望重的大紳士，出個主意，雇了許多民夫，從發水泡的地方掘下去，一面指揮營兵端著洋槍，圈住掘口四面，倘然發現潛蛟，預備一陣洋槍，把牠轟死。這個主意雖然不差，但是那個發水泡的地方，掘到十丈多深，還沒有蛟龍的影子。非但沒有影子，而且這般兵民在這座山內又紛紛發現了許多冒水泡的地方，這個情形報告上去，弄得這位大紳士目瞪口呆，一點沒有了主意。

「官廳一看情形不對，倘然水泡冒一處就有一個潛蛟，將來這許多冒水泡的地方都發動起來，這還得了？百姓遭殃事小，牽動前程事大，就急急的把這樁事奏上去，請省裡指示。並因四明山地跨寧、紹兩府，又知會了紹興府。哪知省裡下來的批文，無非模稜兩可的官樣文章，依然沒有切實辦法。那位首創掘土搜蛟的大紳士，覺得掘土無效，面上有點掛不住，又蒐羅古籍引經據典的上了個條陳，條陳上有『潛蛟所在，地面寸草不生，泥土鬆浮，容易分別。因蛟性亢毒異常的緣故，何妨懸賞募集兩府壯年獵戶，到四明山周圍仔細搜查，必收威效』等語。最妙的是地冒水泡的一節，條陳內絕口不提，好像沒有這回事一樣。

「可笑這般官府，連個主意都沒，一看有地方紳士出主意，樂得順水推舟。既可敷衍地方上的百姓，又可在上峰面前得一個辦事認真的獎勵，即使將來辦得不善，這原是地方紳士的主意，怨不得官廳。於是雷厲風行的會同紹興府，通飭各縣，各處張貼告示。告示上的大意，就是『募集兩府所屬壯年獵戶三千名，到四明山搜掘蛟窟。倘能搜出潛蛟所在，因而消滅巨患者，賞銀三百兩，獎給兩府遊獵免捐執照一紙。數人或數十人共同掘得者，賞銀公攤，另外各給本鄉免捐獵照一紙。入山搜查期內，由當地官廳指定住所，發給乾糧』云云，這個告示各處一貼立刻轟動兩府。」

張地保說到此處，在下要代他補充幾句。因為「出蛟」這個名詞，雖然由來已久，可是北方很少聽過，也許有不明白「出蛟」是怎麼一回事的。原來「出蛟」這一樁事，雖有點神秘，但是載在典籍，古往今來南方的人們屢見不鮮，確非齊東野語。據說蛟形似龍非龍，能大能小，全身好像鱷魚，遍身鐵鱗，又像穿山甲。最奇怪天地間本來沒有蛟種，是由雄雉和雌蟒交合，才生出這個怪物來的。

雉蟒交合的時候，必定是疾風暴雨、雷電交合的一天。交合時，五彩紛華的錦雉張著雙翅，蹲在樹上，兩隻眼睛像鬥雞似的注定了蟒。那蟒的全身，蟠在樹上，昂著頭，吐著信，兩隻怪眼也注定了雉。這樣四眼交射，許久，許久，錦雉突然飛下樹來，朝蟒亂跳亂舞，喔喔狂啼。那蟒一看錦雉飛下來，也立刻遊身下來，在地上盤成一個大圈，把錦雉圈在中間，仍然昂著頭，對著雉咯咯狂鳴，活像此唱彼和，載歌載舞一般。

這時蟒身愈圈愈緊，最後把斑斕奪目的蟒身，盤成一個大錦堆，只剩一個蟒頭，同錦雉貼身並著，依然四眼交射。而且那蟒的血盆大嘴，吐著伸縮不定火苗似的信舌，好像一口要把錦雉吞下去的樣子。那隻錦雉滿不理會，只奮翅一跳，跳上蟒頭，這時遠看去，蟒頭上像加了一頂富麗堂皇的寶冕。這樣子又許久許久，這幕活劇才算結束，雉蟒各自狂叫一聲，分頭飛散。

那時地上就遺下一大灘蟒雉混合的精液，這精液漸漸滲入土內，自然的凝結成一個堅卵。每逢雷電風雨交作一次，這個卵就往土內鑽深一尺，長大一倍。三年以後，入土當然很深，卵體當然很大，這時卵內就漸漸變成蛟形了，而且卵的周圍，必定變成巨潭大壑，不過地面上依然看不出來。到了這個時候，卵內的蛟就破卵而出，在地下深潭巨壑內潛藏修養。

等到相當時期，正值雷電風雨的時候，那蛟立刻夾著地中深潭巨壑的積水，天崩地陷一聲巨震，破土而出，半雲半霧的瞬息飛行千里，竄入大海。而且出蛟的當口，左近一帶山峰，同時湧出幾百道飛泉，如銀河倒瀉一般，東潰西決，直注下流，好像特意助長潛蛟的威勢一樣。所以出蛟的時節，往往一霎時田廬漂沒，變為澤國，但是蛟歸大海以後，也很迅速的風定水退，恢復原狀。只有潛蛟出來的地方，必定變成面積極大的千丈深坑，就是用一個重量炸彈，也沒這樣的偉大力量。你想奇怪不奇怪，可怕不可怕！

話雖如是，也有預防的法子。倘然冬天大雪的時候，在山內看到圓圓的一塊地方，一點沒有積雪，或者剛剛下過大雨，這塊地面比別處特別乾燥得快，掘下去必定可以掘出蛟卵。這個蛟卵，無論已經長得如何大小，一經掘出，就與尋常雞卵一樣，毫無危險。至於有蛟卵的地面，為什麼積不下雪，存不了水？因為蛟體確係純陽之體，異常亢熱，因之蛟卵上面地土，也起了特別變化。

從前南邊地方官視雪地搜蛟為一種例行公事，到前清洪楊以後，因出蛟的年份很少，也就不大理會，漸漸廢止。其實古時「秋獮冬狩」的「狩」字，就有雪地搜蛟的工作包括在內。這樣看起來，「出蛟」的一樁事確有來歷，並非妄談，不過這位張地保雖然說得頭頭是道，對於出蛟搜蛟的來歷，做夢也不會了解的。

第三章　非鬼非魔

當時張地保對高司務說明了木牌上告示的來由，就接著道，「現在各處獵戶都想得這筆賞銀，託人情，走門戶，去報名上冊。不是獵戶，也想冒充獵戶，弄得擁擠不堪。幸而寧波人都是做買賣的多，當獵戶的很少，否則不要說三千名額，就是三萬名額，也輪不到我們紹興人。

「可是招募的限期快到，上灶、下灶、平水三處獵戶，報名的有五六十個人，經承辦的紳董挑選一下，把老的小的病的剔出去，只剩得十九名。

「因為想湊成二十名，又命我敲著鑼各村兜了一個圈子，果然跟著我來報名的很多。但是本地紳董，都認識他們是種田的，不准他們。可是本縣限定今天晚上將四鄉招募獵夫送到城內點名，而且要當晚押赴寧波，你看廟內坐著好幾個本村紳董，陪著縣裡委員正辦著公事呢。你年紀輕輕，又是個道地獵戶，報名上去，正好湊足二十名額。你說來得巧不巧？倘然這個巧個勁兒，湊上巧運，一路巧到底，到了四明山就許搜著蛟卵，得著賞錢，那時你就算一跤跌到雲端裡去了。」

說到這兒，他哈哈一笑，伸手向高司務背上一拍：「喂，阿高！到了那時候，恐怕把我張伯伯一番抬舉的功勞，也帶到雲端裡去，被風吹得無影無蹤了。我的話對不對？你說，……你說。……」

高司務正想接口答話，忽然廟門口跑出一個官差模樣的人，立在門口高聲叫道：「委員老爺傳地保問話。」

那張地保連忙站起來，應道：「是！是！」

高司務也立了起來，一看門口立著的叫喚的官差已轉身進去，張地保對他道：「你此刻就同我進去，見了紳董委員老爺們，須要跪下叩頭，我叫你道什麼，你就說；不叫你說，不要多開口，知道麼？」一面說，一面把自己身上撣了撣土，掖了掖衣襟，又扶正了帽子，拉著高司務匆匆向廟門口走去。

這時高司務心裡真有點迷迷糊糊起來，身不由己的撿起了獵槍跟著他走。還未進門，張地保又對高司務說道：「你扛著這長長的傢伙，曳著累累贅贅的野物可不成。我代你攜著吧。」高司務就都交他拿著，然後跟著進了廟門，張地保先把他手裡拿著的傢伙野物，一齊交與看門的廟祝，然後輕輕的對高司務道：「跟我走，看我眼色行事。」於是一先一後走了進去。

高司務抬頭一看，小小天井裡擠滿了人，個個直著兩隻眼朝廟堂裡面看個不住。順著他眼光一看，廟堂口坐著幾個穿馬褂袍子的人，中間擺著一張白木裂縫矮桌，桌上疊著幾本帳簿，同一副筆硯。那張地保先叫高司務在天井站住，自己走近矮桌，把帽子一摘，雙手一垂，朝中間坐的一個黃胖臉、兩撇短鬍的人說了幾句。

只聽見中間坐的人說了一句：「叫他來！」張地保轉身向高司務一招手，高司務愣頭愣腦的走了上去，一眼也不敢往上看，就撅著屁股爬在地下，像老母雞啄米似的，啄了一陣響頭；爬起來，低著頭，同那張地保並站著。那黃胖臉的人開口問他姓什麼，叫什麼名字，多大歲數？高司務答道：「小的姓高，沒有名字，人人都叫我阿高，阿高就算小的名字，今年十九歲。」

那黃胖臉的人和旁邊坐的幾個人說道：「這個人似乎還老實也健壯，就把他補上吧。」那幾個人欠了一欠身，齊聲說道：「很好，很好。」

這時張地保把高司務衣襟一拉，向他耳邊輕輕說道：「委員老爺已經把你補上了，還不趕快叩頭謝謝委員老爺，同幾位紳董老爺們！」

高司務又糊糊塗塗的叩了一陣頭，此時那黃胖臉的委員提起筆來，上了名冊，就立起身向眾紳拱拱手說道：「名額已定，兄弟立刻要回縣銷差。」又回頭對張地保說：「這二十名獵戶，著你立刻押送到縣，不得延誤。」說畢，昂頭向外就走，幾個縣差把桌上名冊夾在脅下，也匆匆的跟在後頭，那班紳董自然恭送如儀，這且不提。

那高司務知道立刻就要同這般獵戶一齊到縣，拉著張地保說道：「張伯伯，我要回家一趟，關好門戶，告別鄰居，才能安心出門。您讓我回去一趟吧！」說罷就要拔步出門，急得地保用手一攔，說道：「我的大爺，你倒看得稀鬆平常，可是你也聽到要立刻把你們送縣，今晚就要動身到寧波。你想這兒到你們下灶，少說也有三十多里路，來回就六七十里，你看太陽已經在山腳，兩膀生翅也來不及。再說想回家的不只你一個人，你看天井立著十九位，哪一個沒有家呢？我的大爺，你算可憐我，讓我老骨頭少一頓板子，你算積了大德哩。」

高司務被他說得沒有法子，四面一看，也沒有一個下灶人同認識的人，可以帶一個信回去。一想一間破屋子，誰也扛不了去，用不著掛慮。倘然搜到了蛟卵，得著賞銀，就算平地一聲雷，破屋子也可換新屋子。想到這裡就一聲不響，只說了一句，請他得便到下灶代托鄰居照顧門戶。那張地保點頭答應，又尋著廟祝，把獵槍獵叉還了高司務，可是幾隻山雞、野兔就一聲不哼的笑納了。

從此高司務同這般獵戶由張地保率領上縣，當夜從水道望寧波進發。那下灶村就從這天不見了高司務，偏偏那張地保銷差回來，不多幾日一病不起。平水鎮的人都又不認識高司務；而且因為下灶住戶不多，搜蛟的公文也沒有行到，所以下灶的人們始終不知道他的去向。直到七、八年後他回來那一天，對鄰居說的一番話，依然是有心說謊。

其實那時他同眾獵戶到了寧波以後，由當地官廳會同紳董指定四明山相近幾處廟宇，將這般獵戶分隊安頓，供給食宿，一隊有一個人監督著。高司務這一隊有一百個人，就住在寶幢的鐵佛寺內。

這座鐵佛寺為寧波大叢林之一，與阿育王寺、玲瓏寺、天壽寺、天童寺、霧峰寺等齊名，自明朝敕建，到那時已經四五百年。雖然香火衰落屋宇破損，不及阿育王寺天童寺之名震遐邇，可是氣象莊嚴，尚有舊時規模。寺內大小房屋也有二百多間，安頓百把個獵戶，綽綽有餘。寺內幾十名和尚，知道這般獵戶募來搜蛟，倒也不敢慢待，送茶換水，很是殷勤。高司務到了寺內，總官紳吩咐下來，叫他們明天清早入山，開始搜蛟的工作。當天無事可做，就同這般同伴們，三五一群的到寺內各處遊玩。

原來他們住宿的地方，在大殿背後另外一個大院子，中間殿上塑著魚籃觀音，周圍散著幾十間屋子。從前香火鼎盛的時節，這幾十間房子也是僧人禪定之所，後來僧侶漸漸星散，現剩的幾十個僧人，都住在方丈左近，就把這幾十間破屋空了起來。有幾間屋內，還放了幾口棺材，也許人家寄厝在這裡的。但這所院落，冷清多年，人跡罕至，又存著不祥之具，很有點陰氣森森。

這般年壯氣盛的獵戶滿不在意，一哄而出。轉到前殿，頓覺巍峨高峻，氣象萬千，中間三尊鐵鑄大佛，法身尋丈，寶相莊嚴。殿上兩人合抱的大柱上，蟠著兩條金龍，張牙舞爪，就像活的一般。這般獵戶原為發財而來，自然見佛就拜，一窩蜂跪在拜墊上面，各自喃喃的祝禱起來。高司務未能免俗，也隨著大眾參拜一番，立起身，又到些什麼羅漢堂、藥王殿、彌陀閣各處分頭遊玩。因為這個鐵佛寺面積廣大，建築曲折，百把個獵戶走來走去，就分散開來。

高司務一個人信步所之，不覺走到一幽靜所在，滿地鋪著鵝卵石，砌成各種花紋。中間一條青石甬道，甬道盡處，擋著一堵紅牆，中間露出一個葫蘆形門洞，門洞邊貼著一張筆寫的紅紙條。進洞一看，迎面堆著一座玲瓏剔透的假山，轉過假山，露出很精緻軒敞的三間高廈，一色冰梅紋雕花窗戶。窗外走廊內，排列著一盆盆的各色菊花，一陣陣幽芳清馥，遠遠的送到鼻管裡來。廊外台階下面，種著兩行鳳尾竹，隨風起伏，好像向客迎揖一般。

高司務心想，這地方與別處不同，也許是方丈住的屋子，但是靜悄悄的怎麼沒人影呢？且進去看看再說。就慢慢的從兩行翠竹影走上階梯。看右首花窗敞著，走近窗口，瞧見屋內靠牆滿是書架，層層疊疊裝著整套的書。中間一張樹根雕的安樂椅上，坐著一個衣衫不整的人，面朝著裡看不出面貌，手內舉著一本書，赤著腳，高高的擱在一張梨園桌上面，桌上也亂堆著許多書。

這人一面看書，一面伸著指頭挖腳叉縫的泥垢，有時把挖腳的指頭，送到鼻管一聞，又伸到腳縫內一個個輪著挖個不住。高司務看得一樂，咧著嘴幾乎笑出聲來，不料門牙上忽然一陣劇痛，好像獵槍放出來的鐵沙彈了一下一樣。用手一摸，從牙根上摸下一顆很小的泥丸來，泥丸上面還隱隱的黏著牙血。猛的鼻上又是一下，一伸手，從鼻尖上取下一個小泥丸，帶著一股特別的奇臭直鑽鼻管，拈在手中，噁心的氣味兀自不斷的發散出來。

此時高司務聞到這種氣味，明白這個泥丸一定是屋內看書人腳縫內的東西，想到這兒幾乎把肚內隔夜飯都嘔出來。連忙拈著腳泥丸向地下一擲，恨不得一腳跳進去，揪他出來賞他一頓。但是親眼看他面朝著裡，一動也沒動，怎麼憑空不偏不倚的會彈到面上來，而且一顆小小腳泥丸，來的力量竟像獵槍放出來的鐵沙彈一樣，這不是奇怪的事麼？再看屋內那個人，依然一聲不響，一面看書，一面挖腳。

這時高司務吃了兩下啞巴虧，雖然想不出所以然來，心內兀自氣忿不過！心想無論如何這兩顆腳泥是他身上的東西，沒有第二個挖腳的人，不向他理論，向誰理論？越想越對，就衝喉而出向屋內喊了一聲：「喂，先生，你是讀書人，為什麼憑空欺侮外鄉人？把這個齷齪東西向我面上亂擲，你出來，咱們評評道理。」

那屋內的人，哈哈大笑一聲，拋書而起，隔著窗雙目一張，彷彿一道電火似的，直射到高司務面上。高司務一看這個人約莫二十幾歲，面如冠玉，神采飛揚，尤其是兩道劍眉，一雙鳳目，格外來得威稜四射，不可逼視。這個人一看高司務雖然裝束粗魯，倒也生得虎頭燕頷，與眾不同，也自暗暗點頭，笑著對高司務說道：「你且進來，我與你談談。」

高司務生長山村，天賦淳厚憨直的性質，被這人神威一照，溫語相接，就發作不起來，身不由己的走進屋內。那人又指著對面椅子，叫他坐下談話，自己仍然赤著足坐在看書的原椅上。但是高司務知道這個人器宇非凡，說不定是本地的紳董，屁股在椅子黏了一黏，又立起身來。那人好像知道他心理似的，笑著立起來，伸出一隻手向高司務肩上一按，說道：「你只管坐著，我不是那種人。」

高司務這樣雄壯的身材，經他單手一按，不由自主的直坐下去，暗暗吃驚。心想看他不過一個文弱書生，有這樣大的力氣，怪不得那話兒像鐵沙一般。那人回到自己椅上，又微微的笑道：「我這個地方沒有人進來的，因為我囑咐過本寺方丈，而且門口還貼著閒人莫進的紙條。你既闖了進來，咱們也算有緣。不過起初沒有看清楚是你，有點遊戲舉動，請你不要見怪。你不是來掘蛟發財的嗎？我可以幫你毫不費力的尋一個大大的蛟卵，向官廳領賞去，這樣一來，你定可以不恨我了吧？」說罷，一隻手支著下頷，眼光注定了高司務等他回答。

高司務毫不思索急急的說：「請你恕我，你牆上滿寫了字，我也一樣進來，因為我是不認識字的。你說的卵，且擱著回頭再說。我現在心裡有一事，非請你告訴我不可。我在窗外立著的時候，牙上鼻上中了兩顆腳泥彈丸，倘然此刻你自己不承認，我真不敢咬定是你幹的。因為我看你頭也不回，手也不舉，怎麼像有背後眼似的，準準的彈到我面上呢？最奇怪的憑這一點點腳泥就把我門牙彈出血來，到現在我這顆門牙還有點活動呢。」

那個人聽他說到這兒，突的立起身來，拉著高司務的手狠狠一搖，道：「好，不識字的人才有天真，尤其你這種不識字的人。你問我的話也很有點意思，我倒很願交你這個朋友。你要知道這個緣故，我此刻對你說，你也不會明白，將來倘然你有緣的話，你非但能夠明白其中的道理，也許你自己也能趕得上，慢慢的往後瞧吧。可是我說幫你掘到蛟卵的話，也是真話，此刻時候不早，我另外有點事，不便和你細說。倘然你能信我，晚上三更以後，等你的同伴睡熟，悄悄的一個人上我這兒來，再和你細談。」

高司務此刻知道這人不是常人，油然生出一種敬畏之心來，立起身連聲答應，就趁勢告辭走出來。那人居然送他到走廊台階上面，高司務忽然回轉身來說道：「我真荒唐，說了半天，我還不知您貴姓呀。」

那人笑了一笑道：「沒有關係，我姓王，是本地人，回頭再談吧。」

高司務重新轉身走出來，將要走到葫蘆式門洞口，又聽得那人在台階上喊道：「回來，回來。」遂又轉身回過去，問道：「你還有事嗎？」

那人仰著頭想了一想道：「你們不是住在大殿後面一所大院子裡麼？那所院子空了多年，已成兇宅，恰恰今天日辰很是不吉，你們雖然人多氣壯，總以小心為是。你記住我的話，到了三更就上這兒來，保你平安無事，你去吧。」

高司務走了出來，一邊走一邊想，這個人何等英雄氣概，可是此刻說的什麼兇宅哩，日辰不吉哩，不成了婆婆媽媽麼？也就半信半疑不以為意，只記得三更以後，定來赴約。一路走來，不覺已到大殿。因日已西沉，大殿四角黑暗暗的越顯得深邃莫測，只中間懸掛的玻璃燈，發出淡淡的一圈黃光。穿過大殿，回到那所院子，這般獵戶都已遊畢回來。喧喧嚷嚷的站了一院子人，各屋子地上平鋪著預備他們睡覺的草薦，也有三五一群坐在草薦上聊天的，他也進去坐在一塊兒瞎談起來，只不說出遇到姓王的一段事。

一忽兒有人提一大筐饅頭進來分給眾人，各人止住話大嚼起來。監督他們的幾個人，這時分頭向各屋內通知，晚上不給燈火，免生危險，叫他們早點睡覺，明天一早進山，說畢自去。此時天已大黑，一鉤冷月，幾點星光，屋內依稀看見幾個人影，這樣子也就無法談話，漸漸的靜寂起來，漸漸的鼾聲四起。只有高司務躺在草薦上，思潮起落，靜待三更。這時偌大一個寺內，萬籟無聲，只有遠處的更柝，各屋的鼾聲，互相和應，這樣子沉靜了許久。

高司務默數更柝，還只二更，不覺呵欠連連，兩眼合縫。正在朦朧當口，忽聽得近處克叉一聲，猛一疏神，兩眼睜了開來，側耳一聽，依然寂寂無聞。覺得有點內急，暗地摸索著立起來，藉著外邊透進來一點星月微光看到地上橫七豎八躺著的人，睡得像死去一樣。從人身上慢慢的跨出去，到了戶外立在院子中間抬頭一看，浮雲遮月，涼風砭肌，似有雨意。正想走到院角撩衣小便，猛聽得背後又是「克叉」「克叉」兩聲，不覺吃了一驚！回頭一看，似乎這個聲音就在對面屋裡發出來的。

壯著膽子細細一望，那屋同別間房屋一樣沒有門戶，大約年久失修，門臼脫落的緣故。再向屋內一瞧，黑洞洞的看不清楚。忽然想到白天看見有一間屋內擱著幾具棺材，似乎就是這一間。這樣一想，他機伶伶打了一個寒噤，把一泡尿都嚇回去了。心想白天王先生說這院子是兇宅，也許真有點道理，此刻大約快到三更，不如離開此地，早去赴約為是。正要拔步就走，禁不住再向對屋一瞧。啊呀！我的媽！這一瞧不要緊，幾乎魂靈嚇出了竅。

你道他看見了什麼？原來他一眼瞧見對屋的門外，筆直的立著一個怪東西。看不清身上什麼樣子，只看見這個怪東西頭上的長髮，一根根像刺蝟般的立著，面上深深的眼眶內，藏著兩顆碧熒的怪眼珠，正一瞬不瞬的瞧著他。幸而高司務自幼翻山越嶺，力壯膽粗，雖然受嚇不輕，一時慌亂動不了步，幸而那怪物也紋風不動的直立著。

他勉強鎮定心神，四面看清了出路，猛然一個轉身，拔腿飛逃，頭也不回直往大殿奔去，由後殿奔到前殿。抬頭一看，叫聲苦不知高低，原來前殿又高又大的八扇殿門，關得密不通風，一時心慌意亂，難以拔關而出，急得他像蒼蠅掐了頭似的，四面亂撞。哪知怪物一雙青熒熒的怪目，已從殿後直射出來，而且張著鳥爪般的怪手，直著腿，亂蹦亂跳的追蹤前來。眼看離身不遠，嚇得他冷汗直流！一想殿門難開，來路又被怪物擋住，回頭一看，佛座面前擺列著一橫一豎的幾張經桌，立刻退到桌旁，一步一步的往後退避。

哪知怪物一步不肯放鬆，循著桌沿直跳過來，他只得回頭就跑。這樣一前一後，愈追愈急，繞著幾張桌面，不知盤旋了多少次，從這桌跳到那桌，又穿過別桌，好像走八陣圖一樣。追得他神疲骨軟，氣喘如牛！幸而那怪物一味直著腿亂跳，在桌縫裡面，逢到拐彎轉角的地方，終不如人跑的便捷，一時不致被怪物擒住。

有時高司務逃得距離遠一點，暫時立住換口氣的時候，那怪物也立時定住不追。一邁步，怪物也同時跳上前來，緊逃緊追，慢逃慢追，不逃不追，竟像存心逗他玩的一樣。可是那怪物無論追與不追，兩隻怪眼睛，始終一瞬不瞬的盯住了他。有時兩隻怪爪，觸到桌面，立時幾個窟窿，看得直欲心膽俱裂！心想萬一被牠追上，立刻死路一條，趕緊想一脫險方法才好。但是離後院已遠，叫喚起來，絕難有人聽見，只有設法逃出大殿，逃到王先生那兒，或者他有法子制住這個怪物。此時知道自己不動，怪物也不會動，故意立在遠遠的桌頭，與怪物對立著，一面用心留神怪物舉動，一面肚裡不住打主意。

忽然望到怪物背後殿角裡架著一面大鼓，鼓後還有一個大圓洞，洞裡面似乎是一間配殿，與大殿相通。極目望去，裡邊黑黯黯地上印著一塊長方形的月光。他想一想，方猜定是大殿開著門，所以月光透進來。這重門既然與大殿門並著，當然也通殿外的空地。起初只是拚死逃命，想不到旁邊配殿還有門開著，立時心頭一鬆，得著一計，故意邁動幾步，引那怪物追他。

果然他一動腿，怪物就追。這次不循桌逃避了，一直望著那配殿飛奔過去。到亮處一看，果然開著門，直通殿外遊廊。記得白天走盡遊廊，就是通到王先生那邊鵝卵石徑。這一喜非同小可，立刻縱出門去，向遊廊直跑。

哪知他不逃還好，這一逃幾乎喪了性命！因為在大殿內有許多長桌擋住，那怪物無法狂追，等到高司務變計逃出側門，那怪物竟如磁石吸針一般，飛追出來。追到遊廊，直通無阻亂跳亂蹦，竟也迅速非凡，接連幾跳，就離高司務身後不遠。回頭一看，那怪物巉牙豁露，鋼爪怒張，愈顯得猙獰可怖。喊聲「不好！」拚命向前飛逃。剛逃盡遊廊，踏上鵝卵石徑，業已望見葫蘆式門洞，忽覺身後噓氣咻咻，一股奇冷尖風直刺腦後。一回頭，那怪物已經離身不過數尺，張牙舞爪，直撲上來。這一驚非同小可！「啊呀」一聲，還未出口，不料腳底下被石苔一滑，兩腳一軟，望前直跌出去。連驚帶嚇，躺在地上暈了過去。

等到甦醒過來，他覺得肚上有一件東西壓在上面，以為已入怪物之手，猛的睜眼一看，滿眼紅光閃耀，一時看不真切。再一定神細瞧，哪裡還有怪物？自己躺在一張精緻的榻上，榻前立著那個王先生，呵著腰，右手拿一枝燭台迎面照著，左掌按著他肚子上不住的摩擦。不覺啊呀一聲，說：「怎麼我會睡在這兒，不是做夢麼？」說罷就想坐起來。

那王先生把燭台向榻前几上一放，向他搖著手道：「你此刻原神未復，且不要動，你經過的事我都明白，回頭再說。」說畢，那隻按在肚上的手，格外摩擦得快。覺得他的掌上發出一股熱氣，直達丹田，蕩腸迴氣舒適異常，肚內立刻咕嚕嚕響起來。而且掌內透出的熱氣愈來愈盛，奇熱非凡，立刻遍身大汗如淋。一陣大汗過後，就覺得全身融和舒暢，精神陡長起來。這時王先生笑著點了點頭，停止按摩，仰起身對他說：「現在寒邪不致內陷，沒有什麼關係了。」

高司務不懂什麼叫寒邪內陷，只覺得遍體舒適，毫無痛苦，兩手一撐，一偏腿走下床來，向王先生說道：「我被怪物追緊，一跤跌倒，自知必死！現在到了這兒，想必是您從怪物手裡救回來的，這番救命之恩，叫我如何報答？」說罷，趴在地下鼓冬冬的叩起響頭來。

王先生兩手一扶，把他扶了起來，納在一張椅子上，自己也坐在對面椅上笑著道：「你吃一番大驚嚇，雖然我救你出險，其中尚有別情，也許你聽得反要恨我呢！老實對你說，我明知那個怪物三更時分必定出來的，故意叫你等到三更以後，上我這兒來，料得你一定會逢到那怪物。但是我們沒有海樣深仇，為何故意讓你蹈這個不測之險呢？因為我們白天見面，我很愛惜你這個人，可惜你質美而未學，就如一塊含鋼的鐵，蘊玉的璞，不經過陶冶琢磨是顯不出來純鋼美玉的。我存了這個心思，特意叫你遇到怪物，試試你的膽量定力如何？其實你與怪物在大殿追逐的時候，我就蹲在佛座前監視著那怪物，等到你變計逃出側門，我暗暗的讚美，知道你臨危不亂很大膽，足見我雙目不盲。

「後來怪物飛追出來，我就躡在怪物後面，等到怪物追近，你一腳滑倒，我就一個箭步，趕到怪物前面，轉身飛起一腿，把牠踢跌回去好幾丈遠。那怪物原是非鬼非怪的一種殭屍，一跌倒地下，就泯然無知，依然是具硬屍。我恐怕明天有人發現屍首，弄得闔寺不安，就灑上一點化骨丹，把這具屍骨化成一灘臭水。然後把你抱回來，運用內功的丹田真氣，渡到你的身內，把你治醒過來。不過你雖然受了一場虛驚，倒也積了一樁功德。倘然沒有你把怪物引了出來，那般睡得像死去的獵戶早已遭了毒手！不用說都睡得人事不知，沒有抵抗能力；就是清醒著的，有幾斤笨力的壯夫，也鬥不過這個怪物的。你在大殿上也看到那怪物的兩爪，觸處洞穿，多麼厲害，豈不都是死數！」

高司務聽他說出這番話來，如夢初醒，心想那怪物已夠厲害，不料這個白面書生，竟比怪物還要厲害萬倍，難道是神仙不成？聽他口吻對我很有成全意思，我不要錯過機會才好，但是自己是個目不識丁的粗人，他肯收留我麼？

正在心口相商欲言又止的當口，王先生一看他的面上神色，早已肚內雪亮，笑著說道：「我今天這一番做作，原為成全你起見。我們師兄弟五人自離師門以後，都抱濟世渡人的宗旨，倘有質地品性完全無缺的人才，沒有不樂於玉成的。但是到處物色，姿質好的還容易收羅，要質品兼備的實在少有。今天看到你，用言語一探，就知道你倒合我們物色的資格，不過我們雖然到處收羅，並非收作自己的徒弟，都是代師收徒。物色到一個人才以後，得到本人同意，即須送到老師那兒親自再考查一下，然後方能正式入門牆。倘然你願意跟我們學藝學道，明天我們三師兄定來看我，我可以託他把你帶到老師那兒，但不知你家中父母能否應許你呢？」

高司務一聽，樂得心花怒放，比搜著蛟卵得到賞銀，還高興十倍。心想在這樣神仙一般的王先生手下做名當差，也是福氣，何況還有本事可學呢，立刻答道：「我父母早已亡過，連兄弟姊妹都沒有，一無牽掛，您說怎麼辦怎麼好。」

王先生點著頭說：「這倒真合適，但是你明天入山搜蛟卵這一樁事怎麼辦呢？」

高司務毅然答道：「這是小事一段，既然立志跟您學本事，賞錢有何用處？何況未必掘到蛟卵呢？明天向管事的人托故辭掉就是了。」

王先生笑著說：「你以為白天我對你說幫你毫不費力尋著蛟卵的一句話，也是因為要誘你三更上這兒來故意這樣子說的麼？其實這句話，倒是確確實實的。不過其中尚有許多作用，我現在把其中實情一說，你就明白了。你以為這次四明山上勞師動眾的搜蛟卵，真有這許多蛟卵嗎？我可以肯定地說：把整個四明山翻過來，也找不出半個蛟卵影子來。」

高司務聽得渾似丈二和尚摸不著頭腦，呆著臉說道：「咦，這可把我弄糊塗了，照您這樣一說，怎麼還說毫不費力尋著蛟卵一句話確確實實的呢？」

王先生笑了一笑道：「你不要心急，我不是說過其中尚有作用麼？你知道這樁事的內幕嗎？倘然拆穿西洋鏡，真可以笑掉了牙！」

高司務急急的問道：「這又是什麼意思呢？」

王先生冷笑一聲道：「這就是劣紳巧宦的怪現狀，你既然應募而來，當然也知道此事發動的原因。其實平地冒出水泡，原是山上水脈和地質變態的關係，像山東濟南府的趵突泉，就是這個樣子，一年到頭不斷的冒出尺多高的水泡。倘然下有潛蛟，濟南府早變了大海了。要說出蛟的事，隔了好幾年也許偶然發現一次，上次這兒真個出蛟，已屬稀有。不料這般糊塗官紳，見風當雨，偶然看到山上平地冒出水泡，愣說下有潛蛟，空掘了一次還不甘心，再要大動干戈的來一次。你看將來東掘一個窟窿，西掘一個坑穴，四明山算倒了十足的楣，這般獵夫算上了十足的當。我真看得氣不過，決意和這般糊塗官紳開個玩笑，弄點玄虛，真個叫這般獵夫掘出幾個蛟卵來，獻上去領賞，免得這般窮苦獵戶，費時失業的白跑一趟。」

高司務說道：「既然山上沒有蛟卵，如何變得出來呢？」

王先生笑道：「倘然變不出蛟卵，何必說一大堆廢話？到天明時候自然有人送來，不過其中你也要幫一幫忙，幫我們把蛟卵暗暗的運上山去，投入掘的坑內，假裝著掘出來的樣子。可是蛟卵發現以後，這幫蠢獵戶必定當活寶似的爭奪起來，這一節倒不好辦！」

高司務說道：「這個我有辦法，我已決意隨您學藝，要這賞銀何用？假裝著掘出來以後，我就向大眾宣布，蛟卵雖然是我掘出來的，我情願分文不要，請求官府照告示上辦法，不論寧波的獵戶、紹興的獵戶，凡名冊上有名的，大家利益均沾，一律公攤。這一來，大約不至於爭奪了。」

王先生點著頭說道：「很好，照你這種見地，真不像目不識丁的人說出來的，將來前途不可限量。現在已快天亮，我們三師兄不久就到，你就在此隨意休息一會兒，我一夜未睡，也要靜坐調息一回。」說罷就看他坐在椅上，雙腿一盤，兩目下垂，挺著腰，坐得紋風不動。

高司務不敢再驚動他，獨自溜了出來，立在走廊台階上一看，只覺滿院金風颯颯，玉露霏霏，除去天上掛著疏疏的幾顆寒星，階下隨風擺搖的幾枝鳳尾竹，略可辨認，其餘四方漆黑夜色沉沉。想到今天因禍得福，幸遇奇人，正是意想不到的事，不覺躊躇滿志，暢快異常。但是一夜未曾交睫，又受了一番嚇驚，談了許多話，此時心神一定，漸漸的呵欠連連，兩眼重得抬不起來。不知不覺的向階上一坐，靠著廊柱，抱著膝，打起睏盹來了。

第四章　三更驅獸

不曉得經過多少時候，忽然一陣涼風，把竹梢含著的曉露，吹下來灑了他一面，驟然臉上一涼，驚醒過來。高司務睜眼一看，天已大明，東方一輪紅日已經照到身上。大殿之木魚聲，遠處雞鳴聲，叱犢聲，聲聲入耳。屋內也似有人同王先生說話，趕忙腰板一挺，立起身來。不料頭皮一陣劇痛，一個後坐，把屁股墩得上下相應，似乎後邊有人拉住辮子一樣。回頭一看，立時把他嚇得目瞪口呆，也不知哪一個捉狹鬼，乘他靠著廊柱打盹的時候，把他一條烏龍似的髮辮，塞在廊柱石礎底下。急得他拉著自己的辮子，蹲著身拚命往外拔，活似蜻蜓撼石柱似的，空自出了一身汗，哪裡拔得動分毫？心想這樣一抱粗的廊柱，要拔起來，再把我的辮子塞進去，非有千斤之力如何辦得到？一定又是王先生搗的鬼，情不自禁的急喊起來。

喊聲未絕，王先生同一衣冠楚楚、生得瘦小枯乾滿面精悍之色的漢子，走了出來。王先生一看他的身子同廊柱黏住，蹲著身抬不起頭來，雙眉一皺，笑著說道：「這定是三師兄使的捉狹。」一邊說一邊走近廊柱，一彎腰，雙手抱住廊柱石礎，像魯智深倒拔垂楊一般，微微往上一起，升起半寸光景，用腳把辮子撥離了柱礎，又慢慢的一放。這樣子把廊柱一起一放，居然上面連一點塵屑都沒有掉下來，那瘦漢子在旁邊說了一聲：「好！想不到老五進步如此神速，甚是可喜。」

這時高司務直起腰來，長長的吁了一口氣，一聽這瘦漢說話，吃了一驚！心想看不出這一身沒有四兩肉的人，說起話來，竟像在耳邊敲鐘一般。聽王先生的口氣，這事定是他幹的，真不信骨瘦如柴的人，有這樣大的神力？

正在胡想的當口，王先生指著瘦漢子說道：「這位是我的三師兄，不知道的很少，本事比我大得多哩。提起他的名頭，不要說是天下水旱兩路英雄，個個聞名威服，就是住在江浙兩省的普通人民，提起他來不知道的很少。此刻無暇對你細說，將來自會知道。」

那瘦漢子笑嘻嘻的走過來，拉著高司務說道：「對不起得很，我進來的時候黑暗暗的看不清，以為你是偷東西的賊，所以順便把你的辮子拴住了。後來見了我們老五，才知道你是老五新交的朋友，正想出來解釋一番，你就喊起來了。」

高司務口裡只能說不妨事，心裡想著：這倒好，使了捉狹，還當我是賊，橫豎今天我吃盡了啞巴虧。不吃苦中苦，怎為人上人？隨他們怎麼擺布，反正我膩住你們非學到能耐不可。王先生說道：「時候不早，閒話免提。」一邊說一邊向懷內拿出一個比雞蛋大了十倍的巨卵來，卵上全是花斑，向高司務說道：「此刻時候不早，那邊獵戶快要出發，你把這個巨卵藏在身邊，隨著他們上山，照昨晚所說行事。今天晚上仍舊上我這兒來，再辨你的正事。」說罷，將卵交到他手裡，催他快去。

高司務想問幾句話，聽得後院人聲嘈雜，知道就要出發，只得把卵藏在懷內，匆匆的出來。走到鵝卵石徑，想到昨晚的事，心中還有餘悸，低頭一看，果然幾條青石上面，尚有一灘似血非血的黑色水漬，隱隱聞著餘臭，無暇細看。急急奔到殿後，滿院子擠滿了人，有幾個一路作伴來的獵戶，正在四處找他。一看他進來，問他一早起來，怎麼人影卻不見了？高司務推說去尋出恭地方，所以耽擱許多時候，人家以為所說是真，也不疑心。他走到擱棺材的屋中，偷眼一看，果然有一口棺材，上面材蓋已傾在一邊。這般走來走去的獵戶，也不留意，高司務也假裝沒有看見。回到自己屋內，把帶來的打獵傢伙束在一起。

這時督隊的人，扛著許多掘土的傢伙，每人分了幾件，又給了一袋乾糧，就帶著他們全隊出發。這般人都扛著獵叉獵槍同掘土的鐵鏟，雖然沒有行列，一路浩浩蕩蕩的過去也像行軍一樣。一出寺門街上，男女老少像看賽會似的立滿了人，還有好事的人高聲呼喊著：誰的運氣大，誰掘出蛟卵，領得銀子白花花，回家討老婆——像歌謠似的喊著。這般獵戶都是年輕喜事的，也用著俏皮話回答。一路喧喧嚷嚷，到了四明山下，就四面分頭進山，由督隊的人照官紳指定的地點，亂掘起來。一面又分撥了一隊，去掘冒水泡的地方。

且不提這般獵戶發瘋的滿山亂掘，卻說這天晚上，鐵佛寺內王先生一人正在燈下看書，忽然高司務笑嘻嘻的走進來，連呼奇怪。王先生笑道，「事情辦妥了嗎？有什麼奇怪呢？」

高司務答道：「事情倒已辦妥，不過別隊裡真個掘出了蛟卵來，而且不止一個，連我這個假的，一共發現了十二個。我恐怕我這個假的同他們真的一比，看出蹊蹺來，懷著鬼胎跑過去一看，誰知大小形式一毫無二，我才心上一塊石頭落了地。他們對我說，每逢發現蛟卵之先，必定天上有一道白光射入坑內，白光一閃以後，坑底就露出蛟卵，個個都是如此，問我掘出來時候是不是？我只好說同他們一樣。山上發現蛟卵以後，闔城官紳商民像潮水一般湧上山來，滿山都是人頭。這般官紳把十二個蛟卵一齊取去，當寶貝似的藏起來，不准商民來看，聽說還要送到省裡去。可是賞銀的事，聽說那般官紳沒有提起，這般獵戶恐怕得不到賞銀，像發瘋似的喧鬧了一陣，經官府帶來的親兵四面一彈壓，也就乖乖的了。我因為已經對同伴聲明不要賞銀，也就不放在心上，先悄悄的回來了。現在我知道帶上山去的蛟卵也是真的，大約你們到別處山上掘來的。」

王先生聽他說到此處，坐在椅子上，笑得打跺，說道：「老實對你說吧，被發現的十二個蛟卵都是假的，都是我同那位三師兄弄的玄虛。這種巨卵是我們大師兄朋友在海外帶回來的鴕鳥卵，蛟卵究竟是什麼樣子，誰也沒有瞧見過。何況這般利慾熏心的官紳，惟恐張揚一番，掘不出蛟卵影子，誇不了功，說不響嘴。一開頭一天就掘出了十二個，樂得夢裡都撕著嘴笑，哪有工夫辨別真假。就算他們有幾個精明的認得是駝卵，一想上司藉此報功，還敢放個屁嗎？直至還疑惑這般官紳自己弄的玄虛呢！」

高司務此時才明白其中有許多曲折，又問道：「但是他們發現時，天上有一道白光射下來，這是怎麼一回事呢？」

王先生笑道：「哪裡是天上射下來的光！你們到了山上，我同我三師兄早已在山上恭候你們了，你們分隊發掘，我同師兄每人分藏了幾個駝鳥卵，也就分開各行各事。每逢一隊獵戶掘得差不多的時候，我就在不遠的一株最高松樹上面，掏出一個駝鳥卵，遠遠擲到掘深的坑內。卵的底子本是白的，從好幾丈高的松樹上，又從陽光下投射過去，在他們看來，好像天上下來一道白光似的。但是沒有內功的人，擲起來不能像我們擲得那樣快如閃電，也容易看出來的。我擲了一個，又到別處如法炮製，我三師兄也照我一樣的辦法，所以都說一樣有白光一道，其實拆穿西洋鏡有什麼奇怪的呢？」

高司務到此方算徹底明白，正要開口說話，忽然燈影一晃，面前現出一個人來。仔細一看，原來就是早上使捉狹的瘦漢子，笑嘻嘻對王先生說道：「可笑這般糊塗官紳，得了十二個寶貝蛟卵，立刻停止搜掘，又恐怕這般獵戶人多滋事，把三百兩銀按名分攤，即日遣散。另外每人給了一塊銀獎牌，說是有了這塊獎牌，在本鄉打獵官府不致干涉，算代替從前告示所說的免捐執照。不過銀牌上刻著一年以後無效，這般獵戶總算沒有自來一趟。」忽然指著高司務說道：「你真個不要賞銀嗎？」

高司務笑著一搖頭，王先生接著說道：「師兄不要輕量天下士，倘然我們師父肯造就他，將來必不在你我之下。他昨晚遇到不測之險，居然能夠鎮定心神，也是常人所辦不到的，而且居心仁厚，事事肯吃虧，亦是載福之道。」

那瘦漢子聽王先生這樣一說，回頭把高司務細細打量，不住點頭，問王先生道：「師弟說的不測之禍，怎麼一回事呢？」

王先生就把昨晚他遇著殭屍的事，說了一遍。瘦漢子道：「這種事我們遇著不以為奇，他能如此應付，確也很不容易。闖蕩江湖這多年，遇到稀奇凶險的事不知多少，可是殭屍一類的東西，我真還沒有見過。可惜昨晚遲到一步，否則倒可以開開眼了。但不知這類殭屍，究竟是鬼是怪呢？」

王先生說道：「講到殭屍，不是鬼，也不是怪，古人說的屍居餘氣，倒用得好。倘然年衰病死的屍體，絕變不了殭屍。生前強壯不得善終的人，偶然感受著一種特別的地氣，天然的把屍體變做一種不腐不爛的質料，又逐年逐月的受著日精月華風吹電觸，漸漸的就變成殭屍。倘然沒有衝著活人氣味，還不至跳出棺材來。前幾天夜深的時候，我因偵察我們的事，遊行殿上，縱到那邊院子的屋上，就聽棺材裡邊有異樣聲響，知道快要變成殭屍。

「一想這院子終年不住人，一時也不會出來作怪，也就不在心上。昨天這般獵戶進去一住，就料到被這許多濃厚人氣一衝，晚上必定出來，恐怕這般獵夫遭害，就乘機一舉兩用，叫他引出來除掉這個不倫不類的東西。其實這種東西，雖然能跳能攫，力大無窮，只要一腳把他踢倒，他就無能為力，依然是一具泯然無知的屍首。因為跌倒以後，全身一受地氣，即與人氣隔絕，還復本來。所以殭屍的殭字，就是仆倒的意思，殭屍兩字明明說跌倒仍變為屍，古人造字都含有深意的。」

那瘦漢子聽了這番話，翹著大拇指說道：「嘿，老五真是博學多能，怪不得師父說你的功夫，一半是從書上得來的。老二雖也裝了一肚皮的書，可是我只看他口不離酒，不像你一天到晚在書堆裡過日子！當真說起書來，你的家傳法寶，究竟有沒有一點線索呢？」

王先生一聽他問到這句話，趕快把手一搖，輕輕說道：「隔牆有耳，回頭再談。」

話聲未畢，窗外巨雷似的一聲大喝：「看箭！」那瘦漢子正背窗坐著，微微覺到腦袋後有風，也不回頭，微一側身，隨手向後一撩，撩住一枝五寸長的無翎鋼箭，箭杆上還捲著一張信紙。瘦漢把箭往王先生面前一放，一轉身，像燕子一般從敞著的窗洞飛了出去。王先生一看出事，把面前桌上的鋼箭向懷內一塞，身子一起，也跟蹤飛出窗外。

此時事出意外，只把屋內坐著的高司務，看得呆若木雞。也不是驚也不是嚇，心想好好的坐著講話，怎麼憑空的窗外有人一喝，就進來了一枝箭，他們兩人又像長了翅膀似的飛了出去，這是怎麼一回事？生平非但沒有看見會飛的人，聽也沒聽見過，這種人的能耐實在大得駭人！正在想得出神，那二人已從房門口緩緩的跨進來，舉止從容，好像沒有這回事一樣。

王先生笑著對高司務說道：「又叫你遇上一樁事，這事與你無關，你也無須過問。現在先把你的事辦妥再說，因為明天我也要離開此地了。」說到此處，突然面色一正，很誠摯的說道：「我們遵照老師父的訓條，處處行俠仗義，濟世救人，都根據仁義兩個字去做。我們學的能耐，因為要濟世救人，才去學的。倘然口是心非，等到學全能耐，立變心腸，反過來去為非作惡，到了那個時候，我們戒律極嚴，非但老師父立刻追取性命，就是我們同門也不容他逍遙法外。你倘然進了師門，我是你的介紹人，不能不預先告訴你，免得以後你生後悔。」

這一番詞嚴義正的話，聽得毛骨悚然！高司務真也福至心靈，聽他說完，立刻肅然起立，昂然說道：「我是個目不識丁的人，不會說話，只曉得一心一意去做，您老往後瞧吧。」

王先生說道：「好，大丈夫一言為定。」又回頭對瘦漢說道：「我們師父四海為家，並無定處，真要找他卻非容易。幸而前幾天四師兄龍湫僧從雁蕩山來信，說是接到師父諭言，明年春初在他那裡會面。現在已是秋末，沒有幾個月工夫，就可以會著他老人家。我想備一封信，明天叫他動身，直到雁蕩山靈巖寺投四師兄。那兒寺大僧眾，可以長期寄身，順便托四師兄指點他入門功夫，師兄你看這個辦法何如？」

瘦漢說道：「現在你我身上有事羈身，也只好如此辦理。」說罷，從腰裡掏出一面三寸長的尖角小旗來，很慎重的交與高司務道：「你把這面旗好好帶在身邊，到了雁蕩，見了我們老四龍湫僧交給他，他自然明白這面旗的用意。」

高司務接過來一看，一面紫紅綾製的小旗，中間絲線繡出一條白龍，龍身上印著一顆圖章，也不敢問旗的用意，且自收藏懷內。這時王先生就在桌上寫起信來，忽然停筆問高司務道：「我聽你同伴叫你阿高，這個名字實在不雅，另外還有名字沒有呢？」

高司務答道：「從來沒有名字，這個高字還是我的姓呢，就請你賞我一個名字吧。」

那瘦漢搶著說道：「這樁事我倒在行，因為我的部下投效來的時候，都要註冊。有的只有江湖綽號沒有名字，有的連綽號都沒有，我就代他們瞎起幾個名字，寫在冊上。但是他的名字，倒不便隨意亂造。」忽然把桌子一拍說道：「有了！何妨紀念搜蛟的一樁事，用潛蛟兩字，作為名字呢。老五你看怎樣？」

王先生笑著說道：「潛蛟兩字，又雄壯，又響亮，切人切事，確是最好不過。」高司務也覺得這個名字很有意思，就立起來向瘦漢道謝。作者從此也把高司務三字取消，稱他高潛蛟了。

王先生就把高潛蛟三字寫入信內，寫明介紹求師學藝的意思，寫畢，交他同那面旗一塊兒藏入貼身衣袋。又把從寧波，過台州，到溫州進雁蕩的水陸路程，詳細的叮囑一番，又拿出了三十兩紋銀，叫他作為路費。諸事辦妥，叫他就在這間屋內床上睡覺，說道：「明天起來，也許我們早已出門，只管獨自動身，到明年春初，我們自會到雁蕩去找你。」說畢，連連催他上床安睡。

高潛蛟一想，屋內三人，只有一床，如何能夠先睡？就笑著說道：「我在地下睡慣，你們兩位上床安息吧。」

王先生笑著說道：「我們練功夫的人，盤膝靜坐的時候多，我到這兒來了多日，還沒有在床上睡過一次呢。你毋庸客氣，昨天打熬一夜，明天一早又要長行，盡管安睡好了，我們還要談話呢。」說罷兩人走到對面屋裡去了，高潛蛟也就老實不客氣的上床安睡。

（在下寫至此處，要交代幾句話，本小說原是集納許多異聞軼事，做成長篇小說，倘然平鋪直敘，有何興趣？必須用虛、實、映、伏，像抽蕉剝繭似的，一層層抽剝下去。雖然千頭萬緒，但是，愈往後看，愈緊張，愈複雜，一層層互有聯絡，一步步交代清楚。譬如本文所說，以高潛蛟為主，王先生、瘦漢子是賓，王先生、瘦漢子兩人姓名來歷，同突然而來的鋼箭、小尖角旗等等，都非無因而至，將來自有逐步表明、一線貫通的地方。想到讀者急於明白下文心理，所以在此交代幾句，交代既畢，請看下文。）

高潛蛟次日一早起來，到屋外一瞧，那王先生同瘦漢子早已不在，想必有事出去。昨天既然交代明白可以不用管他，就把自己身上略一整理，帶好了信旗、銀兩，拖步出門。經過大殿，一聽後院寂無人聲，料得獵戶都已遣散。想起自己的打獵傢伙還在後院擱著，或被別處獵戶順手牽羊，早已拿去。轉念此後不作此種營生，攜著遠行，反覺累贅，也就棄而不顧。走出寺門，先在附近小飯店內略事盥洗，飽餐一頓，然後按著王先生所說的路程，曉行夜宿，按站走去。

按說從寧波到雁蕩，仍在本省境內，也沒多遠路程，不過那時候交通不便，從海過去，由寧波象山港，坐海船可以直達台州灣上岸，再由黃岩赴雁蕩，較為近便。那王先生囑咐高潛蛟的路程，卻是旱道。從寶幢到雲居山，翻過蘇木嶺，到達寧海，出寧海西門，一路經過梁王山、天台山、文筆峰、榧樹嶺，下嶺走臨海縣、黃岩縣，出黃岩南門、達八奧，算到了溫州地界。再翻過百丈嶺、牛頭崗，登盤山嶺，就看到雁蕩山了。

這樣走法一路山巒起伏，忽險忽夷，比海道費事得多了。王先生故意叫他走旱道，也許特意使他跋涉長途，增長閱歷，也許別有深意。可是高潛蛟是個實心實眼的人，也不理會路遠路近，只曉得遵照所囑，按部就班的走去。好在他從小翻山越嶺慣的，倒也不覺得困難。

一天走到一處峰巒密峙，萬木競秀，仰望煙雲繚繞，礙日摩天。從山腳一片松林裡邊，尋出一條逶迤山道，盤旋曲折，直入雲中。此時一輪紅日，斜照松林，枝枝松針上，發出異樣光彩。有幾處山坡怪石的旁邊，幾株杈椏丹楓，被落日一照，格外紅得鮮豔奪目。高潛蛟貪看山色，立在山腳下，好像捨不得走上山去。可是好景不長，落日漸漸西沉，山景也瞬息萬變，一霎時陰霾之色籠罩林谷，一條羊腸仄徑，此時也淒迷不辨。一想不好，這樣峻險高山，定有毒蛇猛獸，日落以後，萬難上山，只好就近找一宿處，明日再作道理。

回頭一看，一片荒疇，極目無際，只有東北角上一片疏林裡面，一縷炊煙嫋嫋上升，急忙拔足奔去。漸走漸近，露出一堵紅牆，那縷炊煙就在紅牆裡面升上來的。走進疏林一看，哪知這堵紅牆還離疏林有一箭之遙，穿出疏林，果然不遠一座破廟豁然呈現。廟後土阜隆起，種著幾百枝刺天修竹，看不出廟後是否尚有人家。他急急的走到廟前，只剩一扇廟門關著，向裡一望，闃無人聲。

跨進廟門，走上大殿一看，不覺暗暗稱奇。原來殿上幾尊佛像，雖然破爛得連五官都分不出來，但是四周打掃得乾乾淨淨，中間地上還鋪著一張大蘆席，席上擺著兩副杯箸，而且殿後刀杓亂響，一陣陣烹炙，衝到前殿來。正想從殿後探看究竟，忽然人聲嘈雜，繞出一群短衣窄袖，滿臉橫肉的人來。一眼看見殿上有一個鄉農裝束的人，也想望殿後進去，走在頭裡一個人，立刻凶睛一突，大喝一聲：「站住！你這樣鬼鬼祟祟的亂闖，想幹些什麼？快快老實說來，免得皮肉受苦！」

高潛蛟一看這個情形，也看不透這般人是幹什麼的，陪著笑臉說道：「我因為天晚，不能過山，四面沒有宿店，尋到這兒，想求當家的方便方便。」

那為首的人又問道：「聽你口音，不是此地人，你從哪兒來的？快說！」高潛蛟就老實說從寧波來的，不料此話出口，那群人立刻四面圍住，齊聲說道：「此人路道不對，定是奸細，趕快捆住他，等當家到來，再行發落。」

此話一出，不待分辯，一齊餓虎撲羊似的撲上前來。高潛蛟雖然極力撐拒，無奈雙拳難敵四手，立刻被他們擒倒地上，捆得結結實實。把他身上一搜，搜出一封信、一張旗，同用剩的二十幾兩銀子來。這般人把搜出來的尖角旗仔細一看，不約而同的啊喲一聲，立時都變貌變色的竊竊私語起來，有幾個朝著地下捆著的高潛蛟喝道：「你是太湖王的什麼人？他的令旗怎麼在你手中，趕快實說！」正在呼喝的當口，忽然廟門外一陣鸞鈴聲響，這般人一窩蜂迎了出去，一忽兒簇擁著一僧一俗，走上殿來。

高潛蛟偷眼一看，那僧人廣額豐頤，濃眉深目，一張噀血紅面，襯著滿頰的虬髯，頭上漆黑似的長髮，分披肩上，束著一道紫金額箍，身穿百衲僧袍，足踏細編草履，拄著一條粗逾兒臂的龍頭禪杖，大踏步走上殿來。後面一個彪形大漢，一身勁裝，背著一對虎頭雙鉤，提著一個長方布包，步趨如風的跟著進來。那僧人進來以後，雙目電閃似的一掃，看見地上捆著一個魁梧漢子，回頭問彪形大漢道：「這是何人？」

那大漢厲聲對這般人說道：「我出去迎接師父，一忽兒的工夫，怎麼進來此人？」那般人就將高潛蛟進來情形，說了一遍，又把搜出來的東西一齊呈了上去。彪形大漢先把一面尖角旗拿在手上，反覆一看，哈哈大笑起來，對那僧人說道：「師父，你看這面旗就是太湖王威震江南的令旗，人人都道太湖王武功了得，手下都是出類拔萃的腳色，今天看起來，才知有名無實。師父，您想，把這緊要的令旗，交與這種膿包出來辦事，可見他手下都是酒囊飯袋。」

那僧人也不答言，把旗拿過來一看，又向地上捆著的人打量一番，昂著頭思索一回，對那大漢說道：「你把那封信拿來我瞧。」大漢雙手一遞，僧人接過一看，外面沒有封口，抽出信紙細細一瞧道：「呦，原來如此，我原看此人像個初出茅廬的雛兒，一點綠林氣味也沒，料得個中有別情，果真不出所料。原來是王元超代他師父游一瓢收的徒弟，怪不得我看此人有點面熟。那天晚上我在鐵佛寺搜到秘笈以後，特意發箭示警，就看見他同太湖王和王元超坐在房內。照信內意思，這人與令旗無關。照理說，大可不必為難他，不過那晚太湖王仗著他一柄白虹劍，幫著王元超苦苦追逼，倘然換了一個人，一定跌翻在他們手裡。此恨難消，將來定要與他決個雌雄。

「此人連他們的來歷也許還沒有明白，宰了他也是個糊塗鬼，犯不上與他計較。把這封信同幾兩銀子仍舊還他，表示我們恩仇分明，不殺無辜，可是這面旗須扣下來。我知道太湖王現在極力擴充羽黨，野心極大，平日聯絡南五省水旱各路好漢，號召自己部下，都用這面旗作符信。他自己不能到場，派人持著這旗前去代表，就如自己到場一樣，雖然小小一面旗，倒也不能小看它。

「這次憑空把這面關係重大的號旗，會交與這個初次相識無拳無勇的人，倒猜不透他什麼意思?至於信內所說的龍湫僧，也是厲害人物，叫此人送令箭與他，定有作用在內，倒要暗地偵察一番。現在我們已把秘笈到手，此地不便久留，飽餐一頓，趕快上山。這人毫無能耐，也不怕他興風作浪，還他銀、信，轟出去便了。」

說畢把禪杖一倚，向席上盤膝一坐，連催拿酒菜來。此時這般人先在蘆席上面，點起幾支大燭，又從殿後搬出酒菜來。那大漢先不吃酒，走到高潛蛟身邊，把一封信一包銀兩往地下一擲，指揮眾人解去繩索，指著高潛蛟厲聲說道：「我師父法外開恩，我也不屑與你計較，權且記下你這顆狗頭。叫你說與王元超那般人知道，叫他們不要目空一切，須知天外有天，人外有人。有一天叫他們識得俺赤城山寨主虎頭雙鉤的厲害！」說畢，又大喝一聲：「滾出去！」

他這樣自吹自擂，倒也神氣十足。可憐這位高潛蛟原是個安分山民，何曾見過這種陣仗？此刻繩索雖解，兀自四肢麻木，動彈不得。半晌，才能勉強掙扎起來，先把地下銀、信收在懷內，然後扶牆摸壁一步一顛的走出廟來。幸而這般餘黨，川流不息的送酒送菜，顧不得再來囉嗦，否則幾兩銀子也是難保，出得廟來，已是暝色四合，不辨山野，偏偏這夜又是星月無光，路徑都難辨認。一想此地前不靠村，後不靠店，又是這樣黑夜，雖然逃出鬼門關，依然寸步難行，如何是好？一時弄得六神無主，像瞎子一般，手足並用亂撞亂摸的向前走去。

這樣狼狽不堪的走到半里路，幸而眼前景物漸漸清楚起來，原來他從廟內燭光底下出來，又是心魂不定的時候，格外滿眼漆黑，不辨東西。此時心神略定，眼光聚攏，近身路徑略可辨得出來。四面一看，確是白天經過的道路，記得白天走過的時候，四五里以外才有宿店，沒有別法，只有耐心走回去，尋到有人家的地方，才可歇腳。這樣又走了幾里路，向前遠望過去，似乎看到幾顆忽明忽滅的燈光，料得離人家不遠，腳步加緊，往前直行。忽然看見對面路上似乎有幾點黑影，像箭似的直射過來，未待細看，眼前驟然一黑，一陣風似的有人擦肩面過。急急回頭一看，哪裡還有人影？不覺毛骨森然，格外走得飛快。

一邊走一邊向前細看，紅光閃閃的地方，果然看清有幾間茅屋蓋在路側，料得定是宿店。正在喜出望外，忽聽後面遠遠有人叫喚：「前面走的是高潛蛟嗎？」心想此地怎會有人知道我的新名字，不要又是廟內的這般人吧，嚇得不敢答應，低頭飛跑。不料離背後不遠，又聽得叫喚道：「你是紹興阿高麼？」這一聲似乎口音很熟，不禁停步，問道：「是誰？」話方出口，面前已停立了兩個人，他仔細一看，認出兩人就是鐵佛寺內的王先生、瘦漢子。立時好像小孩見了親娘一般，緊緊拉著王先生的手，頓覺有千言萬語一齊湧上喉嚨，不知先說哪一句才好。瞪著眼，開著口，半晌才迸出一句話來：「啊喲，王先生，你們兩位怎麼也會到此？我幾乎不能與二位見面了。」

那瘦漢說道：「看你神情，定生了事故，此地不是談話之所，一同回到那邊宿店再說吧。」

三人就向前面幾間茅屋走來，走到茅屋一看，官道兩旁蓋著幾間黃土牆、竹籬門、屋頂蓋著茅草的矮房，門口還挑著爛布招子，算是宿店的標幟。瘦漢搶先一扣門，一個滿頭白髮的癟嘴老太婆把門一開，手裡拿著點火篾片，顫巍巍的向三人一照，立刻滿臉皺紋笑得層疊起來，向三人說道：「我說黑夜難以過嶺，二位客官不信，現在果然折回來了。怎麼還多了一位呢？快請進來吧。」

三人也不答言，低頭走進屋內。高潛蛟一看這所小小茅屋，中間隔著竹編的半截籬笆，也有一扇小門，分出內外兩間。外間地上點著一盞瓦油燈，燈光如豆，照見就地鋪著幾張草席，此外一無餘物，裡間似乎還有一具泥灶。王先生對那老太婆說道：「我們路上碰到這位朋友，折回來談幾句話，也許在此寄宿一夜，你也不必張羅，只代我們燒點水，燈上添點油就是。」那老太婆連聲答應，自去摸索不提。

他們三人就在草席上坐下來，先問高潛蛟別後情形，今天怎麼黑夜反走回來，神色又這樣慌張？他就將由寧波一路走來，今天走到此地，也不知是何地名，因為天色已晚不能上山，回頭在破廟裡碰著一僧一俗，扣住小旗，轟出門來的情形，一五一十說了一番。又把自稱赤城山寨主大吹大擂的話，也說了個一字不遺。

那瘦漢同王先生聽畢，同聲哈哈大笑起來，瘦漢笑著說道，「果然不出所料，那賊禿跑上這條道來。令旗失掉，雖然要緊，好在赤壁城離此不遠，明天就直搗賊巢，會一會這個大言不慚的赤城山寨主，看他有多大能耐？聽高兄所說，那賊禿既是他的師父，定在一處，未必即回老巢，趁此當面向他索回秘笈同這面令旗。倘然牙縫裡迸出半個不字，叫他再嚐嚐我白虹劍的厲害。」

王先生道：「此刻賊禿同那般無知草寇，也許還在破廟逗留，我們何妨追上前去，奪回令旗秘笈，省得明天再費一番手腳。」

瘦漢道：「話雖不錯，但是你沒聽到高兄說過，把他轟出來的時候，賊禿急於上山嗎？我們這樣一耽擱，他們早已回到賊巢去了。我想禿賊以為我們定照他飛箭留柬的字上所說，使我們老遠的追到老巢，撲一個空。萬不料我們覷破奸計追上這條道來，更不料鬼使神差的高兄會碰到我們，說明一切。而且賊禿明明已從搜出的信上，知道高兄是我們的人，居然毫不難為放他出來，從表面看，彷彿大仁大義，其實正是他鬼計多端哩。

「他這次盜得秘笈，原是身不由己被人所差，不敢不來，可是心裡未嘗不懷鬼胎，恐怕我們苦苦追蹤難逃公道。尤其是害怕我們師父出來干預，所以一手金蟬脫殼，暫避風頭，再暗地到他主人那兒去獻功。無意中在破廟內逢到高兄，知道他一無所知，不怕識破行藏。又明白將來也是師父的門下，恐怕怨仇固結，自己生命危險，樂得做個順水人情，所以把高兄輕輕釋放。

「至於他把令旗扣住的意思，我也看得他十分透徹，無非一味利欲熏心，想在他主人面前大誇海口，非但秘笈手到擒來，連太湖王的重要令旗，也如探囊取物。這樣一演丑表功，自然博得他主人格外垂青，敬為上賓，而且借此壓倒同儕，為所欲為，我料的絕沒有錯。現在既已明白賊禿所在，不怕他飛上天去！今天權在此地安宿一宵，明天我們探明路徑暗暗上山，偷進寨內，先把令箭秘笈，設法取到手內，然後再與這賊禿明戰交鋒，五弟你看這個辦法如何？」

第五章　靈猿毒蟒

王元超聽他說得滔滔不絕，一邊聽一邊早已默默籌劃，等他說完就答道：「師兄說的主意很好，不過明天到了賊巢，還要察看情形，隨機應變，再定進取。說起這賊禿，確是一貫禪師嫡派徒孫，武術也有幾成功候。在他們外家派內，也是響叮噹的角色，可惜居心齷齪，專喜結納權要，牟財漁色。此番偷竊秘笈，師兄說他身不由己，一點不錯，明天奪還令旗秘笈以後，也不必取他性命，懲戒一番便了。

「倒是他的主人，確是個十惡不赦的魔頭，武術比這個賊禿高明得多。現在黨羽四布，與河南天地會幾個首腦暗通聲氣，居心很是叵測！不時想到江浙兩省伸張勢力，因為水路有三師兄威振太湖，領導群英，陸路有二師兄常常隨地監視，不能明目張膽的大做，只有偷偷摸摸做幾票買賣。偏偏冤家路狹，被我們二師兄無意撞見。你想這般狂徒怎經得起二師兄隨意一揮，自然個個都是死數，所以怕也怕得夠樣，恨也恨得切骨！這次居然敢派人到老家來偷竊秘笈，其中必定另有別謀。

「此事怪我一時大意，沒有料到他就是先祖師單思南的後人，更沒有料到他也想得這冊秘笈，同時派人來偷，略一疏忽，被這個賊禿得手。明天奪回以後，我倒要拜訪拜訪這位通家之好的單將軍，究竟是怎樣一個三頭六臂的人物，順便打聽他偷去秘笈，是否別有打算？」

瘦漢聽到此處，用手一拍說道：「對，明天事完，我也同你去跑一趟，我們與他有點鄉誼的淵源，他既然學得一身好功夫，這樣胡作非為，實在汙辱先德。我們看在祖先世誼面上，倘能三言兩語，使他幡然悔悟，糾正前非，也是一樁好事。即使他忠言逆耳，將來萬一我們遇上了事，行使除暴安良的俠義天職，與他兵刃相見，那時也怨不得我們心狠手辣了。」

王先生道：「小弟此番想去看他，原暗含著這個主意，不過我總想感化他放下屠刀，立地成佛，想到彼此先輩一番深厚淵源，真不願以兵刃相見。」說著，不覺長歎一聲。

此時高潛蛟坐在對面草席上，呆著臉聽他們兩個人滔滔不絕的說話，自己插不下嘴去，而且他們說的只能聽出一點大概，究竟其中怎麼一個原委，還是莫名其妙。不過其中有幾句話，同破廟紅面僧人所說印證起來，知道瘦漢就是威名遠播的太湖王，王先生就是王元超，其餘的話都是浮光掠影，自己一點摸不著門路。他們越說得興高采烈，自己聽得心裡越悶得慌，喉嚨裡越癢得厲害，屢次想要張口說話，無奈他們兩人說得無止無休，幾番話到舌頭，又憋下肚去。此時聽得談鋒略緩，正想插下嘴去，偏偏那位癟嘴老太婆，在裡間燒好了水，顫巍巍的一手提著一把缺嘴茶壺，一手拿著三隻黃砂粗碗，送了進來。連忙先立起來，接過茶壺茶碗，蹲在他們兩人面前斟了兩碗。兩人略一欠身，就端起茶碗，送在嘴邊。

那王先生把碗一放，立起來，掏出一點碎銀，交與老太婆，道：「這點小意思你且收下，自管安睡，我們明天一早動身，你也不用招呼我們了。」

那老太婆千恩萬謝的回到裡間去了。忽然一陣狂風，吹得茅屋簌簌作響，一忽兒又滴滴答答的下起雨來。愈下愈大，門外茅簷雨流，像瀑布一般淌下來，屋內牆角也滲進水來。三人一看牆上掛下來的雨水，流到地上，像長蛇一般蜿蜒四布，漸漸浸到草席邊來。三人同時眉頭一皺，知道今夜無法安睡，只好把幾張草席移到中間乾燥的地方連在一起，三人仍舊坐下促膝談心。

這時高潛蛟因為肚內有著許多話，想探問清楚，把白天辛苦也忘掉了，趁著這個當口，一坐下來，就開口向王元超說道：「我是個山鄉笨漢，承蒙兩位看得起我，介紹師門學藝，心裡這份感激，說也說不上來。自從那天親見飛箭射進窗來，料得事情叵測，可是不敢亂問。今天聽到凶僧說的一番話，同現在兩位所談的事情，似乎都有關係，尤其是這張重要的令旗，今天在我身上失落，又悔又急，叫我怎麼對得住兩位？我情願豁出這條性命去，明天跟你兩位上山，去尋到那般狗強盜與他們拚命，就是被他們一刀殺死，我也甘心。不過兩位此刻所說的話，似乎其中曲折很多，可否告訴我一點前因後果，不要真個被那凶僧說著，死後也是個糊塗鬼。」

太湖王聽他憨頭憨腦的說出這番話來，笑得前仰後合，推著王元超笑道：「看不出這樣老實人也會使巧著兒，因為自己心頭結了一個大疙瘩，才轉彎抹角的逼著我們說與他聽。」一面說，一面笑指著高潛蛟問他是不是這個主意？說罷兀自大笑不止。這一問一笑只笑得高潛蛟一張紫膛色面孔霎時紅得像吃醉了酒，連耳根脖子都覺得熱烘烘起來。王元超看他窘得可以，止笑說道：「高兄急於打聽我們的底細，也是情理之常，他說的這個主意雖然是個笨打算，足見他見義勇為。」

太湖王此時臉色一整，對高潛蛟說道：「我是說著玩的，老實對你說，你可放一百個心。倘然我們連這種草寇都止不住，還配稱陸地神仙游一瓢的門徒嗎？現在閒話免提，我對你說一說我們身世的大概，目前事情的經過，你就可以徹底明白了。」於是疊著指頭說出一番話來。未開口，先提起茶壺，端了一碗茶呷了幾口，然後慢慢的說道：

「提起我們兩人家世，先要略提我們這一派的傳統關係。我們這一派的祖師爺，就是人人知道的張三丰真人。這位師祖從達摩禪師所傳少林拳術裡面，融會貫通，再進一步，發明唯一的內家拳術。這種拳術，到了爐火純青的時候，真可以超凡入聖，不老長生。前面寧波府有兩位祖師爺嫡傳弟子，一位姓張名松溪，一位姓單名思南，兩公大名赫赫，為一代內家的宗匠。張公遨遊天下，門人很是不少，惟獨這位單公思南，把全副本領只傳與本鄉王公征南一人。你知道這位王公是誰？就是我們元超弟的先世。

「那時王公青出於藍，武功絕代。敝族前輩有一位明代大儒餘姚黃梨洲先生，特地為王公做了一篇傳，把王公一生之事跡，說得言簡意賅，非常確實。因為梨洲先生有一位哲嗣，諱百家，就是王公征南的得意弟子，所以傳內說得格外透徹。當年王公傳授弟子們內家絕藝，就在寶幢鐵佛寺內。百家公的文才，家學淵源，毋須說得。自從餘姚負笈尋師，到了鐵佛寺列入王公門牆，宿慧天成，不到幾年武功也是得窺堂奧，晚年著了一冊《內家拳法》頗為精采。敝族世傳武藝，就從這本書上推究出來，凡餘姚姓黃的子孫，家家有一本《內家拳法》的抄本，那本原書，裝潢得富麗堂皇，謹藏家祠，視為傳家之寶。

「我有一次特地商請族中幾位長輩，陪到敝族祠堂，把那冊細細拜觀了一次，到現在還記得書內百家公題的幾句跋語。大意說在鐵佛寺習藝時候，知道王公殫慮撰有一冊《內家秘笈》，這冊秘笈，分形下、形上兩編。形下編，提的都是練習內家拳術步驟秘訣，從入手功夫，直到大成為止，都有詳細圖解，精密注釋。形上編講的功夫是從內家功夫大成以後，再進一步，守神握固，練嬰葆元，種種長生不老之術。可是與虛無縹緲的道書，絕對不同，都是見解精到，腳踏實地的功夫。倘有福慧雙修的志士，悟透形上一編，準可到通天徹地出神入化的地步，就是僅僅得到形下編的武功，也可橫行天下，所以這部書名貴異常。

「那時王公恐怕所傳非人，貽害後世。著成以後，暗地秘藏起來，在鐵佛寺朝夕相依的門徒，也不知藏在何處。只有百家公聽到王公自己說過書內一點大概，還對他說門徒中資質較優，可望深造者，只他一人，但是他應該繼述父志，從儒術上做功夫，不必在這上面分神，只好留待後世，付與有為的人了。言下似乎有點惋惜之意。那時百家公幾番拜求抄錄副本，王公一味微笑不答。因為這個原因，百家公把自己學藝的心得，和王公平日的結論，自己著了那冊《內家拳法》。以上這番意思，是百家公題跋上的言語。

「後來我們祖先下來，還有一段神話，同此事相關。我幼年時候，常聽到上輩說，百家公在世時對子侄輩閒談，講到張三丰祖師爺在武當山得道成仙，神通廣大，到現在依然嘯傲人世，遊戲人間。凡有學內家拳的人，功夫到爐火純青的時候，生平德行無虧，祖師爺自會現身出來，指點仙家秘訣。當年王公征南在鐵佛寺著成內家秘笈，原想傳與百家公，不料有一天晚上王公正在燈下校勘秘笈，忽然屋內一陣清風，面前現出一個清癯老道。仔細一看，與房內供著的祖師畫像，很有幾分相似，不過面前的老道，另有一種瀟灑出塵之概，畫上萬萬不及。靈機一動，心知祖師爺仙駕降臨，趕快離座俯伏在地，口稱恭聆祖師爺訓諭。究竟那祖師爺訓諭了一些什麼，因王公絕口不對人說，無人能夠知道。

「可是從祖師爺仙落以後，那冊內家秘笈就深藏起來了。到底百家公是王公得意弟子，師徒談話，無意中把那晚的事，流露了一些大概。就是那冊秘笈，已經祖師爺在書面上畫了幾道符篆，由祖師爺親手藏在這鐵佛寺內，將來有緣的人自會巧遇，無緣的人絕難找到。百家公聽到這番話，已知道秘笈藏在寺內，換了淡薄的人，一定仗著武功，竄房越脊，滿寺尋找。但是百家公大儒之後，學養何等深湛，豈肯做這種偷偷摸摸的事，也就聽其自然。不過百家公希望黃氏子孫，都學點內家初步功夫，可以強壯身體衛村保家，所以著了這本《內家拳法》留傳後代。這段故事，是敝族上輩傳下來的話，雖然說得有點神妙不測，但是同百家公的題跋互相印證起來，那冊《內家秘笈》藏在鐵佛寺內，是確有其事的了。

「後來敝族這段故事，漸漸傳播開來，人人都知道鐵佛寺藏著一冊寶書，而且經人各處傳說，愈說得仙家妙用，光怪離奇。各省各縣有不少武功了得的人想得這冊奇書，不遠千里的來到鐵佛寺，暗地搜尋。說也奇怪，翻轉了鐵佛寺也找不出一點蹤影來。後來敝族與別姓發生械鬥，受了奇恥大辱，我發憤離家，踏遍天涯，尋師學藝。蒙我師父一瓢道人收錄門牆，攜入天台傳授絕藝。不到幾年，元超師弟也蒙師父挈引入山，同門學藝，彼此朝夕相處，互問家世，才知老五是王公征南的後裔，彼此還是通家之好。

「說到那冊《內家秘笈》，我們老五也常常惦記著這冊先人遺著，不過他的祖上倒並無傳說。因為寧波、餘姚原是鄰境，也是從敝族傳道過去的。我們兩人因鄉誼與眾不同，比別個師兄弟格外莫逆，而且彼此相約，將來學藝成就，頭一樁事，兩人同到鐵佛寺尋找那冊秘笈。兩人因這樁事，還對天立有宏願，倘然尋得到手，絕不深藏自看。非但我們自己幾個師兄弟可以共同研究，將來我們內家同道，有人品出眾志願深造者，都可以公開觀摩。我們這種志願，原有很深的作用在內，將來你到師兄那兒，自然會漸漸了解。」

太湖王說到此處，王元超接口說道：「閒著無事，以後的事，我來說與他聽吧。」高潛蛟正聽得全神貫注，津津有味，忽然話頭中斷，急得他摸耳搔腮，也沒有聽清楚王元超接口的話，情不自禁的說道：「以後怎麼樣呢？」

王元超和太湖王兩人，看他這份呆頭呆腦的神氣，不約而同噗哧一聲笑了出來。這一笑笑得他摸不著門路，只瞪著一雙眼，直勾勾的朝他們兩人瞧。王元超知道他心地樸實，聽得出神，微笑著對他說道：「以後的事我來說與你聽吧。我們兩人在天台山同師學藝的時候，這位三師兄因為武術素有根柢，從師又比我們早幾年，所以學藝先成，藝成以後就差他下山辦理要事。這樣一來，我們兩人只有暫時分手。從前相約同到鐵佛寺尋找秘笈一樁事，事實上也只有變通辦理，將來等到我學藝成就時再說。至於師父差他下山去辦的那事，關係頗為重要。

「原來浙江同江蘇交界地方，有一個極大的湖，面積約有三萬六千頃，就是中國五湖之一的太湖。汊港繁歧，波濤壯闊，湖濱七十二峰，峰峰秀拔，高插入空。身入其中，處處層岩疊翠，峭壁雲封。論到地形，山迴水抱，形勢天成，恰恰合著『深山大澤多產龍蛇』的一句古話。所以歷代太湖內，都有綠林豪俠潛蹤其間。到了清初，那般明朝的忠臣烈士，視太湖為隱跡待時之所，把太湖幾百里內幾萬漁戶山農，隱以兵法部勒，遇到滿清貪官劣紳路過太湖境內，也時常做幾票無本買賣，為購買軍火修繕碉堡的經費。這樣慘淡經營，倒也規模略備，大有可觀。江浙兩省的官兵愛錢惜命，假作癡聾，居然相安無事。

「後來太湖內幾個為首志士相繼去世，後繼無人，漸漸規模不整。這般小頭目各自為政，弄得七零八落聲名狼藉。直到那年三師兄奉命下山的時候，已被幾個外來劇盜，率領一般狐群狗黨闖進太湖，鵲巢鳩占起來。為首的一個鐵臂神鰲，姓常名傑，武功頗也了得，尤其水上功夫，得過名人傳授，不過長得凶猛異常，性如烈火，幾天不吃生人心肝就覺得遍身皮膚燥裂。自從這鐵臂神鰲占據太湖以後，沿湖幾個州縣，就沒有了安靜的日子，不是人口被掠，就是富戶被搶。我們師父看不過去，又可惜從前太湖幾個志士一番心血，生生被這個凶徒蹧蹋得一塌糊塗，所以呼我三師兄前去把他除掉！除掉以後，趁勢把舊有基業整理一番，遂叫三師兄就在那兒約束部眾，聯絡各處英雄好漢，以備將來大用。

「師父這番主意當然大有深意，暗含著也要試驗三師兄功夫才智能否勝任，特地叫他一人前往，不叫別位師兄從旁幫助。那時我功夫甚淺，看不出這位三師兄功夫達到何種境界，看他單身獨探虎穴，心裡總覺忐忑不寧。

「那時大師兄二師兄都不在身邊，只有四師兄龍湫僧同我們二人朝夕盤桓。三師兄向師父告別的前幾天，師父從雲房裡拿出一個扁形木盒出來，揭開盒蓋，裡面蟠著斑駁的一條蟒皮精製的腰帶，蟒鱗紫光閃閃，異常奪目，帶頭附著形似劍鐓劍strokeText一類的東西，遍體鏤著精緻的花紋。師父右手執著帶頭，隨手一抖，真像蟒蛇一般，蜿蜒出來，又用左手拾起帶尾，兩手向空一彈，忽然嗡的一聲，眼前雪也似的一亮。一看師父右手執著一柄爭光耀目的奇形長劍，筆直的平伸著，左手的蟒皮帶，委蛻在地，原來這條蟒帶當劍匣用的。說到那柄長劍，是師父壯年時候，別出心裁，自劍柄到劍鋒，遍體用緬甸精鋼，千錘百煉而成，有一指寬，七尺長，非但斬金截鐵，鋒芒不捲，而且剛柔互用，伸屈自如，套上蟒皮圍在腰間，就同腰帶一般。

「據說這條蟒皮劍匣，也是一件稀罕東西，與尋常蟒皮不同，係用千年毒蟒皮煉製而成，堅韌異常，刀劍不透。不過歹毒非凡，內家功夫沒有煉到出神入化的人，絕難使用這種兵器。那時我們師父手執著那柄長劍，筆直的平伸著，初次一看，真不信這樣剛勁的劍，可以圍了腰，當腰帶使用。不料師父左手略一抖弄，那條蟒皮也立刻挺得筆直，與寶劍一樣平伸著。這樣不奇，不知師父怎麼一來，並伸著的一柄長劍，一條蟒皮，各自回捲過來，一忽兒，又退捲過去，恢復原狀，後來此伸彼縮此縮彼伸，竟像活的一般。

「那時候我還似解非解，想不出其中奧妙，偷眼一看三師兄、四師兄在旁看得不住點頭，似已領悟其中道理。正想啟口探問，師父兩手向後一縮，長劍蟒皮同時直捲過來，像鐘錶裡面的發條一樣，蟠成兩盤，隨手擱在桌上，回首對我們說道：

『這兩件東西還是我親手製成的，那時我在滇黔交界萬山叢中，採覓幾種寶貴藥材，偶然看見兩條身長十餘丈的千年毒蟒，爭吃一隻金錢花豹，鬥得飛石拔木天昏地暗。最有趣的是兩條毒蟒，昂頭掉尾，夭矯盤旋，居然混身解數，有聲有色。只可憐山上無數大小猴子，抱著頭滿山亂竄，有的躲在怪石叢裡邊，互相緊抱，擁成一團，有的拚命爬在萬丈大樹，聽得怪蟒一聲怪叫，嚇得掉下地來，腦漿迸裂！還有離毒蟒略近的幾棵樹上，躲著幾隻猿猴，正在抱枝梢瑟瑟亂抖的時候，偶然被兩條毒蟒昂首看到，隨意張口一吸，樹上幾隻猿猴，像弩箭離弦似的投入血盆蟒口。此時兩條毒蟒彷彿知道山上還有許多可口美味，何必為這一花豹自相苦鬥？各自怪叫一聲，把腰一拱頭頸挺起丈餘長，吐著火苗似的信舌，四面狼顧，尋找猴群。

『這番情景，我立在對面山腰內，看得非常清楚。本想等牠們自己鬥得精疲力盡，再去除掉牠們，免得多費手腳，此時一看兩條毒蟒自己解鬥，各自尋找猴群，知道再不過去，這般千百個猿猴，定無倖免！我從來不帶兵刃，就隨手折了兩枝青竹梢，運了一股罡氣先自滿布全身，免得沾染毒氣。預備停當，兩腳一點，從松上面踏著枝梢，飛縱過去，接連幾縱，已到對山，離毒蟒不遠。先輕輕的立停在毒蟒背後一個山坡上面，一看有一條毒蟒已經轉到山後，只剩一蟒兀自昂著頭向樹林上面四處尋找。我正想下手，不料那條毒蟒似已通靈，已知有人立在牠的背後，突然震天價響一聲怪叫，把頭向地一伏，腰向後一拱，倒退了好幾丈路，頭也不回，就豎起粗逾擔桶的尾巴，向我立的所在，呼呼帶風橫掃過來。

『這一著來得迅速非凡，倒也歹毒。我等蟒尾臨近，身形一矮，從蟒尾底下斜縱出去好幾丈遠，未待立定，一個鷂子翻身，兩腳略一點地，挺著兩枝竹梢，覷定蟒腰直刺過去。自問這兩枝竹梢，到了我的手上，不亞於兩柄利劍，滿以為這樣刺去，毒蟒雖然不死，也得兩個透明窟窿。哪知刺到蟒腰，全身光華閃閃的鱗甲，竟比鋼板還堅，比犀革還厚，非但刺不進去，反被牠腰眼一鼓，把我震得倒退回來。一想不好，趕快借反震的勁，身子往後一仰，足跟用力，又倒縱出去好幾丈遠，立定一看，蟒用尾掃不著我，也趁勢掉過頭飛立起來，似乎蓄勢相待。只把兩隻怪眼淡淡如火注定了我立的所在，張開大口，怪吼連連，毒沫飛溢，似乎恨不得把我像吞猴子般的一口吞下肚去。

『我知道毒蟒堅鱗護體，傷牠不動，正想設法智取。忽然山後那一條毒蟒也自怪叫起來，與前山的蟒互相應和，怪聲未絕！一眼看到山頂上兩隻燈籠般的蟒眼，金光閃閃的盤旋下來。此時我才明白先頭那條毒蟒，故意停住不進，連連怪叫，原來牠也知道今天逢到冤家對頭，自己克不下，叫喚山後同伴，一同來攻。一場兩蟒左右夾攻，確也不易應付。四面一看，近身一大片地方，略小的樹木，都被兩蟒相鬥時，連滾帶掃盡根飛拔，只剩得猿猴逃命的幾株參天古柏、凌霄長松巍然挺峙。離身數丈開外，就有一株虬枝四攫半枯半茂的千年古柏，樹身十人都抱不過來，一望樹頂，直接蒼穹，不覺得了一個主意。

『不等山頂毒蟒遊身下來，就從立的地方，倒執竹梢，雙足一墊，兩膊一振，一個燕子鑽雲，斜刺裡飛上那枝古柏。又穿枝移幹，向上接連幾縱，縱到離地將近十餘丈，立在一枝弩出的鐵幹上面，穩住腳根，向下一看，那兩條毒蟒已會在一處，像雙龍出水一般，一齊昂著頭直奔過來。奔近樹身，同時向上伸長項頸足有五丈長，向我立的地方張著大口，一起一落，噴出幾口毒霧，一種腥穢氣味，委實難聞。我立把手上青竹梢分出一枝，折成幾段，先撿了兩段，窺準一條毒蟒的血盆大口，用足勁，像發連珠鏢似的發了出去。

『那蟒正張著口噴出一陣陣的毒霧，這兩枝竹鏢，一先一後直貫喉中，霎時一股腥血，從毒霧中直射過來。那蟒似已不大好受，大嘴一闔，頭頸向後一縮，退了好幾丈，頓時全身在地上亂翻亂滾起來。樹下還有一條毒蟒，似乎知道同伴受傷，一聲狂吼，長尾向樹身一掃，緊緊繞樹數匝，從半樹裡伸出長項，把一顆大蟒頭，向我立的所在直鑽上來。這一來相距已近，頗也凶險！我趕忙把左一枝竹梢插向腰後，餘剩幾段竹節兩手分拿，左右齊發，直取毒蟒雙眼。竹鏢出手，兩足一點，一個黃鶯織柳勢，斜刺裡飛上幾丈外一株大松樹上穩定身形。

『回頭一看，那條蟠在古柏上的毒蟒，像發狂一般，頭尾亂搖亂擺，這樣粗大的樹也被牠搖擺得枝葉亂顫，呼呼有聲。再細看那蟒兩隻怪眼業已生生瞎掉，眼孔裡一縷縷血花，箭也似的飛濺出來，一忽兒連聲狂吼，從樹上直瀉下來。不料地上那條毒蟒，這時翻滾了一陣，也自幾聲慘叫，同時向那株柏樹狂竄過去。兩蟒一上一下，碰個正著，來勢都非常凶猛，一碰以後一陣翻滾，登時糾結一團。那條瞎蟒看不見是牠同伴，張開巉牙大口，向那條蟒亂啃亂咬。那條蟒眼未瞎，究是蠢物，又加喉嚨內中了幾枝竹鏢，受了內傷，急怒攻心，正值紅得兩眼出火，也不管是敵是友，就同瞎蟒互相狠鬥起來。

『這一陣拚命大鬥，比起初互爭金錢花豹的時候，大不相同。只鬥得山搖地動，走石飛沙，幾株粗逾十圍的參天松柏，被蟒尾一掃，樹皮枝葉，漫天飛舞。我立的一株松樹，偶然兩蟒翻滾過來一碰一振，震得松頂上躲著的猿猴，像落果似的紛紛掉下來。我就雙手一伸一縮四面去接，那幾隻猴子真也乖巧，待我向半空一接，就像小孩似的，拉襟鑽懷，死命抓住。那時我一手接一個，一忽兒全身掛滿了無數猴子，饒是如此，遠一點的接不過來，摔下地去，立時成了個肉餅！身上的猴子，只看得吱吱慘叫。

『我望下一看，兩條毒蟒愈鬥愈凶，愈咬愈緊，首尾相連，糾結成一個其大無比的蟒團，滿山滾來滾去。蟒身燦爛奪目的鱗甲，映著昏黃的日光，閃閃的發出奇麗光彩，照眼生輝，倒是生平未見的奇觀。倘然用花團錦簇一句俗語，來形容那時的光景，實在恰當不過！因為世上花團錦簇裡面的凶險，也不亞於這兩條毒蟒哩。後來那兩條毒蟒滾來滾去，從前山直滾到後山去，在松樹上看不見那兩蟒的情形，就帶著身上猴子輕輕飛身下來，一到地上猴子紛紛跳下，跪在我面前，突突亂拜。

『我正在奇怪這山內的猴子怎麼這樣靈活，一念未已，突然猿啼四起，一霎時躲在草中的、鑽在石縫的，無數大大小小的猴子，一齊迸跳出來，奔攏身邊，高高低低跪了一地！口中不住的吱吱慘叫，都伸著手向後山亂指，又指指幾處樹下跌成肉餅的猴屍，格外慘叫得厲害。我明白這般猴子的意思，無非叫我到後山為牠們除掉那兩條毒蟒，我朝這般猴子微一點頭，算表示應許他們的要求，又把手一揮從猴群裡面跨了出來，大步向後山走去。邊走邊想，那兩條毒蟒一條兩眼已瞎，一條喉嚨受傷，股焰已減去不少，可是這樣粗笨的東西，遍身鱗甲又如此堅韌，立時要把牠弄死真也費事！回頭一看，那般猴子一個不見，想又四處躲避起來。

『我一人獨自拐過山角，抬頭一看，後山全是十餘丈長形形色色的嶙峋怪石，像雨後春筍般，一處處參差不齊的朝天矗立，與前山松柏交枝，叢莽密菁的景象，大不相同。那兩條毒蟒，兀自絞成一團，在怪石林內，骨碌碌亂滾。我身子一起，飛上一枝最高的松皮石筍頂上，朝下一看，此時兩條毒蟒似已漸漸鬥得精疲力盡，又加後山地形陡峭，勢如建瓴，兩蟒雖依然虬結一團，但也身不由己的朝山下滾去。再一看山下與對山並不相連，從山腰起就截然如削，變成一座千仞峭壁。極目望到峭壁底下，竟是深杳莫測，只聽得水勢澎湃，山谷回音就如萬馬奔騰一般。

『這時絞成一團的兩條毒蟒，從上滾下停留不住，就從山腰峭壁上面直滾下去。我從森立的石筍上面，縱下地來走近峭壁，再仔細一看峭壁底下，哪有兩蟒蹤影，似乎澗底奔流衝激聲中，夾著幾聲慘叫，以後也就絕無聲響，料澗底也是森立的尖銳怪石，兩蟒身軀笨重，從這麼高的地方掉下去，必定無幸！但是尚不放心。一看對山相隔不過十餘丈路，似乎有一條羊腸仄徑，直通澗底，若從這邊山腰迂迴過去，山徑曲折，少說也有十幾里路，不如平縱過去，省卻迂折。

『思想定當，我正要撩衣飛渡，忽然前山一群猿猴，又從山頂蜂擁而來。這一次不像頭次吱吱慘叫，似乎都欣舞歡躍，一霎時鑽出筍縫，跑近身邊，伸出前爪向東亂指。有幾隻較大的猴子，還牽住我的袍角，似乎是領導我走的意思。我明白這猴子已通人性，叫我向東定有用意，姑且跟著走去，看個究竟。此時千百隻猴子，簇擁著一個不僧不俗的人，在那千仞峭壁之上，安步而行，也是一個千古奇觀。

『這樣走到百步開外，兩山松林夾峙，濤聲盈耳，遠望一線銀瀑，迎面高岩中飛空而下，流

入澗底，與怪石衝激，宛如雷轟足底，倒也雄奇奧險豁人心目。察看這個地方與對山距離頗近，恰巧對面一座危崖，陡然突出，崖畔一株巨幹奇松枝枝倒掛，像烏龍探爪似的，橫臥過來。這邊也有一棵側出蒼松，孤懸空際，同對崖的松枝幹交搭，合為一體，而且朱藤繞體，翠帶飄風，遠看真像龍飛鳳舞一般。

『這時我身前身後千百隻猴子，一窩蜂爭向兩株交搭的松樹上跑去，一個個攀蘿踏幹鑽枝覓縫，從松樹上渡到對崖，有幾個又跑過來，拉我衣襟指向松上。我此時明白牠們領到此地，原來為此。可是人身龐大，從密密交叉的松枝鑽去豈不費事？就對跑過來的猴子略一頷首，猛然把拉住我衣襟的兩隻猴子，一手一隻，夾在脅下，身形一縱微一跺腳，一個孤鶴橫空勢，飛向對崖。腳踏實地以後，先把脅下兩猴輕輕放下，那兩猴嚇得蹲在地上，兀自抱著頭，閉著眼，半晌動彈不得。

『崖上一大群猴子看我飛渡過來，又一齊擁到身邊，圍成一個栲栳大圈，居然學著僧人一齊向我合掌膜拜。不懂猴語無法交言，只得由他。且自四面打量下澗路徑，猛一抬頭，看見對面平滑如鏡的峭壁上，深深的鐫著一行行的字。每個字足有碗口大小，最後署款地方，還有密密的幾行小字。遠看過去一路龍飛鳳舞的大草，刻得圓勁蒼潤，氣勢不斷，筆法字態，似乎還有點面熟。

『急忙飛步衝出猴圍，趕到崖邊仔細一看，原來刻著幾首詩，還有幾行跋語，詩曰：

大錯鑄成可奈何，芒靴踏破舊山河。
老僧慣作沾泥絮，又向人間走一過。
百丈飛泉淬劍鋒，十年面壁伴孤蹤。
今宵任爾化龍去，莫負深山百煉鎔。

『膻腥世界，莽和尚擔不了，看不慣，且自結廬無人處，與千百袁公參無上禪。崖下有澗，蘊緬甸精鐵無量，多事老僧，一腔熱血，頓從心頭百沸而起。取其半，約千斤，設爐置冶，取精用宏。迨崖上納鶡十度花落，躍冶而出者八劍。叩之一一作龍吟，斫石試堅如腐解。袁公群起作胡旋舞以賀。余愀然，不知風塵中尚有幾個肝膽男兒，能佩余劍否。越日，少林不空禪師間關至，告余少林遇奇禍，將成羅刹道場，促余赴急難，任護法。言未已，壁間八劍，隱隱長嘯，遂投袂起。袁公群起遮留，淚隨啼下，余亦黯然。爰躡峭壁間，以指勒石，成詩二章，並次數語以誌別。

明臣百拙指書於莽歌崖壁』

第六章　結廬仙境

王元超繼引其師一瓢道人的話說道：

『我看完以後，高興非常，看到這幾行字，就彷彿天涯遇故人一般。原來這位石上署款的百拙上人，就是我的老友，深得少林一指禪師絕藝。這種為少林頂門功夫，就是堅如鐵石，經他一指點處，立即洞穿，你想那座千仞峭山寫的一路大草，氣勢連綿到底不懈，比巧匠用斧鑽刻鑿還要爽利幾分，可想他的指上何等功夫？而且在下臨無地的峭壁中間，隨意揮指，非有絕頂功夫，也是辦不到的，但是我佩服他的地方，倒並不在此。

『因為這位上人雖然悟澈真如，脫卻塵網，對於故國之思，非常濃厚，時時物色英雄，抱恢復明室之想。試讀峭壁上的詩意，就可想見其胸襟抱負，我們兩人結識，也在這個上頭。那時我凝立崖畔，對著故人手跡，惘然遐想，不忍捨去。哪知身後，東跳西躍的千百隻猿猴霎時也肅靜無嘩，不禁回頭一看，原來鴉雀無聲的跪了一地，而且一個個合掌當胸，瞪著一雙金睛圓眼，直注峭壁，嘴上還不住的牽動，似乎喃喃地默禱一般。

『我看了這番情景，明白這群猴子，與百拙上人同處多年，已受感化，粗具人類性靈，只差橫骨未化，不能人言罷了。此時我看百拙上人手跡，群猴也觸動靈機，感念上人功德，所以一齊跪地默禱。我當時對那一群猴子說明，我是上人朋友，叫牠們在前領路下崖探看兩蟒，免得再生後患！那群猴子真也靈敏，居然領會我言語，一跳起來，爭先朝崖後松林裡面奔去。

『我跟著走進松林一看，密層層都是參天長松，五六丈以上，松針密布不見天日，只一片綠沉沉的顏色，映得鬚眉俱碧，一陣陣松濤怒吼，猶如上空有龍爭虎鬥一般。走不到二三里路，穿出松林，豁然開朗。原來在松林裡面直走，並不覺得步步升高，此時四面一看，已到了一條長嶺脊上，嶺上反而濯濯不毛，變成一條坦道。嶺下左右盡是松林，都在腳底，松梢隨風俯仰，活像波濤起伏，一片綠海。東面那座高岩，巍然在望，中間一條銀瀑，映著西山夕照，閃閃有光，直往松海。遠望過去，距離飛瀑大約還有好幾里路，而且看清楚對面兩蟒相鬥的那座山，也是一條長嶺，同這面的嶺都是高岩的分支。嶺脈蜿蜒，好像二龍出水，並駕齊驅。中間千仞峭壁，下面瀑布奔瀉，天然的畫為鴻溝，這種自然的創造，奇巧偉大，真不可思議。

『我只管獨立欣賞，那群猴子此時跑上嶺脊並不翻過嶺去，就從嶺脊上直向高岩跑去。人言頑皮不過猴子，果然不錯，此時猴子回頭看我又自癡立貪看風景，故意四爪並用，連跳帶縱，快如疾箭，一路飛跑，飛行功夫差一點的，真還跟不上。我一時高興，一聲長嘯，接著用踏雪無痕的功夫，從一群猴頭上像蜻蜓點水一般，接連幾點已越猴群，趁勢飛縱到嶺下松林頂上，隱入松濤裡面。偷眼一看那群飛跑的猴子，兀自埋頭直奔，毫不覺得我已從牠們頭上接腳飛過。

『我故意隱在松濤裡面，乍然長嘯，引得那群猴子停住腿四面亂找，不知我已在松濤底下。隱身飛行到一里外，突然長身出來，仍舊縱到嶺脊上面，又自一聲長嘯，只引逗得那群猴子歡舞蹦跳，拔腿飛追過來。這樣幾程追趕，一霎時走盡長嶺。步入高岩一望，岩上盡是嵯峨絳石，岩腰瀑布中間架著一條飛樑，樑上石達岩頂，層層都是鏡面峭壁，壁上鑿著莽歇山三個擘窠大字。石樑上下盡是玲瓏剔透大小不等的山洞，洞口高高低低立滿了無數猿猴，個個伸著頭望著瀑布下流，嘈七雜雜的呼噪著。一見我現身岩口，立時東藏西躲的烏亂起來。

『我知道牠們突遇生人，有點害怕，且不過去。等到後邊那群猴子追到，揮手表意，先叫牠們去通知同伴不要害怕。那群猴子果然跳躍前去，分頭向各洞吱吱亂叫了一陣，一忽兒大小洞口鑽出無數猴子，像螞蟻一般簇擁出來，一齊向我跪下膜拜，望過去，岩上岩下不下十餘萬隻猴子。

『忽然一眼看到石樑上面，跪著與眾不同的兩個巨猿，長髮披肩，形如狒狒，一身金毛燦爛，光華奪目。待我徐步過去，那兩隻巨猿首先立起身來，從石樑上面飛奔下來，矯捷如風，一霎時到了面前。細看兩猿一般金睛靛面，長臂高身，形狀非常凶猛，腰下居然還圍著一塊豹皮。一到面前，又雙雙俯伏在地，口中咿咿呀呀還學著一句半句的人言。我知道這一對巨猿，定是群猴之首，比別個猴子格外通靈。聽牠人言半吐，時有百拙兩字的聲音，想必百拙上人對這兩猿特別垂青，所以學會了一句半句的人言，而且學著雲南邊界瑤人的樣子，圍著一塊豹皮。暗想到百拙上人已坐化，倘然這兩猿知道，不知如何嗥哭叫跳，還是不說為是。此地靈岩奇境，同這兩隻巨猿，將來也有用處，何妨在此勾留幾時，步一步百拙上人的後塵。

『主意打定，我就對著兩猿宣布我的來意。又問牠當年百拙上人在何處存身？那兩隻巨猿聽我說完，立起身來高興非常，掀起巨唇，咿呀了一陣，伸出巨靈般的毛手，向瀑布下流一指，又指向石樑上面，比劃了一陣。我就照牠所指，先向瀑布下面走了過去，兩猿也跟了過來。一看岩上瀑布的源頭，就從石樑底下順著峭壁凹進地方，一條條像匹練似的直掛下來，掛到岩腳，不下百丈。又從岩腳曲折的溪澗，分出百道細流，縈洄到百餘步外，到了溪口又匯成巨流，與溪口矗立怪石，衝激噴礴，簇起萬朵雪花，發出訇訇的雷音，然後沖瀉而下，直注兩嶺夾峙的峭壁下面。

『從溪口直望出去，遠遠看見溪中，像中流砥柱一般矗立著一枝枝劍戟似的石柱，石柱中間夾著光華燦爛的兩個蟒頭，兩個蟒頭軟軟的垂在下面，好像錦球上絡著的穗子，被灩灩的溪水反映，倒影流彩，格外奇麗。細察兩蟒似已毫無生氣。大約內傷外震，均已死掉，想到頭先那般猴子遠望鼓噪，就是為此。兩隻巨猿看得互相擁抱，歡舞起來，想是這幾天猴子猴孫，被兩蟒吞得不少。

『此時斜陽漸漸沒落，一時想不出處置兩蟒的法子，好在兩蟒已死，明天設法不遲，就回頭又叫兩猿領路去探百拙上人的洞府。兩猿領命，反身沿溪向岩上走去。一路跟著，經過許多猴洞，那般猴子始終靜悄悄的俯伏在地，等我走過以後，回頭一看，才一個個跳身而起，自在遊行。前頭兩猿已從岩側仄徑盤旋而上，我也跟縱上去。一忽兒走上石樑，俯看下面一層層猴洞，像蜂房一般，石樑上面，又是幾層直上直下的峭壁。跟著兩猿渡過石樑，盤旋峭壁之上，然後攀藤扶葛，直達岩嶺。

『不料岩嶺又是一番境界，四周盡是綠蔭如幄的千年梓楠，中間一片廣場，琪花瑤草，觸鼻幽香。廣場盡處，蓋著幾間結構離奇的屋子，屋後矗起十餘丈長晶瑩如玉的一座白屏，兩猿渡過廣場跑近屋門，分立兩旁，居然躬身肅客。我一看那幾間矮屋，全用梓楠枝幹湊搭而成，不加修飾，別有古趣。走進屋內，門窗四壁，地皮屋頂，滿用豹皮張布，一排三間，也用豹皮隔開。中間設了一個石製蒲團，蒙著一張極大豹皮，左間設一具整塊玉石鑿成的巨爐，爐上火光融融，正烤著幾隻獸腿，旁邊擺著幾件鐵器，右間地上大小獸皮五光十色層疊得尺許厚，屋角還倚著兩柄雪亮的大斧。

『我四面一看，就明白這間屋子就是百拙上人隱居之所。那座玉石爐定是鑄劍所用，想不到如此高岩，還留著這幾間又富麗、又古雅的隱士之廬，而且兩猿居然不忘故主，保守此廬，還能革掉茹毛飲血的遺傳，把獸肉烤炙而食，想又是百拙上人一番陶冶的功德。此時屋外斜陽沒落，四面業已黑暗，就在蒲團上面盤膝略坐。那兩猿躬身進來，朝我指口示意，大略問我是否饑餓的意思？我說早已辟穀，明天略尋本山松仁榛果之類，就可充饑。兩猿聽罷，一猿回身出屋，很尖銳的幾聲長叫，叫聲過去，似乎遠遠聽得岩下，也有幾聲猿叫遙遙應和。屋內一猿把右首豹皮幔拉開一旁，爐內添了許多枯木立刻必必剝剝冒起火光，照耀一室，而且爐內發出一陣陣的清芳幽馥出來，想必所燒木料定是檀桂之類。

『正想借此閉目靜坐，領略清香。忽然門外猿影幢幢，巨猿在先，後邊跟著五六個小猴，手內都捧著松仁榛實，黃精白苓之類，一齊進來，跪在蒲團下，雙手獻上果實。我看到這般比人還要靈活的猿猴實在可愛，就隨意吃了一些，揮手令退。這幾隻猴子退出以後，兩猿在爐上各取了一隻烤熟獸腿，坐在我蒲團下面大嚼起來。我就連比帶說，探問百拙上人當年情形，又問兩猿怎麼比群猴高大許多。

『那兩猿雖然語言難懂，可是牠東指西劃，也可明白了一點大概。兩猿比劃了半天，一猿突然走進右間屋內，扛出兩柄大斧，叫我細看。一看這兩柄大斧，連柄帶斧全是純鋼鑄就，每柄足有二百餘斤，斧柄上都刻著字。細看字上所說，才知兩猿並非莽歇崖所產，還是百拙上人從前遊歷安南交趾，回到雲南經過蒙自風魔嶺，無意中遇到兩隻巨猿，把牠們收伏帶到此地，叫牠們管領群猴同看守這幾間屋子。後來知道兩猿實係風魔嶺洞猺同猩猩一類的野獸交合而生，性質也在人猿之間，所以格外通靈，而且力大無窮，真有伏獅擒虎的力量。

『百拙上人愛惜兩猿，還傳授好些武藝。鑄成八劍的時候，恰恰爐內尚有不少餘鐵，順手打成兩柄大斧分賜兩猿，教會了三十六招天罡斧的招數，又代兩猿起了名字，一名神荼，一名鬱壘，就把兩猿名字分鐫在兩斧之上。我從斧上的字得到兩猿來歷頗為高興，而兩猿也像具有夙緣，依侍身邊恭順非凡。當晚我就在中間蒲團上打坐休息，兩猿堵住門口，枕斧橫臥度過一宵。

『第二天清晨睜眼一看兩猿早已出去，步出屋外一看，四周山內，白雲擁絮，一片迷漫，立在岩頂，好像飄浮雲海一般。半晌，一輪紅日，湧出雲堆，陽光四射，四面景物漸漸清晰起來。幾百里內山脈起伏，溪流細布，一覽無遺，偶然望前一看，不覺吃了一驚！因為昨天兩蟒糾結一團，滾下峭壁，被溪中衝天柱夾住所在，直對岩頂！此時留神一看，偌大的蟒團，蹤影全無。

『昨天滿以為兩蟒業已死掉，不妨留待今天處置，照現在這個情形，定是兩蟒死後復活，掙命逃去。正在懊悔不迭，忽然對面嶺下松林裡面，猿聲大起，鑽出無數猴子，迸力牽著幾條粗長藤拉上嶺脊。那兩隻巨猿，手上斧光霍霍，也在那兒東指西揮，忙得手足不停。起初看不出那般猴子幹什麼把戲，後來嶺下猴子像潮水般湧上嶺來，才看清楚那般猴子牽拉的東西，不禁又驚又喜！驚的是神荼、鬱壘兩猿，把這般猴子訓練得好像一支精練軍隊，指揮如意，喜的是昨天我難以立時解決的問題，兩猿已經代為解決，兩蟒並未逃去。

『原來當我看清楚那般猴子，你拉我挽的從松林內拉上兩條十餘丈長的巨蟒來時，兩蟒骨肉，似已剔去，只剩二條整身蟒，被那般猴子運到嶺上，像賽會迎龍燈一般，拉了過來。我就飛身下岩，跑到那邊嶺上，尋著神荼、鬱壘，同到峭壁下面溪邊一看。溪水被蟒血所染，變成赤色，溪岸上連骨帶肉的蟒肉，堆成小丘一般。問起情形，兩猿連比帶說的說了一番，才知神荼、鬱壘一早率領全山猴子猴孫，把夾在石柱上的蟒團拉下來，用兩柄巨斧從蟒肚切開，取出骨肉。因兩蟒背上堅鱗，試了幾斧毫無損傷，改斫蟒肚，才始得手。幸而兩斧也是緬鐵百煉而成，兩蟒又是死的，肚內鼓不起氣來，肚皮又比較薄嫩所以容易進刃。但是換了尋常的兵刃，雖然如此，也休想動得分毫！我聽明後，又把兩斧取過來仔細鑒賞，端的犀利異常，不同凡品。

『忽然因這兩柄大斧，想起那邊峭壁上面百拙上人題跋內的話，從前鑄劍時候，只取一半藏鐵，想必還有餘鐵在澗內。這種緬鐵，世間稀有，又是多年藏在澗底，晝夜泉流潺潺，不斷的衝刷，業已精純無比，何妨花點功夫，也鑄成幾柄寶劍，不枉到此一番。主意打定，就從那天起，尋到藏鐵所在，命神荼、鬱壘悉數運到岩頂。在百拙上人所遺劍爐內，一半參照古時歐冶子的成法，一半別出心裁，足足兩年工夫，先鑄成了這柄剛柔互用的白虹劍。

『這柄白虹劍運用起來，到了神化不測的功候，只見白虹一道圍繞全身，周身一丈以內，非但點水潑不進去，劍光所及，敵人無論用何種軍器，略一進招，就會被削斷，除非也是相同的寶劍，方能招架。但是這柄劍長有七尺，剛柔隨意，運用得法，就是敵人也使相同寶劍，也須退避三舍！因有這種好處，所以叫做白虹劍。又利用那兩張蟒皮，配成一具軟劍匣，只可惜白虹劍鑄成以後，有事下山，沒有工夫再鑄第二柄寶劍。直到現在，莽歇崖的幾間屋子，還存著許多精鐵，仍由神荼、鬱壘守著，每年總去看望一次。』

「以上一番話，是我們師父講明白虹劍的來歷。（以上所說乃是王元超在宿店內對高潛蛟講的前因後果）講明白虹劍來歷以後，就把這柄劍賜與三師兄，叫他斬太湖的鐵臂神鰲。三師兄就拜別同門佩帶下山，到太湖創立事業。我們師父等三師兄走後，暗地跟蹤下去。不到兩月工夫，師父很高興的回到山上，對我四師兄龍湫僧說，鐵臂神鰲常傑已被三師兄除掉，被太湖幫推為首領，從新訂立幫規，極力整頓起來。這是以前的話。直到三師兄分別兩年以後，就是今年春初，我才學藝粗成，那時四師兄龍湫僧業已回到靈巖寺，只有我一人侍奉師父，不敢輕易下山。到了春末，師父想出門雲遊，叫我回家候命，我方才回到寶幢家內。

「我的家中，雙親早已亡故，弟兄三人惟我最小，雖有不少家產，可是我們弟兄三人友愛異常，從未想到分家上頭。兩位嫂子又非常賢德，時時勸我成家娶妻，我總是婉言回絕。後來索性浪遊四方，才遇到我們師父，收留學藝，一瞬過了四五個年頭。此番突然回轉家中，兄嫂歡喜得像天上掉下寶貝似的，看我光采煥發，神態異昔，不住的問長問短，我就把遇到師父的情形詳細告訴。

「我們原是武學世家，我的大兄、二兄中過武舉，對於武學原有門徑，聽見我得到世外仙人為師，也是非常歡喜。一連在家中住了兩個多月，想起三師兄久未謀面，又記掛著鐵佛寺那部內家秘笈，愈想早點會著三師兄，商量找法子以償夙願。正想收拾行裝，向太湖進發，哪知三師兄已經得到師父通知，知道我已回家，就從太湖動身，尋到寶幢。彼此幾年不見，自然格外親熱！

問起太湖情形，才知經三師兄整頓了幾年，已是規模一新，威名遠播。江浙兩省幾路有名的綠林豪俠，都慕名聯絡，奉三師兄為盟主，願聽他的號令。

「我們三師兄本來姓名是黃九龍三字，到了太湖以後，人人都叫他太湖黃，名頭愈叫愈大，後來因黃王同音，乾脆尊為太湖王。提起太湖王，江浙兩省的人沒有不知道的，提起黃九龍，反而沒有人知道了。此番到來，一半是師兄弟幾年不見，敘敘契闊，一半也是不謀而合，為著那冊秘笈，可是其中還有一段別情。

「師父從天台下來，先到太湖查看三師兄布置是否得法，無意中也提到那冊秘笈。我們師父內視反聽的時候，原有知微查隱的本領，大約我們兩人的私約，師父早已洞燭無遺。而且知道這冊秘笈，確係藏在鐵佛寺內，還說蕪湖駐軍統領單天爵，也是想得秘笈的一人，叫我們不要大意。三師兄被師父這麼一說，就向師父打聽單統領的來歷。

「據師父說，這位單軍門確是單公思南的後裔，幼年因為家中衰落，六親無靠，已在嵩山少林寺落髮為僧。單天爵自幼喜歡弄拳舞棒，少林又是武術出名地方，寺中上至方丈，下至挑水弄火的僧眾，都會幾手拳腳。單天爵天生一副銅筋鐵骨，又極年輕，經潛移默化，數年工夫，居然被他學了一身功夫。那時恰巧一貫禪師的弟子百拙上人駐錫少林，偶然看見一個小沙彌虎頭燕頷，生得不凡，是個可造之材，就叫過來探來歷，知是單公思南的子孫，不覺暗暗點頭，存了造就他的意思，叫他侍候方丈，列入門牆。單天爵福至心靈，諸事謹慎小心的服侍，上人愛他伶俐，也就把少林種種的功夫，早晚指點。

「這樣又幾個年頭下來，單天爵的功夫已是出人頭地。後來百拙上人雲遊募化，單天爵倚恃一身功夫，雄心頓起，不甘苦守蒲團，也自假雲遊為名，到處顯露能耐。因此江湖上代他起了一個綽號，叫作鐵鑄韋陀。因他練成一身金鐘罩功夫，周身刀槍不入，又善使一條純鋼九節軟鞭，所以起了這個綽號。

「他在內地混了幾年，江湖上也有點名望。但是百拙上人那時還未圓寂，恨他不守清規，想按照戒律懲罰，他聽得這個消息，一溜煙逃到青海躲避，恰值大將軍岳鍾琪，正在青海用兵之際，他就脫掉僧衣，蓄起頭髮，投效軍營。照他這身本領，效命疆場，自然出色，接連幾場大戰，卻也博得不少奇功。等到岳大將軍奏凱回朝，把他高列保案，居然紅頂花翎，也是一個統兵大員。那時河南地方不靖，就命他率領標營，坐鎮汴洛，近來又調到蕪湖，控衛南方要衝，自以為一帆風順聲勢煊赫，野心勃勃妄作威福起來。

「不要說百拙上人已登極樂國土，就是尚在人世，他兵權在握，頂連榮身，還怕一個老和尚怎甚？早已把造就他的恩師置諸腦後哩。最可笑一個遊方和尚，搖身一變，變成一個統兵大員，也算得為光頭吐氣，菩薩有靈。可是他從前草履布衲到各寺掛單的時候，結識了不少佛門僧侶，也受過人家許多好處，此時各寺舊侶打聽得他飛黃騰達，一個個尋到蕪湖，想沾他一點光。哪知道他反面無情，官氣十足，只看到他一雙白眼，抹一鼻子灰回去，有的面都見不著，就轟出來了。

「有一天他的衙門口，來了一個魁梧奇偉的紅面和尚，穿著一件嶄新綢裡布面的僧袍，足上雲鞋素襪，整潔異常，手上還拄著一枝朱漆點金的龍頭禪杖。一到門口，就掏出一面海紅全帖，寫著少林醉菩提拜幾個字，朝著衙門口幾個衛兵，連連合十，說道：『有勞將爺，代小僧回一聲，說有少林醉菩提有要事叩見。』那幾個兵先不接帖，把他從頭到腳打量一番，然後昂著頭說道：『我們大人從前什麼人都見，現在凡是光頭的一概不見，你何苦叫我們白跑一趟腿呢？』

「那醉菩提笑嘻嘻道：『阿彌陀佛，將爺的吩咐，小僧理會得。但是光頭也有好幾等，像小僧的光頭，大人絕不至於拒絕不見的。』邊說邊向大袖裡邊不知摸出一點什麼，把紅帖遮在上面，一齊送到衛兵手內，輕輕道：『將爺多費神吧。』那接帖的衛兵，被他將爺長將爺短一陣恭維，似乎板不起面孔來，顯出一種無可奈何的神氣，道：『嘿，你真可以，也罷，看在你出家人份上，代你去碰一碰吧。』說罷揚著帖走了進去，立在旁邊的幾個衛兵，互相擠眉弄眼的說笑了一陣。醉菩提臉皮如鐵，反而賠著笑臉，同門口衛兵們有一搭沒一搭的，挨延時光。

「原來醉菩提幼年也是少林寺出身，同單天爵最為莫逆，因為守不住少林的嚴規投到別寺寄身。為人圓滑異常，善於交際，武功頗也了得，慣使一條純鋼點漆的龍頭禪杖，各處綠林響馬，結交的也是不少，江湖上頗也有名。單天爵看到他的名帖，仰著頭思索了一會，對衛兵道：『叫他進來。』這一來倒出衛兵意料之外，心想這個光頭也許真有點來歷，怎麼輕輕易易就也見呢？

「哪知單天爵肚內自有一番作用。因為他駐紮在蕪湖幾年，雖然管的是緝私剿匪，可是他倚仗著汗馬功勞，有岳大將軍作靠山，就是安徽的督撫也要讓他幾分，就放開手無所不為。像私運糧食，包庇梟鹽，已是家常便飯，近來又暗暗聯絡會匪，同各處水陸劇盜幹了許多鬼鬼祟祟的事情，所以營內進進出出都是豎眉橫目的人物。像醉菩提這種人去投奔他，正可以利用，代他四處奔走，自然格外垂青，何況醉菩提原是個光頭篾片。兩人一見之後，醉菩提幾句米湯一灌，自己一吹，就把他引入為心腹，留在衙門。

「有一天醉菩提吃得酒醉飯飽，閒得無事可做。忽然想起在少林時候，聽得百拙上人講究戒律，以單天爵熏心利祿，敗壞清規，為戒律中最不可恕之罪！順口提起他的祖先單思南，從單思南又說到王公征南著有一冊內家秘笈，是學武的正法典藏，可惜密藏在鐵佛寺內，到現在還沒有遇著有緣的人。那時醉菩提從旁聽得，就留了意，獨自偷偷的趕到寶幢尋找幾次，無奈千方百計，找不出一點蹤跡來，只好暫時息了這個念頭。此時在單天爵衙門住了幾天，觸景生情，勾起前事，想在單天爵面前討好，把百拙上人的話一五一十說了出來，只把自己尋過幾次的事瞞過。

「單天爵是個陰險狠鷙的角色，在官場中混了幾年，何等奸滑，聽了這番話，胸中早已雪亮，料得醉菩提定已設法尋找過。只把一雙鷹眼骨碌碌的轉了幾轉，鼻子裡冷笑一聲，說道：

『這冊書何嘗是王征南著的，無非從我們遠祖思南公學藝的時候，把先祖的著作抄了下來竊為己有罷了。而且思南公因為武學無敵，到老童身不破，並不娶妻生子，死後，生前著作也被王征南統統拿去。他知道思南公族中式微，學武的不多，就大言不慚的據為己有了。但是年代不遠，還恐年老的有見過思南著作的，不敢把這冊內家秘笈，立時炫耀出來，故意密藏在鐵佛寺內，讓這冊書過了幾十年再出世，就沒有人能夠戳破其中把戲，可以博一個千古傳名了。萬不料單氏子孫還有我這個單天爵看透機關，這也是思南公在天之靈，使我揚眉吐氣闡揚先德。前幾年我就想回到家鄉，把鐵佛寺搜查一番，預備搜出幾件先人傳家之寶，重新校正珍藏起來，不讓他人霸占去，無奈公事羈身，沒有分身的機會，現在被你一提，大約外邊還有知道的人。這樁事已不容耽誤，真還得趕快去搜尋才好，萬一被他人捷足得去，我姓單的就與他不共戴天。』」

第七章　鬼蜮迷藏

王元超繼道：「單天爵說到此處，凶目一瞪，拳頭掐得格格作響。醉菩提被他這一套大江東，蒙得做聲不得，正想旁敲側擊，湊趣幾句，獻上一個搜尋秘笈的條陳。不料還未出口，忽然門外立著幾個親兵護弁裡邊，有一個滿臉黑麻的凶漢突然跨進門來，緊趨幾步，朝著單天爵單膝點地說道：『下弁該死！下弁初到，不知道那冊書與大人有這樣重大關係，早知如此，就應該立刻報告。現在求大人寬恕小弁死罪，才敢實說。』二人聽得同時一愣！單天爵覺得事有蹊蹺，胸脯一挺，一摸兩撇鬍鬚，喝道：『不要囉嗦！快講！』

「那衛兵道：『小弁原是太湖的漁戶，前幾年太湖寨主鐵臂神鰲常傑見小弁略有膂力，懂得水性，強迫小弁上山去伺侯他。那時小弁在他勢力範圍之內，這位寨主又是性如烈火，動不動就開膛摘心，小弁性命要緊，怎敢違拗！只好委屈著伺候他，後來昏天黑地的過了幾年。不料有一天一個貌不出眾的精瘦漢子，赤手空拳來到太湖拜山，指名要會一會常寨主。兩人見面以後，那瘦漢子自報姓名，說是餘姚黃九龍，特意慕名而來，要請教寨主幾手武藝。

『常寨主原是個草包，以為黃九龍三字江湖上從來沒有聽見過，又輕視他單身赤手，身材瘦小，滿不在乎的就在廳前草坪上交起手來。哪知兩人交手，也看不出姓黃的用什麼手法，身子一動，就把常寨主跌了一個狗吃屎。常寨主一骨碌跳起來，一言不發，反身走進廳內，掄起他慣用的九環大砍刀，怒火萬丈的奔出廳來。那時我們立在一旁，知道今天常寨主與這個姓黃的定不甘休！那姓黃的武功雖也了得，可是赤手空拳要抗搪這柄六十餘斤的大砍刀，怕也難逃公道！

『誰知那姓黃的看見常寨主橫著刀怒吼一聲，奔近前來，依然神色不動的立著，等到刀臨切近，喊一聲來得好！只把身子滴滴溜一轉，就轉到常寨主身後。常寨主一刀砍個空，刀沉勢猛，望著掄出去好幾步才穩定了腳跟，重又大喊一聲，回轉身來餓虎撲食一般，舞起一片刀花，呼呼帶風的殺了過來。姓黃的毫不在意，只看他身子一矮，揮臂猱進，就鑽入一片刀光之中。一霎時換步移形，身法屢變，在刀光裡邊忽隱忽現，活像穿花蝴蝶一般。把我們旁觀的人，也看得目眩神迷。只覺常寨主身前身後、四面八方，盡是姓黃的身影，只把常寨主累得汗流滿面，氣喘如牛，使盡了吃奶力氣，也得不到半點便宜！

『我們一看這個情形，暗暗喊聲不好，照這樣工夫一長，準會把常寨主活活累死。正想知會眾人，預備傢伙，一湧而上。不料姓黃的一聲斷喝，一腿起處，正踢在常寨主拿刀的手腕上，只聽得大砍刀上的刀環，鏘啷啷一陣奇響，那把六十餘斤的大砍刀，憑空斜飛起兩丈多高。未待落下，姓黃的雙臂一振，像飛鳥一般斜刺裡縱起，離地丈餘，恰巧把從空落下的大砍刀單手接住。

身子一落，一個箭步又竄到常寨主面前，未待招架，順勢一個旋風掃落葉的招數，刀光一閃，就飛起一個斗大人頭，常寨主的身體登時倒在地上，直冒頸血。那時情景，兔起鶻落，迅捷無比，只把我們嚇得骨軟神酥，呆在一邊。

『那姓黃的此時橫刀卓立，大聲喝道：『有不服氣的盡管上來，與俺較量！』講到寨內、常寨主手下也有幾個精悍頭目，千把個弟兄，那時除派出去幾路弟兄不計，寨內也有五六百人。聽得寨主同姓黃的較量本領，陸續跑到聚義廳前看熱鬧，差不多把廳前一塊草坪，團團圍住。等到常寨主失手，身首異處，姓黃的耀武揚威的時候，周圍幾百個人，只看得目瞪口呆，誰也不敢放一個屁，兩隻腿都像釘在草坪上一般，誰也不敢動一動。姓黃的四周一看，無人敢出來與他較量，格外神氣十足，連聲呼喝。

『正在這當口，忽然半空哈哈一聲大笑，笑聲未絕，從聚義廳屋頂上飄下一個五綹長鬚的老道，恰恰正立在姓黃的面前。表面看去，那個老道斯文一派，弱不禁風，但是從聚義廳屋頂縱到草坪姓黃的面前，至少也有十幾丈遠，一霎眼就飄落當場，飛也沒有飛得那麼快，這種功夫，實在少有。最好笑的那姓黃的能耐已是可觀，哪知一見老道，立刻把手上的大砍刀向草地一拋，畢恭畢敬的朝那老道雙膝跪下。起初我們以為姓黃的已被老道制住，也許那老道路見不平，拔刀相助，也許是寨主的好友，姓黃的剋星，所以姓黃的一見面，就跪地求饒。

『我們自以為所料非虛，既然有人仗腰，立刻膽壯起來，誰知滿不是這麼一回事。那老道等姓黃的行禮以後，高聲對我們說出一番話來，才知道那老道是江湖天字第一號的老前輩，就是稱為陸地神仙游一瓢的，姓黃的是他第三個門徒，此番登門來尋常寨主的晦氣，還是奉他師父所差。那老道又對我們宣布常寨主萬惡不赦的事實，還說太湖原是前明忠臣義士的根據地，無故被姓常的占了好幾年，現在特地差他徒弟驅除常寨主，重新整頓一番。叫我們願意留在此地的，從此須聽姓黃的號令，不願意的盡管另投別處，也不為難我們。

『那時我們以為姓黃的本領，比常寨主還要厲害，又有大名鼎鼎的陸地神仙做靠山，將來山寨定必興旺起來，外邊做幾票買賣自然也格外順手。我們私地裡都存了這個見解，沒有一個願意走的，都齊聲說願聽黃寨主號令。從那天起，太湖就歸姓黃的管轄了。

『姓黃的頭幾天百事不做，先同他師父在太湖周圍巡視了一遍，回到寨內畫了許多地圖，又把全寨弟兄召集攏來，點名造冊。看他忙得不亦樂乎，後來陸地神仙下山自去。姓黃的在太湖不到半年工夫，居然把寨內寨外整理一新，緊要山口，築起許多碉堡。可是從姓黃的到太湖以後，從來沒叫我們出外做一票買賣過，也不知道他的銀錢糧草從哪處設法來的。我們因為雖然不做買賣，每月一樣有夥食可領，也就安心下來。不料不久忽然又來了一個姓黃的大師兄，叫作錢東平，率領了許多人來到，也有文人打扮，也有武士裝束，好像都約來入夥的樣子，姓黃的把這錢東平恭維得無所不至，事事都要請教他。姓錢的帶來的一般人內卻有不少武功了得的，就分派了許多頭目，文的就在寨內聚義廳旁邊像衙門一樣，設起文案室來。

『姓錢的住了幾天就獨自走了，臨走時候又代姓黃的出了許多主意，立了許多章程，第一條就是不准搶掠奸淫，以下幾條也記不清許多。記得尚有會種田捕魚的，仍在湖內分配地畝去做農夫漁父，到了一定時間，須在演武場歸隊，練習武藝同出兵打仗的陣法。那時下弁就有點不耐煩起來，心想做強盜哪有這許多臭排場？倘然存心要做農夫漁父，何必到太湖去受姓黃的惡氣？可是暗地探聽許多舊同夥的口氣，早已把常寨主忘得乾乾淨淨，反而口口聲聲說姓黃的不差，把小弁氣破了肚皮，暗自存了一個離開太湖的念頭。

『但是姓黃的寨規森嚴，要口都有關隘，不能隨便進出，而且隨時隨地都有巡邏隊掉換巡邏，一時沒有法子脫身。直到本月月初，派小弁在聚義廳值差，恰巧姓黃的寫了一封信，叫小弁投到浙東寶幢地方一個姓王的家中，小弁心內大喜！接過信件，安安穩穩走出各道關口，好像逃出牢獄一般，連夜離開太湖，投到此地。蒙大人恩典賞一份口糧，就像從地獄升到天堂一樣。』

「此時那衛兵一口氣說到此處，未免舌乾口燥，略微頓了一頓。那單天爵雖然聽得有點出神，可是回過味來，覺得與他所說的內家秘笈這冊書滿不相關，突然把桌子一拍，厲聲喝道：『混帳！誰叫你說這些不要緊的話？』又朝著門外喊一聲：『來！看軍棍伺候。』那衛兵嚇得一哆嗦，連連叩了幾個響頭，說道：『還有下情，容小弁細稟。』

「此時醉菩提坐在一旁，也說且請息怒，容他講完，倘說得不對，再責未遲。單天爵又一聲大喝道：『快講！仔細你的狗皮！』那衛兵戰戰兢兢的伸手從懷內掏出一封信來，已經折疊得一團糟，把信略微一整理，雙手捧到單天爵面前道：『這就是姓黃的叫小弁送得寶幢王家的那封信，小弁逃出太湖後，原想隨意棄掉，無意中拆開一看，覺得其中寫的幾句話很是奇怪，就留在身邊。此刻偶然聽到大人和這位老師父講話，似乎與這封信很有關係，所以冒昧稟告一番，請大人一看書信就可明白。』單天爵也不答話，奪過書信抽出信紙，攤在桌上一看，連喊不好！醉菩提看他稱奇道怪，也伸過頭去一看。

「原來信內頭幾句無非久別思慕老套，下面就寫著尋找秘笈的話頭，信上還黏著陸地神仙寫的一張紙條，寫著『欲得秘笈，須問彌勒，業精於勤，何關得失。』十六個字，單天爵看完這封信，仰著頭思索了一回，突然對那衛兵說道：『好，起來，今天的事不准向外邊亂說，將來自有重賞，你且出去。』那衛兵好像奉了一道赦旨，又叩了幾個頭立起來，倒退著走出門外，自去抹汗不提。

「醉菩提一等衛兵走出，立刻對單天爵道：『看這個情形大人想得那冊秘笈，須趕快下手，遲了惟恐被人占先。幸而鬼使神差，姓黃的信被這個衛兵耽誤了許多日子，那住在寶幢姓王的恐尚未知道，還不至被他們偷去。但是那個游一瓢從前倒常聽百拙上人說起，是個神出鬼沒的怪東西，百拙上人在世時候，還讓他幾分，我們也應小心從事才是。而且那個姓黃的也不是好惹的，此番小僧來的時候，路上也聽人說起太湖的事，都稱那個姓黃的太湖王，江浙兩省的綠林尊奉他的還真不少。」

「還未說完，單天爵也聽得不耐煩起來，大聲說道：『這種小丑，何足掛心。我從前跟岳大將軍大戰青海的時候，厲害的角色不知見過多少，大軍一到，哪有他們立足之地？何況太湖的區區盜賊，有一天我就帶兵去剿平他們，可是目前要想得到那冊秘笈，真應該早點設法才好。我自己職守所在，又不能輕易出門，眼前又沒有妥當的人可派，而且那冊秘笈雖然藏在鐵佛寺內，但是寺甚廣大，究竟也不能滿寺瞎摸，這幾層倒費躊躇。』

「醉菩提聽了這番話，眼珠一轉，計上心來，又默默自己盤算一番，然後胸脯一挺，立起身來說道：『大人不用心焦，小僧已有主意在此，事不宜遲，今天小僧就馬上動身到寶幢去，不出十天定可將那冊秘笈雙手獻與大人。』單天爵聽得高興異常，立刻走過來握著醉菩提的手說道：『你真有這個把握嗎？倘然果能如願，我必定重重厚謝。你想做官的話，我定然特別與你設法，定不相負。』醉菩提本是熱心利祿的人，一聽單天爵許了重願，格外拍胸脯，一力擔當，立刻就想動身。單天爵兩手一攔道：『且慢。』立時喊進一個貼身衛兵，從帳房拿到一百兩銀子送與醉菩提作為路費，醉菩提自然千恩萬謝的告辭而行。

「以上一番情形，原是師父對三師兄說的話。師父對於單天爵的不法行為，想必注意已久，時時暗地偵察，所以單天爵的一舉一動師父知道得這般詳細。那時三師兄聽明了上面許多話，知道寄給我的信同師父那張紙條到了單天爵的手內，反而弄巧成拙！而且醉菩提已經自告奮勇，代單天爵到寶幢偷那冊秘笈，心內焦急異常，就索性稟明師父，預備自己到寶幢來同我商量辦法，師父也不置可否，只說好，就自己揚長而去。

「三師兄送師父走後，當天把寨內事物略微分派，就單身趕到寶幢。幸而我還未動身，兩人略一商量，先托大師兄向鐵佛寺住持商妥，假說我要靜養讀書，撥租幾間幽靜屋子，先付了一筆豐厚租金。那住持知道我家也是寶幢紳士，又是財金到手，自然滿口應允。

「當天我就獨自一人帶了許多書籍住在那種著鳳尾竹的一個院子裡，葫蘆式門洞邊還貼出閒人莫進的條子，免得醉菩提到來，闖進來窺破機關。我那天還故意見佛就拜，在寺中各處遊覽一周，察看有沒有異鄉僧人掛單在內。醉菩提我雖然沒見過，聽師父口中所說醉菩提的面貌形狀，也是容易認識。但是全寺留心看過，寺內雖有不少僧人，竟沒有像醉菩提形狀的和尚，又向方丈打聽近日有無外路僧人掛單？據說一個也沒。而且寺內的和尚，從表面看去，尚都安分，也沒有懂得武功的人，不覺放了一半心，知道那冊秘笈尚未被竊。

「晚上方丈送來幾樣精緻飯菜，招待很是殷勤。飯後一人等到夜靜，三師兄如約飛越而進，兩人又促膝談心，研究那冊秘笈究竟藏在何處，從何處著手？照三師兄意思，師父的手諭十六個字，定有很深的作用，因為師父先天易數深得邵康節傳，真有未卜先知的能耐，於是我們兩人把這十六個字苦思焦慮的推敲起來。我沉思了一會，對三師兄道：『照師父所諭十六字，內中關鍵只有第二句「須問彌勒」四個字，彌勒佛就是寺門口當門坐著，常開笑口一尊佛像，難道說那冊秘笈藏在彌勒座下不成？』

「三師兄道：『這是絕不會的，你想彌勒佛離大門甚近，人人見得到的地方，而且每寺的彌勒佛，最少一年須修飾一次。因為彌勒當門而坐，風吹雨打，容易毀壞，無論進寺的走過的，都看得見，所以寺裡裝飾門面，必須把這尊佛像同旁邊一樣顯露的四大金剛，整理得金碧輝煌。既然要這樣時時搬動，如何會藏在彌勒座下？』我一想三師兄的理由很是充足，但是師父所說『須問彌勒』，絕不是隨便寫的，真有點難以猜度。只好兩人趁夜靜無人的時候，把全寺上上下下仔細踏勘一遍，大殿偏殿前後左右都偵察一番。整整查察到晨雞報曉，除地皮沒有翻過來，其餘統統仔細看過，依然沒有一點蹤影。

「一聽寺內和尚已預備起來做早功課，只好回到自己屋內，三師兄也仍舊飛身出寺回到我家休息，約好晚上再想辦法：這樣廢時失業的查察了好幾天，仍舊沒有頭緒。三師兄頭一個不耐煩起來，況又記掛著太湖寨內的事，預備暫先回去，被我苦留不放，才勉強又耽擱了幾天。恰巧這當口，發生搜蛟的一幕趣劇，高兄遇到殭屍毒手，誰料略一大意，竟被醉菩提那個賊禿得了手去。

「他偷去秘笈我還並不恨他，因為他食人之祿，忠人之事，情尚可原，不應該偷去以後，又鬼計多端回到鐵佛寺來，乘人不備，暗放冷箭！還故意用一手金蟬脫殼之計，飛箭上面附著一張字條，寫明秘笈是單天爵取去，有膽量的可到蕪湖統領衙門去討。他以為寫了這張字條，可以脫身事外，又以為我們決不敢向單天爵理論，你想這個賊禿可惡不可惡？

「最好笑的是那天晚上，我們三人同在屋內，三師兄問我話時，我因面向窗坐著，已覺得窗外有人，正想拿個主意。不料賊禿放了冷箭以後，就拔腿飛跑，等我同三師兄飛出窗外，跳上屋頂一看，賊禿腳程也算不差，竟逃得無影無蹤。哪知我們料定這賊禿必定連夜出城，要回蕪湖，定走東門，我們就從屋上跟蹤追去。將到東城，就看見一賊背著一個長方包裹，業已越城而過，還有一賊距城尚有一箭之遙，正急急向城奔去。三師兄在前看出情形，一面追一面把腰間白虹劍解下，退去蟒皮劍套，同我一齊跳下屋去，接連幾縱，就離那賊不遠。

「那賊奔過城牆，知道有人業已追近，突然回身立定，故作鎮定，笑嘻嘻說道：『喂，朋友，河水不犯井水，何必苦苦追趕？』我同三師兄抬頭一看，那賊是個行腳僧打扮，漆黑一張面孔，披著一頭長髮，額際束著一道紫金箍，中間矗著一個如意頭，空著一雙手，身上也別無他物。我們看那賊不像師父所說醉菩提的形狀，因為醉菩提是個光頭，又是一張紅面，一時倒不便冒昧從事，就喝問你黿夜跳城，有何緣故？先頭跳出去的是誰？

「你猜他怎麼說，哈哈，真可謂君子可欺以其方。他說：『素來在黃巖赤城山彌勒庵出家，因為募修佛堂，四方遊行。今天步行到此，已經深夜，走到鐵佛寺敲門不便，就在寺門口露坐，預備天明後，要進寺掛單。不料坐了未久，忽見從寺門口牆上，縱出一條黑影，似乎背上還馱著一樣東西，那人跳到街心，一墊腳，又跳上對面街屋上，向前飛跑。我疑心那個賊定是從寺內偷了東西逃出，明天寺內發覺起來，恰巧我坐在門口，倘懷疑是我偷的，這才是無妄之災哩！我這樣一想，倚恃著小時候也從村莊武師學會了一點武藝，就拔腿直追，追到離城不遠，從月下望去，已看見那賊向城飛跑去，原也是個光頭和尚。被我看清楚了以後，我倒放下了不安的心。你想既然寺內和尚偷寺內的東西，逃了出來，明天鐵佛寺方丈一查，缺了一個和尚，自然不會疑心到我了。現在被你們兩位苦苦追問，時候一耽擱，那賊和尚已跑遠，想追也無從追蹤了。』

「說也不信，我們聽他這一套入情入理的話，真被他給蒙住，一時弄得捉摸不定，而且我們一心在醉菩提身上。心想照他所說，越城的賊定是醉菩提無疑，兩下一耽誤，那賊禿早已逃遠，追也枉然！說也慚愧，當時我們兩人對於那個行腳僧，竟會一點不疑，居然還同道回來，因為他腳程跟不上我們，還在後面直喊慢走。我們哪有功夫理會他，還怕洩露我們行藏，故意施展陸地飛行，把他撇下，自行回寺。

「等到回寺以後，我們兩人未進屋內，在瓦上立著，把前後情形仔細琢磨一番，始覺行腳僧也有可疑。因為我突然想到前幾天在大殿上，曾經遠遠看見兩個黑影，也許有醉菩提在內，今晚逃的卻只一人。前後一想，也許那個行腳僧乃醉菩提請來的幫手，自知不敵，特意叫醉菩提帶著那冊秘笈先自逃遠，仗著面貌生疏，由他編出一套謊話來絆住我們。我們想到此時，三師兄立刻到寺門探看那行腳僧有沒有回來，果然連鬼影都沒有，料得受騙不小，只把三師兄氣得直跳腳。誰知那時還只料到一半，到此刻三面情形一湊，我才明白行腳僧就是醉菩提改扮的呢。

「這且不提。你當然還不明白我們既然受騙怎麼還會跟蹤到此呢？這就叫愚者千慮，必有一得。那醉菩提饒他鬼計多端，畢竟露出許多破綻。那天三師兄到寺門探看行腳僧不在以後，我們二人就把賊禿飛箭掠下的字條，在屋上映著月光仔細一研究。似乎字條上所說，叫我們到蕪湖單天爵那兒去的幾句話，明明顯示懼怕我們，恐怕我們苦苦追迫，難逃公道，故意留下字條，移禍於人。只看他城牆底下一番鬼話，處處都用巧著，不敢同我們交手，就可知道。但是我們的目的在那冊秘笈，秘笈在誰的身上，就向誰討取，何必捨近求遠？

「而且還有一層最要緊的關係，那冊內家秘笈原是少林派武術的剋星，倘然少林派的人得到這冊秘笈，從小處說可以壓倒老少同門，從大處說可以雄視各派，光大少林門戶。像醉菩提這種鬼祟的行為，既敢恬不知恥的移禍於人，得到秘笈是否真個雙手獻於單天爵，也是一個疑問；也許先拿到僻靜地方，自己抄錄出來，再拿到單天爵那兒去討好，也未知。既然這樣，我們豈能輕輕放過他，這不是弄巧成拙嗎？而且他假扮行腳僧的時候，雖然滿嘴謊話，可是所說他住在黃巖赤城山彌勒庵，倒非隨口亂謅。據三師兄說，他知道那處確有一個彌勒庵，還是未作同門以前到過，且知道彌勒庵地方很大，建築在赤城山上。我又想起師父字條上不是有『須問彌勒』的一句話嗎，不要就應在那個彌勒庵上也未可知。

「同三師兄一商量，也許那賊禿先到赤城山隱避幾時，可以神不知鬼不覺的抄錄那冊秘笈。既然秘笈已被賊禿竊去，我們也毋庸留在鐵佛寺內，不如兩人同到赤城山偵探一番，如果我們所料不實，再到蕪湖去也不算晚。主意既定，便跳下來走進屋內，就同你商量投師的辦法。你當然還記得我故意叫你不走海道，反叫你多走幾天，從旱道走山路，因為你走的旱道，也要經過赤城山，我們也許在路上再會見。老實說，我們也要順便偵察你一路的舉動，看看你的品性，這樁事還要請高兄原諒。我既然把你介紹入師父門下，我不能不謹慎一點哩。但是你在寶幢動身這一天，我們還在我的家中安排一點瑣務，到下午才動身，從這條路上走來，我以為你早已走過赤城山了。

「不料到了此地，居然同你碰頭，而且事有湊巧，你於無意中又碰到那醉菩提和赤城山寨主，可以證明我們料得不差，不致於白跑一趟了。至於此刻我料到行腳僧就是醉菩提改扮的緣故，完全是從你口中聽出來的。

「你說的二人形狀，一個是手執龍頭禪杖的紅面披髮頭陀，一個是手使虎頭雙鉤的凶漢，那個頭陀行狀與我們那晚碰到的行腳僧，一般無二，只差我們見到的行腳僧，是一張漆黑面孔，你遇到的是一張噀血紅面。講到那張紅面，同那枝龍頭禪杖，又同我們師父說的醉菩提形狀一般無二，只差一個是光頭，一個披髮，這樣幾下印證起來，全是醉菩提這個賊禿搗的鬼。

「此刻可以斷定那賊禿恐怕露出真相，不大穩便，故意在光頭上裝上假髮，用一個頭陀常帶的髮箍束住，又把面孔擦黑，使我們在黑夜裡看不出他的真面貌，知道我們不會妄殺無辜，可以借此脫身。那赤城山寨主既然稱他師父，當然是他一黨，賊禿自知一人辦事不便，定是從單天爵那兒出來就先到赤城山來，約他徒弟作幫手，所以到寶幢時反在我進寺以後。那天我在殿上看見的兩個黑影，定是他們師徒二人，那晚頭一個越城而逃的人，也定是賊禿先叫他徒弟帶了秘笈同他手上的龍頭禪杖，先逃出城去，免得被我們看出破綻。今天你在破廟遇到他，雖然頭上假髮還沒有去掉，可是黑面已經洗掉，顯出真面。那枝龍頭禪杖已到自己手中，在賊禿意思，以為到了此地已是萬安無事，誰知天網恢恢，偏被我碰到，你又會著我們，被我們識破他的奸計呢。

「話雖如是，賊禿的鬼計真也縝密異常，今天假使沒有遇到你，一時真還不易完全識破。還有一樁緊急的關鍵，到現在我還猜不透其中緣故，因為我同三師兄到鐵佛寺去搜秘笈確在醉菩提之前，搜尋了好幾次，可以說沒有一處不搜尋到，終是勞而無功，何以那賊禿一到，就容容易易的取到手內，這不是怪事嗎？這樁事只可到明天尋到賊巢，同那賊禿見面時，再設法探出真情的了。現在我已把我們的前後情形統統對你說得清清楚楚，將來你見到師父，也不致茫無頭緒，可以安心學藝的了。」

高潛蛟坐在對面草席上瞪著雙大眼，張著一張闊口，聽王元超從頭至尾一路滔滔不絕的說出許多奇奇怪怪的事情，真是聞所未聞，早已把這位少聞少見的高潛蛟，聽得失神落魄，呆在一邊。等到王元超講完，才如夢初醒，猛然把腰一挺，突的跪在王元超面前，也不管地下流水縱橫，咚咚的叩起響頭來。把王元超弄得不知所措，趕忙把他攔腰一抱，像拾小雞似的拾了起來，仍舊把他推在草席上坐下，笑著說道：「你發癡不成？無緣無故對我行起大禮來，這算哪一套呢？」

哪知高潛蛟誠惶誠恐的說出一番話來，他說：「憑我這塊草料，今天同兩位英雄般的人物坐在一起，已經覺得福分不小。將來叨兩位的餘光，拜得神仙般的師父，格外覺得是了不得的緣份。無論將來學藝能否成功，都是您的大德大恩，我怎能不拜謝您的恩德呢？」說著，似乎又要立起來行禮。

王元超趕忙兩手一伸把他按住，微笑道：「你不要胡鬧，聽我說。我問你，若真像你所說有這樣的大恩大德，豈是你在地上磕幾個頭可以了事的？老實說，這種事根本算不得大恩大德，這就是友義的義字，是朋友應該做的事。希望你投師以後竿頭日進，將來我們也多一個臂膀，多做一點俠義的事，到了那個地步，比叩幾百個響頭強得多。還有一層你要明白，千萬不要把自己看低，口口聲聲說自己是草料。一個人生在世上，應該立一個頂天立地的志向，做一番轟轟烈烈的事業，做得到與做不到是另一問題，志是不能不立。世上沒有志向的人，雖然穿得富麗堂皇，他無非金玉其外，敗絮其中。有了這種志向，雖然穿得破破爛爛，依然是個昂藏七尺的好男兒。

「古人說『將相本無種，男兒當自強』，又說『舜何人焉，禹何人焉，有為者亦若是』。這幾句話你雖不大了解，可是俗語所說『神仙亦是凡人變』的一句老話，總應該明白，你把我這幾句話牢牢記住，你就不會輕看自己了。而且我們聚在一起，也非偶然，我們介紹師門也非隨意。我們倘然看你不是一塊渾金璞玉，沒有雕琢的可能，就是你跪在我們的面前，也不能輕意允許的，這樣一說，你越可明白了。但是我叫你不要看輕自己，無非叫你立志自重的意思，同那自尊自大，可是大有分別，倘然走上了自尊自大那一條路上，那與自重就背道而馳了。」

這一番懇切諄至的話，高潛蛟雖然答不上來，但是細細領會，覺得比吃冰雪還清涼，比飲醇醪還甘美，只是訥訥不能出口。王元超察顏辨色，知道自己這番苦口婆心，已深深印入高潛蛟心上，越是不會說話的人，越能實行，這種不落言詮的境界，非細心人體會不出。深知這位質美未學的鄉下老憨，一經師父陶熔，定能出類拔萃，不覺暗自高興。忽然覺得只顧自己向高潛蛟說話，把三師兄冷落一旁，許久不見他動靜，回頭一看，原來那位三師兄，早已在草席上側身而臥，鼻息沉沉了。

一聽外面風聲雨聲，已不像起頭狂暴，只茅屋上斷斷續續淅淅瀝瀝的，下那一陣陣的細雨，對高潛蛟說道：「此時大約已過丑正，不久就要天明，你趁此也可以打個盹盹，免得明天上路精神不濟。至於赤城山的事，你不用過問，倘然你也夾在裡面，反覺礙手礙腳，要分神照顧你了。明天我們送你過嶺，你自管自到雁蕩去好了，好在此地已離雁蕩不遠，也許我們把赤城山一樁公案解決後，順便到靈巖寺去會一會四師兄，我們不是又可以見面了。」

第八章　掌擘松林

高潛蛟聽得這番囑咐，正在唯唯答應之間，忽然茅屋上面一陣哈哈怪笑。在這漫漫郊野四周寂寂的長夜，突然被這一聲怪笑震破，越顯得這笑聲震耳欲聾，連前面一帶長嶺隱隱都有回響。這一聲突然而來的怪笑不要緊，把高潛蛟嚇得變貌變色，王元超也吃了一驚，連那鼻息沉沉的黃九龍，也聞聲驚醒，一躍而起，未待王元超開口，就仰面向屋頂大聲喝道：「太湖黃九龍在此，有膽量的盡管下來！」

喝聲未絕，只聽得門外一人低低說道：「啊喲，阿彌陀佛，把小僧的膽也嚇破了。」說罷，竹籬門呀的一聲，闖進一人。那人進門順手把門曳上，一舉手，又把頭上笠帽掀在腦後，露出青皮光頭，笑嘻嘻地對黃九龍、王元超合十道：「三兄五弟，幸會幸會。」

黃九龍、王元超兩人一見來人的面目，不約而同的說道：「咦，原來是你。」立刻眉飛色舞的拉著來人的雙手，彼此點頭會意，哈哈大笑。此時又把那位高潛蛟裝入悶葫蘆裡去了，趁他們拉手歡笑的時候，暗地細細打量來人，原來是一個三十有餘四十不足的中年僧人。雖是布衲草履，滿身泥漿，笠邊衣角兀自掛著點點的雨水，弄得一身狼狽不堪。可是天生一張銀盆大臉，配著劍眉虎目，顧盼非常，而且身材奇偉，音吐若鐘，與王元超之俊朗，黃九龍之精悍，又另有一番氣概。

正在暗暗喝采，王元超已拉著來人對高潛蛟說道：「今天的事，正是一巧百巧，方說曹操，曹操就到。你道這位是誰？就是我們常說的四師兄龍湫僧，也就是雁蕩山靈巖寺方丈。」又指著高潛蛟向龍湫僧說道：「這位是山陰高潛蛟，正想投奔四師兄去，再看機會拜在師父門下。不料在此地不期而遇，真算巧極了。」

黃九龍笑道：「這位高兄運氣尚算不壞，可是我同老五今天在這矮屋裡坐水牢一般，坐了一夜，明天還要同那赤城山幾個草寇周旋一下呢！」

龍湫僧且不答言，先走到高潛蛟面前，合掌為禮。高潛蛟也忙不迭的連連回揖，龍湫僧微笑道：「一見高居士，就知道是我輩中人，將來一番循循善誘，定是後來居上。我們師父雖然不肯輕意收徒，但是像居士這種無瑕美玉，師父想必不吝教誨的。」

王元超接著說道：「四師兄素來不肯隨便賞許的，此刻經四師兄一說，我這個介紹人略可安心，或者不致受師父嚴訓了。」

黃九龍又急急的搶著說道：「這種閒話，且不提他，四弟，知道我們到此的事麼？」

龍湫僧指著屋頂哈哈大笑道：「我已從五弟口中聽得一點大概，不為偷聽，何至於一身弄得像落湯雞呢？」

黃九龍拍手笑道：「該，該，私自竊聽，應得此報！但是你不在靈巖寺安坐蒲團，反而有福不享，連夜冒著風雨跑出來，有什麼要事呢？偏又不老實，跑路跑到人家屋上來了。」

龍湫僧指著黃九龍對王元超說道：「阿彌陀佛，你聽我們三師兄說得好輕鬆的自在話，我不為他的事，還不致連夜跑道兒呢。幸而菩薩有靈，到了此地無意中會碰著你們，否則老遠的趕到太湖，上廟不見土地公，那才冤枉呢。」

此話一出，王元超、黃九龍同時一愣，齊聲問道，「此話當真？」

龍湫僧答道：「佛門不打誑語，何況此事很有關係哩。」

黃九龍很著急的問道：「你此番找我，究竟有何要事？請你快說吧。」

龍湫僧微笑道：「且不要性急，你們此地的事，我得先問個明白。我雖聽得一點大概，可是伏在屋上，偏偏天公不作美，雨聲風聲夾雜著，實在聽不真切。」

王元超笑道：「沒有雨聲風聲，我們早已知道有人在屋上了，但是四師兄，怎會伏在屋上的呢？」

龍湫僧笑道：「說來可笑，我翻過山嶺就逢著大雨，急走了一程，知道此間可以借宿。趕到此地，正想推門而進，忽聽屋中有人講話，正說著這一句賊禿，心想這倒好，我一進去，真應了指著光頭罵賊禿那句俗話了。可是聲音很熟，想看清是誰再進去，就跳上茅屋扒開椽縫一看，原來是你們兩位，同這位高居士，不覺大喜。一聽五師弟正在翻開陳年老帳，說得滔滔不絕，說來說去，把我也夾在裡面去了。面且那冊秘笈的事，雖然從前聽你們兩位提過，也十分留意。此時發生糾葛，不覺側著耳朵聽出了神，把身上的雨水都忘記了。但是那個醉菩提怎麼會把那冊秘笈，很容易的拿去呢？」

黃九龍道：「其中曲折很多，我來講與你聽，來來來，我們坐下來，席地而談。」

於是四人圍坐在草席上面，坐下以後，黃九龍先對王元超說道：「你同高兄講那陳年老帳的時候，我因為聽得乏味，不知不覺一歪身就睡熟了，大約我們的事，高兄已徹底明白。現在我把那冊秘笈糾葛和高兄到此的情形，對四弟仔細一談。」於是掉轉頭又對龍湫僧把過去詳情一五一十的說了一番。

說畢，龍湫僧笑道：「你們這樁事，明天到了赤城山終可水落石出。但是照我猜想，無論那醉菩提如何鬼計多端，何以你們尋了幾天尋不著秘籍，他居然手到擒來，實在有點出乎情理之外，恐怕其中還有別情。」

王元超把腿一拍道：「小弟也是這樣猜想，只有明天會著那醉菩提，想個法子探出實情了。」

黃九龍接口道：「照前後情形推想，使我們受騙的行腳僧，同高兄碰到的紅面頭陀，大約都是醉菩提弄的鬼。五弟看見的兩條黑影之一，同先越牆而逃的賊子，也就是赤城山寨主無疑。」

此時高潛蛟也接著說道：「黃先生睡著的時候，王先生提到這層的。」說到此處頓了一頓，從懷內掏出那封介紹信來，舉著信向王元超道：「此信原想到靈巖寺面呈龍湫大師的，現在大師光臨，此刻就請大師過目，也是一樣。不過信中附著九龍先生的令旗，被我失落，誤事不小，希望明天能夠奪回來才好。」

黃九龍道：「你放心好了，那張旗失去不關你的事，明天準可奪回。」說畢，順手接過信，遞與龍湫僧道：「其實這封信你看不看都沒關係，高兄的事你都已明白了。」

龍湫僧且不看信，對高潛蛟道：「高居士的事我已明白一切，我此番想會一會三師兄，就因為那張旗的關係。」黃九龍未待說畢，搶著說道：「哦，我明白了，你出來原為此事麼？」

龍湫僧道：「三師兄且不要打岔，待我對高居士談完以後，再談那事。」又掉頭對高潛蛟道：「高居士見我到此定以為有事在身，一時不能回靈巖寺去，其實我本身一點事也沒，只要把那事同三師兄講明後，就沒有我的事了。明天他們辦他們的事，我同高居士一塊兒回敝寺就是了。」

王元超道：「這樣太好了，我就此把高兄托付四師兄，還要請您指點他入門功夫，將來師父收錄以後，傳授道藝，也可事半功倍。」

龍湫僧笑道：「高居士雖是初會，已看得出是一個稟賦淳樸勁氣內斂的人，學藝學道，都很相宜，我們師父平日不願多收門徒，並非吝於教誨。因為世上根基深厚的人才，千百人中難選其一，尚須緣法湊合，才能發生香火因緣。像高居士的資質，已是不可多得，其餘不講，只要看高居士雖然出身山村，未嘗學問，可是沒有一點粗獷氣味，只覺仁厚可親，這一點也可看出根基深厚。將來我們師父絕不會屏諸門牆之外的，還要嘉獎五弟留心人才呢。」

黃九龍笑道：「高兄的事已算解決，天也快亮了，四弟，你講我的事吧。」

龍湫僧道：「這樁事原因，五弟恐未知道。事情是這樣的：溫州台州沿海一帶，列著許多峻險島嶼，原是海盜出沒之所。起初這般海盜，都是台灣鄭氏部下，自鄭氏被清朝降服，這般部下都散為海盜，有幾千人一股的，有幾百人一股的。到現在海禁一開，外洋輪船駛入近海，這般海盜懼怕輪船的堅甲利炮，弄得白瞪著眼，沒有法想。

「不料近來中國巨商也改用輪船運貨，劫掠的機會短少，團體漸漸渙散。我們三師兄眼光如炬，想把這般海盜收為己有，重新整頓一番，預備將來有用得著的去處。有幾股海盜也久聞三師兄的大名，時常想與太湖聯絡，有幾個較有名頭的海盜，曾經到太湖去與三師兄接洽幾次。三師兄因見來人並無出色本領，又不知道他的底細，未便冒昧應企，就托我就近打聽一番。有一次寫信與我，說是不久會差人送太湖號旗到來以便代表辦事，大約這次高居士帶來那張旗，就是這個意思了。」

黃九龍說道：「可不是這個主意。」

龍湫僧又接著說道：「我深知三師兄托我打聽的意思，果然因為靈巖寺與台州灣沿海一帶較為近便，其實也要我探聽海盜中有無胸襟闊大、技能傑出的人物，然後再定聯絡的辦法。我就借著募化為名，到相近沿海一帶，暗地偵察了一次。不料到臨海縣台州灣的頭一天，就鬧了一樁笑話。」

王元超笑道：「怎麼會鬧笑話呢？」

龍湫僧道：「我因為台州灣是一個緊要海口，為海盜登陸之處，離台州灣不遠海灘上面有一座龍王廟，廟雖不大，裝金繪彩，頗也輝煌。你道這座龍王廟在那海盜出沒之所，怎麼還能如此堂皇富麗呢？原來那座龍王廟是海盜出資興修的，那般殺人不怕血腥氣的角色，對於龍王爺倒是挺敬重的，每逢海上做了一票沒本買賣，像商家謝神一樣，在龍王廟前宰牲唱戲，熱鬧一番。龍王廟既然與海盜有此淵源，那廟內香火和尚定與那般海盜廝熟，所以我特意到那龍王廟裡去借宿。

「那天正在海灘上慢慢的向廟走去，忽然身後有兩個滿面風塵的無賴，亦步亦趨跟定了我，待我走進龍王廟回頭留神一看，那兩個人也轉身走去了。我已瞧料幾分，走進廟內見了那香火和尚，卻是個既聾且啞的廢物，費了許多力氣，才說明了我的來意。而且那座龍王廟，廟貌雖麗，廟址卻小，除了一門一殿，別無餘屋。那個香火和尚，晚上就在佛龕面前供桌底下就地一卷，就算高臥。好在我只要蒲團一具，足可度夜，就在殿中蒲團上而趺坐。靜聽殿外海潮澎湃之聲，倒也別有幽趣。

「正在靜坐當口，忽聽得遠遠一陣呼哨，海灘上足聲雜遝，漸漸奔近廟門，到了門口，卻又肅靜起來。我一看這情景有異，猛想起白天海灘上盯梢的兩個人，料得事有蹊蹺，恰好我坐的蒲團，直對廟門。那兩扇薄薄的廟門，原是虛掩，從門縫中隱隱看見門外，火光閃閃，似有多人在門外窺探。突然門外一人一腳踢開廟門，立時擁進了幾個敞襟盤辮手執軍器的凶徒，有幾個還高舉著火燎，照得殿外明如白晝。

「為首一人，瘦皮瘦骨，凶睛暴露，頭上斜頂著一頂瓜皮大帽，披著一件黑綢大褂，腰繫汗巾，曳起衣角，倒提著一把單刀，大踏步走上殿來，舉起單刀指著我們厲聲喝道：『你這禿廝，我們早知道你是靈巖寺的住持，你不來，我們也要到你寺裡去借糧，難得你竟自投到，倒也出乎老子們意料的。現在老子們限你此刻寫信通知寺內，在三天內送到千兩紋銀贖你回去，倘然牙縫裡進出半個不字，哼哼，就叫你嚐嚐老子鋼刀的滋味。』說罷，那把雪亮的鋼刀，兀自高舉作勢，直臨頂上。

「我一看為首的那個凶徒，一臉橫肉，無法理喻，腳下卻虛飄飄的，表現猶如酒色淘虛的市井流氓，倘然動手送他歸去，也非出家人慈悲本旨，就依然坐在蒲團上，笑嘻嘻對那為首的凶徒說道：『敝寺有的是銀子，好漢要的數目並不多，小僧定可遵辦，但是此地沒有筆墨，小僧如何能寫信呢？而且好漢手上那把鋼刀，嚇得小僧手顫骨軟，如何能寫字呢？』

「那瞎了眼的狗強盜，聽我說他要千兩紋銀並不算多，面色頓時一呆，也不知想甚，立時又失聲喝道：『千兩銀子就可贖人，哪有這樣便宜事？沒有三千兩，休想活著回去！』我不等他說下去，依然嘻皮笑臉的道：『不多，不多，一定照辦。』此話一出，為首的凶徒又是一愣！連那在殿門口立著的一般小強盜，一個個現出詫異之色，以為我被他們嚇傻了，故而說多少，就答應多少。

「那不開眼的為首凶徒，朝著手下一使眼色，立刻走出一個強盜，走到供桌前，一俯身拉出那個既聾且啞的香火和尚，對他一比手勢，那香火和尚連連點頭，回身走到佛龕面前，從龕內搬出筆硯紙墨，擺在供桌上，擺好以後，若無其事的又鑽入桌底下趴伏安臥了。這一來，倒把我看得暗暗稱奇，繼而一想，就明白這般海盜在這廟內照樣已不知害過多少人，所以香火和尚司空見慣，毫不為奇。也許香火和尚還是這般海盜特意選來的，利用他既聾且啞，不會洩露機關。

「這樣一想，我就存了懲誡他們的主意，故意慢慢的走下蒲團，裝作想走到供桌面前寫信樣子。那為首的凶徒毫不起疑，居然把舉著的刀放下，倒提著跟著前來。我出其不意，突然回身單臂一伸，把那凶徒連臂帶身，夾在脅下，雙足一點，從十幾個海盜頭上飛掠而過，直縱上廟門屋頂，一轉身，把脅下凶徒放在瓦上，一足踏住，又把凶徒手上單刀奪過，指著下面眾盜笑道：『我一個孤身和尚值三千兩，這人值多少？你們自己說吧。』

「那般亡命一見事出非常，章法大亂，嚇得目瞪口呆，不知如何是好。腳底下的凶徒，不住口的直喊饒命，我腳尖剛一使勁，凶徒痛得殺豬般直叫。我就問他在廟內害了多少人，近處有幾股海盜，為首何人？那凶徒要保全性命，立時一五一十說了出來。據他所說台州灣口外一帶並無盜窟，這般亡命並非真海盜，無非是一般海灘地痞流氓，為海盜通風拉線分點餘潤。遇到孤羊可欺，也順手做點綁人勒贖的勾當。連海盜盜窟所在，為首姓名，都茫然不知。你想這種沒出息的膿包，何必與他糾纏？

「我當時懶得多說就輕輕釋放了事，可是這樣一來，我卻大掃其興，第二天就悄悄回寺了。回寺以後，隔了許多日子，忽然來了兩個裝束華貴的女子，一進寺門禮佛後，就指名要見方丈。寺裡的知客僧一見這兩個青年女子，雖然丰姿豔麗，很像縉紳大家的閨秀，但是並無輿馬僕從，裙下雖然窄窄的三寸金蓮，但步履之間，很透著非常矯捷。知客僧見多識廣，看得很是詫異，就請她們在客室坐地，趕忙來通知我。我一時摸不著頭腦，姑且出去見了再說。

「待我出去一見那兩個女子，心中就犯了怙惙，那兩女年紀不相上下，大約都在二十左右，端莊流利，宛然閨秀。可是秀麗之中，卻隱著英爽之概，似與普通閨閣不同。兩個女子中間，有一個身材略長，眉心有一顆紅痣的，首先盈盈起立，嚦嚦吐音，對我說道：『久仰大師英名，今天一見，果不虛傳。日前愚姊妹路經台州灣龍王廟，聞得大師在彼處雲遊，薄懲流氓，格外欽佩，恨不得立時趨前展謁。無奈身為女子，未敢冒昧，今天呢？』說到此地，頓了一頓，眉尖一拱，微笑說道：『今天無事不登三寶殿，有一樁小事，專誠來仰求大師，大師慈悲為懷，想必樂意成全的。』那時我聽得有點詫異，心想這兩個女子，有什麼事要我成全呢？就直截的說道：

『兩位何事見教，請直說吧。』

那首先說話的女子又開口道：『愚姊妹住在奉化雲居山內，素來不管外事，近年海上幾位好漢，因為從前都是先嚴舊部，承他們時常對愚姊妹表示尊敬，有點重大事故，也要愚姊妹參與其間。現在海上幾位好漢，因為先嚴去世以後，群龍無首，景象很是不好，這種情形大師諒有耳聞，毋須多說。所以海上幾位好漢，曾經到貴師兄太湖王那兒拜見幾次，想請太湖王出來管領海上群英，或者海上兄弟們投入太湖，得有依靠。這樁事原是雙方都有益處，而且太湖王也似乎表示贊成，已聞拜托大師代表接洽。海上眾英雄又因為事不宜遲，特意鄭重其事的，又推愚姊妹專誠拜訪大師，懇求大師寫一封介紹信札，由愚姊妹帶到太湖，與太湖王覿面磋商一切，藉此也可展仰太湖王的英姿雄勢，這事務請大師費心成全。非但愚姊妹心中感激，海上眾位好漢也一樣感仰大師的。』

「說到此處，低鬟一笑，側著頭靜等回音。這一番婉轉懇切的話，我倒大費躊躇。恰巧知客僧指揮沙彌送上茶來，就借遞茶周旋的時候暗暗盤算一番，打好主意，笑著說道：『原來兩位女英雄下降，小僧多多失敬，兩位吩咐的，小僧非常贊成，想必敝師兄也極歡迎的。恰好敝師兄那邊有人在此，小僧也毋須寫信，就打發來人回去，通知敝師兄歡迎兩位就是。可是兩位的先大人諒必是位前輩英雄，小僧寺內清修，未預外事，竟未知道，還請兩位說明，小僧也可通知敝師兄一個底細。』

「那女子聽我問她家世，略一沉思，微笑道：『孤島草莽，何足掛齒？既蒙大師應允轉知貴師兄，愚姐妹立時走一趟太湖。回來之後，再請大師到敝島遊玩，那時再奉告備細吧。』說罷，一笑而起，竟雙雙告辭，我也恭送如儀。可是兩個女子走後，敝寺發現了一點小損失，這點損失，是要三師兄賠償的。」

黃九龍大笑道：「莫非那兩女妖嬈，把你們寺裡的青年和尚拐跑了不成？再不然寺裡的小沙彌看得動了凡心，指頭兒告了消乏，成為單思病了？」

龍湫僧笑道：「師兄休得取笑。原那兩個女子走後，小沙彌收拾女客吃過的茶盞，不料有一杯香茗擱在一張花梨几上，竟像生了根似的，拿不起來了，把小沙彌嚇了一大跳。仔細一看，原來杯底生生嵌進几面有三分深，這還不算。那位始終不聲不哼的女子坐過的椅子面前，一塊細磨鏡面的羅地方磚，也發現了一點豔跡，深深印著一對纖纖瘦削的蓮瓣。佛地莊嚴，竟留下這對驚心動魄的豔跡，如何當得？只得把一几一磚，棄之如遺重新更換的了。」

黃九龍和王元超等大笑不止，連高潛蛟也忍俊不禁起來。黃九龍笑道：「倘然我做那寺裡的方丈，一定把那對蓮印什襲珍藏，留為佳話。但是照我猜想，那兩女就是海盜之首，女子有這點功夫，也算難得，未知何人傳授的，四弟打聽了沒有呢？」

王元超也道：「四師兄語氣之間，對於兩女投奔外湖，似有懷疑處，所以她們要求寫信介紹，四師兄竟自飾辭推托，其中必定另有別情。」

龍湫僧微笑道：「現在人心叵測不能不處處審慎，我推托的原故，無非看那兩女突如其來，究竟有否別樣的作用？一時摸不清楚，故意延宕一下，預備探明白根底以後再說。後來聽那兩女就要上太湖，似乎急不可待，而且問她姓氏，言語閃爍，不肯直言，一點沒有光明態度，益發令人可疑。

「等到她走後，我細細猜度一下，有好幾層可慮的地方：第一，據她自己說，這般海盜都是她父親舊部。這種口吻，她父親也是台灣鄭氏部將；後來作為盜魁，現在女繼父志，也作為女盜魁了。但是溫台一帶，海盜情形略有所聞，我從來沒有聽到海盜中有那兩女子的行動，這且不講。第二，她說的住在奉化雲居山內，說到雲居山，就在象山港內，也是一座峻險高山，山脈一直伸到象山港外。

「從雲居山到雁蕩靈巖寺，中間遠隔著台州府，相差好幾百里，她們如要到太湖去，應該從寧波餘姚過錢塘江，從浙西走去，現在捨近求遠，特意到靈巖寺來求一封介紹信，又似並不注重信上；而且雲居山雖然近海，卻是寧波府所管。以我所聞，溫台沿海的海盜，已經分了好幾股，我不信那兩個年輕女子，能率領寧溫台三處的群盜。既然有這種魄力，這種本領，何至於向太湖乞憐呢？就是她情真事確，就應該開誠布公，何以問她姓名，又不肯實告，顯見得其中有不可告人之隱。在我寺裡臨走又露了一些能耐，似乎還有點恐嚇之意。

「這幾層意思，我心裡一琢磨，那兩個女子要到太湖見三師兄，定有別的作用。也許那兩女子對於三師兄有不利的存心，或者窺覷太湖的基業，都不能預定的。又想到那兩女子既然有點本領，腳程定是不錯，倘然由我差人知會三師兄，一定趕她們不上。所以我今天自己急急趕來，想在她們未到太湖以前，通知三師兄暗地預防，免得中了她們的圈套，不料會在此相遇，倒免得我一番跋涉了。」

黃九龍聽罷側著頭沉思了一會，昂頭說道：「四弟所慮，不為無見，但是憑那兩個孤身女子，有天大本領，也翻不出咱們的手心去。不過這樣一來明天此地事情一了，我只好兼程回去，迎迓那兩位嘉賓的了。」

龍湫僧方要開口，王元超忽然喊了一聲：「不好，恐怕因這兩個女子身上，從此多事了。」龍湫僧、黃九龍聽得同時一愣神，齊聲問道：「五弟何事驚怪？」

王元超眉頭一皺道：「我起初聽四師兄說那兩個女子，住在奉化雲居山，已覺得這個山名非常溜熟。後來一想，我們師父百年不解的冤家對頭，不是就住在雲居山內麼？」

黃九龍道：「你說的是我們師母千手觀音麼？同那兩個女子有什麼關係呢？」

龍湫僧忽然也情不自禁的啊呀一聲，接連念了幾句阿彌陀佛，又低聲說道：「了不得，了不得，我被五弟一提，也明白了。」

黃九龍恨得鋼牙一挫，用手一指道：「你們盡學著婆婆媽媽的腔調，有話不明說，老是藏頭露尾唉聲歎氣的幹什麼呢？」

龍湫僧笑道：「三師兄還是這個急脾氣，你道五弟為何說到師母？因為兩個女子在我寺內，各自露了一手，一個把茶杯嵌進桌內，一個磚上印了兩個弓鞋影。磚上鞋印內功精到的人都可辦得到，尚不為奇，惟獨茶杯嵌進桌內，非深於印掌功夫的辦不到。這種掌，俗名隔山打牛，又名百步神拳，在百步之內舉掌遙擊，就可致人死命。」

黃九龍未待說畢，又搶著道：「這種功夫誰不知道？照師父說，從前少林寺幾個前輩就精於此道，不過遇到內家剛柔互濟，金剛不壞之身，就在五步以內也不會傷一根毫毛的，有什麼希罕呢？」

龍湫僧笑道：「那兩個女子雖然懂得這手功夫，看她入木不過三分功候似乎還未到家，遇到你這大行家，自然不懼她們。但是蜂蠆有毒，試想她們學得一點本領，當然有傳授的人，能傳授這種印掌功夫的人，現在四海之內，寥寥可數。而且她們住的地方，也是很有關係，這樣一推究，恐怕我們那位性情乖僻的師母難免有點淵源了。假使被我料著她真是師母的門徒，照師父和師母固結不解的夙怨看起來，她們豈能同我們合作？既然不能合作，此番她們的來意，當然存心叵測的了。」

黃九龍聽他一層層剖析明白，早已恍然大悟，雙眉一皺道：「真要這樣，事情倒有點棘手，往常師父對於師母尚且事事包容，我們對於師母的門下豈能翻臉？萬一那兩個女子倚仗本領，有點非禮舉動，我們容忍也覺不妥，不容忍更覺不妥，這倒叫我為難了。」

王元超道：「依我所見，如果那兩女真是師母門下，到那個時候，只可見機行事，使她們知難而退便了。」

龍湫僧道：「也只可如此，最好這幾天能夠遇著師父稟明情由，師父當然有對待的辦法。」龍湫僧說到此處，側著耳朵，指著門外道：「你們聽遠處已有雞聲報曉了，三師兄赤城山事一辦完，趕快回太湖要緊，我同高居士就此別過，同回敝寺吧。」

黃九龍道：「也好，倘師弟先能見到師父，就請代為稟明兩女到太湖去的事情，我此地事了就回太湖，準照你們所說對待好了。」

此時四人都已整衣起立，高潛蛟知道分手在即，雖然知道這位龍湫僧大師也是王元超一流人物，對待自己絕不會錯，可是對於王元超、黃九龍，總是有點依依惜別之態。王元超走到高潛蛟的身邊，握著他的手道：「你只管放心前去，我是個閒散的人，得便可以看望你去，希望你跟著我四師兄努力用功，記住我先頭一番話就好。」

高潛蛟唯唯答應之間，龍湫僧已戴正竹笠，合十告別，只好跟在後頭，一同走出屋外，快快而行。走出一箭之遙，回頭一看，王元超、黃九龍已進屋內，只好死心踏地跟了前去，從此高潛蛟就在靈巖寺安身，現在姑且不提。

且說黃九龍、王元超送走二人以後，回到屋內，彼此商量探赤城山的辦法。王元超道：「這條路我略微熟悉，趁此朝暾未升，我們先到赤城山左近山頭，探一探盜窟動靜再說。」

黃九龍道：「也好，我們此地宿資昨晚已經付過，毋須通知裡面的老太婆，就此走吧。」

於是兩人走出茅屋，一路行來，翻過幾座山嶺。山隨徑轉，不覺走入萬山叢中，一望都是層巒夾澗，松徑封雲。兩人心中有事，也無意流連賞玩，只管加緊腳程，向前飛奔。沒有多少時候，走上一座山頂，側面直望到海上半輪紅日，已浮在海邊水平線上，卻值早潮初至，波濤洶湧，海風搖曳，隱隱聽得一片澎湃之聲。那輪紅日，活像一個極大的赤瑪瑙盤，在波濤中載沉載浮，倏起倏落，湧起時精光四射，映得海浪上面，像有千萬金蛇，四面飛舞。

再望前面看，數里外一座奇山巍然卓立，似乎比立著的山頭，又高出幾十丈。遠望全山，盡是絳色岩石，從山腳拔地而起，直到山嶺，都是一層層微赤的陡峭岩壁，極似一座大碉堡，天然的形勢峻險，氣象雄奇。抬頭一看，山頂卻又嘉樹蔥蘢，蔚然秀偉。王元超指著那山道：「這就是赤城山了，彌勒庵就在山頂樹林之中。師兄你看，這座赤城山何等雄俊，何等秀麗，聽說那座彌勒庵，也是天台名剎之一，想不到如此名山，被這般無知盜寇糟蹋，真欲令人髮指。」

黃九龍笑道：「我們現在掃除盜窟，名山就可還復本來面目，山靈有知，應當謝謝我們呢。可是太陽已出，青天白日趕上山去，雖不懼怕他們，但是打草驚蛇，把醉菩提驚走，夾著那秘籍一跑，於我們毫無益處，看起來只可智取的了。」

話還未絕，忽然下面山腰內，起了一陣陣咔嚓奔騰的聲音，咔嚓聲好像樹木一枝枝折斷下來，奔騰聲好像有龐大野獸在林中騾馳。但是從山頂下望，只看見密雜雜的樹梢，東搖西擺，無風自動，山腰內卻被密林遮住，看不真切。王元超道：「山腰樹梢動得奇怪，我們到對面赤城山去，橫豎要向山下走去，何妨順便一看。」

於是兩人慢慢的並肩走下山來。離山腰還有一箭之遙，那山腰內樹枝亂顫，呼呼帶風，而且樹下奔騰之聲，也格外響得厲害。兩人緊走幾步，已從樹木稀少處，看出響聲所在的情形。原來山腰內有一塊兩丈方圓的地面，卻是寸草不生，周圍列著高高低低粗細不一的松樹。中間一個精壯漢子，赤著臂，光著腿，循著周圍樹木，像走馬燈似的，不歇腿的飛跑，邊跑邊向身旁的松樹上用掌猛擊，一樹一掌，挨次擊過去，一聲不響跑得個足不停趾，遠看著竟像發瘋一般。

黃九龍低低道：「那個笨漢大約也在那兒練功夫呢。」

王元超笑道：「這算哪一門功夫呢？」語音未絕，那邊震天價一聲響，笨漢身旁一株不粗不細的長松，向圈外倒下地來。那笨漢一看，自己一掌把一株松樹擊倒，好像非常得意，立時停腿不跑，雙手向腰一叉，俯著頭仔細察看倒下的松樹。看了半天，忽然把頭一昂，仰天哈哈大笑。這一聲大笑，宛如平地起了一個焦雷，四周山林內的飛禽，都被他這聲大笑，驚得撲刺刺飛向遠去。

黃九龍、王元超遠遠瞧見這個形狀，也俱暗暗稱奇。王元超道：「十步之內，必有芳草，這句話一點不錯。依我看，這個笨漢年紀尚輕，力大聲宏，也是一個可造之材。」

黃九龍道：「依我想，豈止可造，恐怕這人已經名人指點過的了。你看他這樣兜圈子飛跑，跑時又用手掌不停的猛擊，初時一看漫無身法步法，其實暗含著有許多妙用在裡邊。不過那漢子自己不會明白的，但是那漢子跑了這許久時候，毫不疲倦，還被他擊倒一株松樹，腿力掌力已是可觀。恐怕朝夕不斷的用這樣笨功，已有不少年頭。」

王元超道：「師兄所見不錯，我們且過去同他談談。」兩人商量完畢，一看那大漢又自照樣不停的飛跑起來。黃九龍道：「此時我們且不要驚動他，那邊相近不是疊著幾塊大岩石麼？我們一聲不響的掩過去，看一看這人步法掌法，究竟受過名人指點沒有。」

王元超笑著點了一點頭，先自一坐身，鶴行鷺伏的向山下奔去，黃九龍也跟蹤而下。兩人腳程何等輕疾，一霎時奔到岩石背後，那漢子毫不覺得，兀自循環不息的飛跑。恰巧幾塊大岩石疊著有二人多高，兩人隱在岩石背後，從石縫中間望出，看得非常真切。細看那青年漢子，生得怪模怪樣，一張蟹殼漆黑面孔，配著一對黑白分明的大環眼，倒也精光炯炯。身矮臂長，精赤著上身，周身虬筋栗肉疊疊墳起，顯出異常雄壯。可是腦後蓬鬆小纏，胡亂綰了一個草窠結，和腰下穿著一條七穿八洞的短褲，露出一雙泥漿黑毛腿，套著一雙破草鞋，簡直和乞丐差不多。王元超向黃九龍附耳道：「此人大有道理。」

黃九龍略一點頭，只管向石縫內張望。原來那漢子惹得他們二人這樣注意，因為看他飛跑擊樹，並非一味蠻幹，暗含著掌法身法，都在這飛跑時候一齊練習。不過這種練習法子，實在少見，猜不透學的哪一門功夫。但是圈子周圍樹木，一人高的地方，非但細一點的枝條統統折斷，就是樹身的樹皮，也株株都已脫落，可見他掌上力量已是可觀，想必這種練習已有不少時候了。

此時他愈跑愈快，疾如奔馬，伸出黑鐵似的粗胳膊，運掌如風，向一株株的樹上排擊過去，撼得株株樹梢來回搖擺，呼呼有聲，只把岩石後的兩人看得幾乎喝起采來。

第九章　痴虎育兒

正在跑得起興，看得出神當口，忽然山下似有許多人腳步雜遝的跑上山來，邊跑邊喊，一路呼喝上來。這般人遠遠看見跑圈子的漢子，立時大聲喊道：「那不是癡虎兒嗎？喂，癡虎兒，你叫我們找得好苦，來，來，來，我們有話說。」邊喊邊走進圈子。

此時黃九龍、王元超在岩石背後，望見山下走上來四五個人，一色玄帕包頭，緊身倒襟短衣褲，手上都執著一枝花槍，像支杖似的支上山腰，喊著漢子的名字走進圈子。王元超輕輕道：「這般人叫這漢子癡虎兒，想必是他們的同伴，但是這般人裝束詫異，完全綠林氣味，同癡虎兒這般窮形狀大相懸殊，恐怕其中還有別情呢。」

黃九龍悄悄道：「不要緊，橫豎我們在這兒隱著，他們不上這兒來一時不會破露，且聽癡虎兒說什麼。」

二人再從石縫中一看，癡虎兒已停住腿，睜著兩隻眼睛，向那般人發話，只聽得他大聲道：「你們又來找我幹什麼？惱得我性起，一個個把你們拋到對山萬深丈淵去。」

那般人聽得他這句話，看得他形狀虎虎，不約而同的往後倒退了幾步。其中有一個雙手捧定了花槍，露著滿面生痛的神氣，裝出笑臉道：「我說癡虎兒，你不要發橫，千錯萬錯，來人不錯。我們是被人所差，身不由己，去不去由你，何必跟我們發狠呢？倘然我們自己想邀你去，老實說，真還養不起你這個窮爺呢！再說人家三番五次叫我們邀你上山去，無非愛惜你這身筋骨，可憐你這個窮樣，也是一番好意，不料你左一次右一次的端足窮架子。你自己看看，窮得連屁股都快要露出來了。」

那個人想是怕極這個癡虎兒，說到此處，身子連連後退，滿以為癡虎兒聽了這番挖苦的話，定要大怒。哪知癡虎兒聽他說到窮得快要光屁股的時候，真個情不自主的低頭一看自己身上七穿八洞的褲子，突然仰頭向天，長歎了一聲。

那人看他這個形狀，以為他心回意轉，立呈得意之色，接連走近幾步，又接著道：「今天我們來找你，因為昨天晚上我們寨主的師父來了，提起他老人家是個四海聞名的老英雄，又是蕪湖單軍門的師兄，比起我們寨主還要體面。今天他老人家聽得寨主提起此間有你這麼一個人，言語之間。著實替你揄揚，所以那位老師父急於見你一面，立時叫我們找你去當面問話。我說癡虎兒，也許你此番時來運轉，不像從前蒙了七竅似的，一味端臭架子。乖乖的同我們到山寨去，倘然三言兩語蒙他老人家一高興，我們寨主一幫襯，那就吃著無憂，一跤跌到青雲裡去了，我們這樣開導你，是一番好意，你要再思再想，就明白過來了。」

那人滔滔不絕的說了一番，看見癡虎兒低頭不語，以為定已打動了他的心，正想再說幾句，不料癡虎兒把頭一仰，雙拳揑得格格作響，睜著眼巨雷似的一聲喝道：「閉口！誰愛聽你們這些混話。你們做你們的臭強盜，我做我的硬窮漢，我癡虎兒豈是你們這般臭強盜能收留的？快滾！再開口，叫你們來得去不得。」說罷，舉起黑鐵似的拳頭，大踏步趕了過去。

那般人一看他來勢洶洶，路道不對，喊了一聲，一齊拖著槍如飛的逃下山去。癡虎兒眼看那般人逃得無影無蹤，也自立定身，自言自語道：「我只記著神仙的話，神仙諒不會騙俺的。」說罷，一步步的向山下走去。

此時黃九龍、王元超躲在岩石背後把這幕趣劇看得一覽無遺，心想這人窮到這個地步居然還有這個志氣，後來隱約聽他自言自語的話，倒猜不透他是什麼意思，看他向山下走去，二人一齊轉出岩石，黃九龍首先一個箭步，跳進圈子，向那人喊道：「癡虎兒慢走。」

癡虎兒回頭一看自己練功夫的地方，立著兩個衣冠整齊精神奕奕的人，向他連連招手，不覺自瞪著眼，立定身呆看，王元超又把手向他一招道：「朋友，來，來，來，我們有話對你說。」

癡虎兒呆看了半晌，冷冷的道：「我與你們並不認識，有何話說？我知道你們是赤城一黨，天天來囉嗦俺。老實說要俺同你們去做強盜，今生休想！你們不服，俺就同你們較量較量。」說罷又舉起拳頭衝上山來。

王元超、黃九龍，看他這份稚氣倒噗嗤一聲笑了起來。王元超等他走近，笑著道：「你不要看錯人，我們不是赤城山的強盜，是路過此地的。因為看你練功夫練得很好，又聽見你把那般強盜罵了一頓，覺得你這個人很有志氣，想同你結識結識，所以斗膽叫你一聲。」

癡虎兒聽了這番很和氣的話，也覺著自己說話不對，把舉起的拳頭慢慢的放下來，面上訕訕的有點不好意思，也不開口，一聲不響的立著不動。黃九龍知道他是個渾沌人物，走過去拉著他的手道：「那般人喊你癡虎兒，想必就是你的名字了，你住在哪兒呢？你在這兒跑圈子練功夫，是誰教你的呢？你家裡還有什麼人呢？」

不料問到此地，那癡虎兒大嘴一咧鼻孔一搧，眼眶的眼淚像瀑布似的掛下來。黃九龍、王元超二人倒沒有預備他來這麼一手，弄得莫名其妙，黃九龍又捏著他的手撼了一撼道：「你不要悲苦，有什麼為難的事，對我們說，我們有法子會幫助你。」可笑癡虎兒對於他們的話，毫不理會，突然摔開黃九龍的手，發瘋似的跑向圈子中間，跪在地上，仰著頭大喊道：「神仙呀，你怎麼還不來呢？你知道癡虎兒不做強盜要餓死了。」跪在地上只管把這兩句話喊了又喊，臉上眼淚不停的淌下來，只把黃九龍、王元超二人詫異得沒入腳處。

王元超悄悄對黃九龍道：「此人舉動奇特，表面好像瘋狂，依我看倒是個風塵中不可多得的人物。」

黃九龍也低聲道：「他說的神仙又是什麼意思呢？我倒非問他一個水落石出不可。」

於是兩人又走到癡虎兒面前，把他從地上拉了起來，又和顏悅色的安慰一番，再慢慢的探問他的根底。說也奇怪，此時半瘋半傻的虎兒，經兩人誠意的一番撫慰，頓覺出世以來，除去世的父母，和念念不忘的那位神仙以外，遇到的人從來沒有像這兩人這般仁藹可親的，也自十分感動，也就有問必答，有說有笑起來。

原來癡虎兒被黃九龍、王元超兩人，殷殷懇摯的安慰一番，頓覺心頭十分感動，知道這兩人是正人君子，也就剖露心腹，把自己的身世一五一十說了出來。說起癡虎兒的身世，卻也非常奇特，他自己也弄不清，還是別人告訴他，才始知道一點大概。

據別人對他說，從前有一年湖南大水成災，居民四處逃荒。有一股災民逃到此地，就在這座山腳下結茅為屋，暫時憩息。由赤城山彌勒庵的當家為首，在四近各寺院，募得不少糧食，賑給這般災民。不到一年光景，聽得本鄉大水已退，又沿路乞討回鄉。卻值這般災民動身時候，其中有一個沒有丈夫的半老婦人，忽然捧著自己的便便大腹，一陣陣呼痛，坐在地上動彈不得，眾人知道她已到臨產時候，只好拜托彌勒庵裡的長老設法照顧，將來再由她自己帶了小孩回鄉，眾災民就從那天棄她一人在此，大隊人馬回到湖南去了。

那彌勒庵的長老也只能多給她一點飲食，任她一個人在山腳下茅篷裡自生自養。第二天差人去看她，只見茅篷內滿地血汙，她已面如蠟紙，奄奄一息的躺在地上，才知道已經產下，但是她的懷內，並無小孩蹤影，大聲向她呼喚了半天，她才微睜雙目，有聲無氣的哭道：「我是不能回鄉的了，只可憐我丈夫被大水漂去，存亡未卜。我一個人帶著身孕，跟著左鄰右舍一路逃來，逃到此地，腹內的肉一天比一天大起來。不料在我臨蓐時候，他們急急回鄉，把我抛下。」

說到此處，業已氣息僅存，兩隻枯涸的眼眶內，竟自迸出幾滴血淚來，猶自極力掙扎，斷斷續續的又說了幾句。仔細聽得她說，昨晚已經生下一個小孩，昏迷中也不曉得是男是女。等到昏迷一陣清醒過來，猛見一隻大蟲，把滿身血汙的小孩竟自啣在口內，一躍而出，我一受驚嚇，又自昏迷過去。你此刻進來叫我，才始悠悠醒轉。天啊，但願是夢裡吧，但是我苦命的小孩……這一個呢字還未出口，突然兩腳一挺，大嘴一闔，竟真睜眼死去。

這人看她已死，匆匆去報告庵裡長老，那長老也覺她死得可憐，而且她臨終說小孩被老虎啣去頗有點半信半疑，自己立刻同幾個僧侶，和首先差去的人，都一齊奔向茅篷察看情形，預備設法棺殮，做點超渡功德。哪知奔到婦人死的所在，四處一看，個個驚得目瞪口呆，半晌做聲不得。原來只剩得一間空無所有的茅屋，連地上婦人的屍首也不見了，滿山分頭尋找，竟似大海撈針。這一來，格外驚異，都以為又被大蟲拖去吃得屍骨都沒有了。從此這座山行人稀少，沒有結伴持械，輕易不敢過這座山來。

這樣過了幾個年頭，赤城山彌勒庵的長老，有一天清早起來，獨自步出庵外，背著手，閒踱著，流覽四面風光曉色。正在悠然閒適之際，忽然一眼瞥見對面山頂上，幾株長松底下，現出一隻斑斕猛虎，虎背上馱著一個精赤小孩，慢慢的在松下穿走。長老疑惑自己年老眼花重又定睛細看，那隻大虎兀自馱著小孩，在山頂松林內穿來穿去的走著。那虎背上的小孩，似乎活潑異常，在虎背上豎蜻蜓，翻觔斗，做出種種花樣。

那隻虎似乎對小孩非常親昵，時時回頭望著小孩，把一條懶龍似的尾巴，來回搖擺，顯出高興的樣子。一忽兒小孩從虎背上一縱，攀住相近橫出的松枝，順勢一個風車觔斗翻身立在枝上。颼颼接連幾縱，直上松頂，登時穿松移幹，忙個不停，似乎在尋覓松仁的樣子。那隻大虎就坐在松樹底下，仰著頭望那樹上的小孩，意思之間好像守著小孩，恐怕失足傾跌下來。

這一番景象，把那長老看得連呼奇怪。起初以為眼花，後來又以為山靈地祇，變形遊戲，暗暗合掌膜拜。連聲念佛。但是赤城山同那山頂相距甚近，看得非常清楚，這邊長老只管獨自當仙佛的跪拜。那邊一虎一孩，兀自活靈活現的在對山自由自在，弄得目不轉睛的長老，猜不透是怎麼一回事。再向那邊細看，樹上小孩此時安安穩穩的坐在樹頂杈椏上，似乎剝著松仁向口裡送，那隻大虎卻把全身一抖懶腰一伸，旁若無人的臥在松下了。

長老知道那邊老虎和小孩，一時不會離開，急忙兩步並作一步回到庵內，將這般奇怪情形，對眾僧一說，立刻各個稱奇，哄動全庵，都想看一看對山的奇事，飛也似的一齊湧出庵門，離開山門，走不多遠，已看到對山果然有一隻大似黃牛的猛虎，立在一株松樹底下，那個小孩已從樹上溜下，仍舊騎在虎背上了。此時庵前人多聲雜，一見這種怪事，立時指指點點，大呼大嚷起來。這一嚷不要緊，對山的老虎，兩隻鵝卵般大的虎睛，放出碧熒熒的凶光，閃閃的直射過來，把這般大驚小怪的僧眾，嚇得噤住口，直往後倒退。

不料那隻猛虎，一看眾人懼怕，格外稱威，猛然虎頭一仰，虎尾一豎，震天價一聲大吼！霎時狂飆驟起，落葉亂飛，那般僧眾驚得魂飛膽落，彷佛風影裡那虎已縱近前來，撲到身上，不約而同的啊呀一聲，轉身飛逃。你推我擠，跌跌撞撞的逃進山門。那位長老原是跟著出來，此時也不分皂白的跟著他們逃進山門，兀自在大殿蒲團上面喘息不定。

等到風息人定，膽子略大一點的，重又走出山門，悄悄探著。對山風清日朗，山靜松閒，何嘗還有猛虎和小孩的影子？回來向眾人一說，立時大殿上又嘈嘈雜雜，疑神疑鬼的紛紛議論。到底還算長老有點思想，猛然記起前幾年老虎啣走初出胎的小孩，和產後身死的婦人忽然不見的那樁事來，屈指恰已五年，覺得今天虎背上的小孩，約莫也不過五六歲，難道就是那年啣去的小孩不成？可是老虎能養育小孩，實在是世間少有的事，照今天對山那隻猛虎同那個小孩的親暱形狀，倘然不是親眼目見誰能相信？看起來那年啣去小孩的猛虎一定是此虎無疑，那個小孩也許將來大有出息，所以產婦一死，老虎代為撫育。

正在默默猜想，忽聽又是一聲虎吼，這聲虎吼，似乎聲音很近，餘音震耳，耳邊兀自像敲銅鑼一般嗡嗡不絕。大殿上紛紛議論的僧眾，又嚇得你看我，我看你，做聲不得。此時長老覺得虎聲很近，也自發出一身冷汗，心想萬一闖進庵來，那還了得！正想叫人把山門掩上，不料話未出口，山門外突然呼呼作響，平地捲起一陣狂風，挾砂走石天日昏黃，大殿旗幡，鈴鐺交響。正在這個當口，真又天崩地裂的連聲虎吼，連大殿上掛著的一口千斤巨鐘，也震得鏜然長響。這一來，大殿上法器飛騰，佛龕欲裂。

你道為何如此？原來大殿上僧眾知道虎已臨門，性命難保，只嚇得屁滾尿流，齊向經桌底下，佛龕裡邊，亂鑽亂躲，一陣鳥亂。殿上經桌倒翻，法器滿地飛滾。擠在佛龕內的，因地狹人多，只擠得佛龕木壁，軋軋亂響，把整整齊齊的一座佛殿，弄得一塌糊塗。最好笑那蒲團上坐著的長老，倒沉住氣，依然紋風不動的坐著，原來他是神魂嚇散，兩腿酥麻，已經動彈不得，差一點就此涅槃哩。

這樣一陣鳥亂以後，那山門外的老虎，好像故意與他們開玩笑似的，在山門口吼了一陣，始終沒有跑進山門來。一忽凶吼聲停止，風沙不揚，依舊整個的靜蕩蕩起來。靜寂了半晌，這般僧侶，鑽進經桌底下的，躲在佛龕內的，一個個魂靈歸竅，好像做了一場惡夢，掐了一掐自己大腿，覺得疼痛，才明白真有這回事。可是偷眼一看，殿上殿下，靜悄悄的何嘗有虎影子？只看見那位長老兀自一動不動的坐著，各人慢慢的又鑽了出來，乍著膽走到長老面前一看，長老眼珠上翻，嘴角流涎，神色大變，喊聲不好！趕快掐人中、捶腰背、灌薑湯，七手八腳亂了一陣，才把長老從鬼門關上拖了回來。悠悠醒轉以後，先咯的吐出一口稠痰，然後雙目睜開，喊一聲嚇死我也。四面一看，庵裡僧侶一個不少，只左右經桌兀自倒在地上，經書、法器拋了一殿，不覺長長的吁了口氣，接著喃喃的連念阿彌陀佛。

那般僧眾知道長老已是無事，嘴上各自念阿彌陀佛，且念且把經桌一一扶起，法器、經書一一端正好，長老也活動活動兩腿，跪下地來，對大眾說道：「阿彌陀佛，青天白日老虎為何跑到山門口來咆哮？我活了這麼大，從來沒有聽到過。幸而菩薩保佑，韋陀菩薩擋住山門，老虎不敢進來，否則我們幾個人，還不夠老虎一頓飽餐呢。我們趕快做場功德，虔誠念幾遍高王經答謝菩薩，還求求菩薩永遠保護我們，不要叫那隻老虎再到山門來才好。」說罷首先收拾起經桌上的袈裟披在身上，率領著眾僧侶高宣佛號，跪拜起來。

正在法器交響、梵音震天的時候，長老突然記起一事，立時兩手亂搖，示意眾僧暫停禮拜。眾僧摸不著頭腦，不知他是什麼意思？一看長老面上現出惶急的神氣，兩隻手兀自亂搖，顫抖抖的說道：「快不要作聲，我幾乎忘記一件要事，那一位出去先把山門關上，免得老虎聽到庵中樂器聲響，又引到山門口來嚇人。」

眾僧一聽，此話果然不錯，可是許多僧人你推我，我推你，沒有一個人敢去關山門。推了一陣，由長老指派幾個年壯膽大的一同出去，才硬著頭皮一步捱一步的走下殿去。一忽兒只聽得山門口一聲大喊，去關山門的幾個人，沒命的又逃上殿來，後邊還跟著一個精赤小孩。

長老一看那小孩，約莫五、六歲年紀，一身皮膚，漆也似的黑，闊面濃眉，壯實異常！一想這不是虎背上的小孩嗎？小孩到此，虎定不遠，不覺又嚇得四肢冰冷。那跑回來的幾個僧人，已喘吁吁的指著小孩道：「今天不得了，我們出去到了山門相近，就看見這小孩在山門內玩耍，正疑惑這小孩活像虎背的人，忽然又一眼瞥見山門外，一隻大虎朝山門遠遠的蹲著，熒熒虎目，直注門內。把我們嚇得回頭就跑，誰知這小孩竟跟了我們進來。」

長老一面聽著，一面細細打量小孩，把前後情形一想，明白這個小孩定自不凡，那隻老虎似乎故意送這小孩到廟裡來，所以並無害人之意，不覺膽子壯了許多，走到小孩子面前，拉著他，不住的問長問短。誰知那小孩一句不懂，只把一雙黑白分明的大眼，朝著長老骨碌碌亂轉，一張口咿咿啞啞像啞吧一般，竟沒法問他緣由。那小孩雖然不會說話，神氣非常靈活，看見長老就像熟悉一般，拉著長老衣角，很是親昵，長老也越看越愛。忽然山門外又是一聲虎吼，那小孩一聽虎吼，拉著長老衣襟往外直跑，小孩年紀雖小，力氣大得異常，長老身不由己的被他拉了出去。長老害怕得大喊放手，殿上那般僧人又不敢追上前來，眼看長老被小孩一溜煙拉出山門。

那小孩同長老走出山門，那隻猛虎搖頭擺尾的走到小孩身旁，用舌尖向他身上亂舐，小孩伸出兩隻手抱住虎頭，也不住的咿啞了一陣。這一來，只把旁邊的長老，嚇得幾乎癱軟在地上。那小孩似乎知道長老害怕，立刻奔到長老身旁，把小手亂搖。說也奇怪，那隻老虎看到小孩同長老很是親昵，虎頭也自點了幾點，忽又朝長老所在走近幾步，發出一種嗚嗚悲哀之聲，一雙虎眼，竟自掛下幾滴虎淚來，小孩似乎明白那虎意思，也自悲切切的哭了起來。

長老一看這人獸悲切景象，雖然事出非常，也被他們感動，不因不由的鼻子一酸，眼眶潮潤起來，竟忘記身邊立著一隻吃人猛獸了。那虎悲吼一聲，突然前爪一伏，一聲狂吼，躍入叢莽之中，接連幾躍，頓時不見。那小孩見老虎已去，拉著長老衣襟，越發大喊大哭，弄得長老不知如

何是好。正在小孩悲啼之際，呼呼風響，那虎又自叢莽中一躍而出，二次走到小孩面前，又用虎舌向小孩周身亂舐。

長老看得那隻猛虎如此依依不捨，不覺靈機一動，恍然大悟，知道那虎這番舉動，是捨不得這個小孩，恐怕小孩受了委屈。又想此孩原是難婦所生，老虎也會這樣愛惜，定有夙根，我好好的撫育他長大成人，也是一樁美事。再說我們寺裡添個小人飯食，也蠻不在乎，思想定當，朗聲對老虎道：「我明白你的意思，你放心好了，這小孩交給我決不會使他受一點委屈，不過希望你不要時時出來嚇人，你能明白我的話嗎？」

那虎真也通靈，側著頭聽長老說畢，不住的把頭亂點，立時搖頭擺尾，高興起來。圍著長老與小孩盤旋三匝，然後慢慢的走下山去，邊走邊回過頭來，直到沒入叢莽裡邊，兩頭望不見為止。

長老同小孩在山門口看不見老虎影子，兀自癡立出神，半晌，才攜著小孩帶進庵內。從此這小孩就歸彌勒庵長老撫養，長老著實愛惜，看待得同自己親生兒子一樣。庵內僧侶，聽長老講起從前湖南難婦產了小孩，卻被老虎啣去的事，料定這小孩就是難婦的兒子，但是那個難婦的姓氏並未知道，這小孩變得一個無姓之人。大家因為小孩雖是難婦所產，可是哺乳撫育之恩，要歸那隻猛虎，所以替他取個「癡虎兒」的名字。

癡虎兒初到庵內的時候，大家以為他咿咿啞啞是個啞吧，過了幾個月，癡虎兒也像小孩學語的漸漸會說起話來了，這才明白他從小在老虎窩裡長大，自然不懂人語。長老看他漸漸大起來，居然也教他讀書寫字，但是癡虎兒對於讀書寫字，卻是一竅不通，笨得異常，對於用武使力的事，一教就會，力氣比大人還大得多。

這樣過了幾年，癡虎兒也有十幾歲了，人情世故也略略知道一點了，從人家口中知道自己小時的身世，時時想到自己的父母，姓名卻是不知，連容貌一點也沒印象，只有代母撫育的老虎倒在心中刻著很深的影子，非常悲哀。有一天一個人跑到對山去，四面尋找，想同那隻劬勞罔極的老虎，敘敘思慕之情。想起當年虎窩所在，依稀還有點印象，找來找去，居然被他找到。但是虎窩雖然找到，只剩了一個空窩，哪有老虎的影子，而且細看窩中情形，爪跡毫無，塵土厚積，想必早已離去。這一來癡虎兒觸景生悲，想起小時情景，不覺失聲悲啼，哭得力竭聲嘶，才怔怔的回轉寺內。

第十章　大俠誅兇

又過了幾年，長老一病身亡，廟裡當家換人，香火也漸漸衰敗，舊時僧侶陸續走散。當家和尚厭著癡虎兒不僧不道，飯量又大，稍不如意，就痛詈一頓，漸漸又操杖責逐起來。

眾人看見當家如此，格外火上加油，知道他是虎窩長大的，索性指著癡虎兒的面，畜生長、畜生短的罵個不休。

癡虎兒是個性躁骨傲的人，起初權且忍耐一下，日子一久，如何受得？有一天被眾僧撩撥得心頭火起，使出蠻牛的力氣，把眾僧打得東躲西藏。索性一不做，二不休，像發瘋般把大殿上打得落花流水。打完以後，自己覺得非常痛快，哈哈一聲大笑，竟自跑出廟外。一口氣跑到對山虎窩，悄悄躲在裡邊。

在他以為彌勒庵上上下下被他痛打一頓，定不甘休！哪知庵內眾僧雖然料得他定在對山，但是懼怕對山那隻猛虎，恐怕仍在旁邊保護著癡虎兒，罰咒也不敢到對山去。只有自認晦氣，把山門嚴密的關起來，免得他再闖進來賴皮。

誰知癡虎兒原自把心一橫，不預備再回去的了，在老虎窩裡忍著餓藏了兩天，第三天實在憋不住了，只好下山走出幾里外去，尋找有人煙地方，做個伸手大將軍。人人見他年紀輕輕，身體茁壯，非但不布施，反而狗血噴頭痛罵他一頓，就是留為布施的一點殘羹冷飯，怎能夠他一飽。一賭氣又跑回來，在本山周圍憑著天賦一身銅筋鐵骨，赤手空拳竄高度矮，尋找一點山中野獸，生敲活剝的胡亂充饑。這樣一來，又恢復到幼時的蠻荒生活，倒也逍遙自在。

可是日子過得飛快，到了冬天大雪紛飛，滿山積著數寸厚的皚皚白雪，飛禽走獸，絕了蹤跡。饒他是一個銅筋鐵骨的好漢，也擋不住饑寒兩字，把一個逍遙自在的癡虎兒，蹲在虎窩裡，弄得愁眉苦臉。實在忍不住了，姑且走出洞外，咬著牙，衝著漫天風雪，山前山後走了一轉，哪裡找得出可以裹腹的東西？連滿山樹木也是淒慘慘的毫無生氣，只凍得癡虎兒三十六顆牙齒捉對兒廝打起來。原來此時他身上只剩了一身貼肉單褲褂，還是左一個窟洞，右一個撕口，箭也似的寒風，不偏不倚的直射進去。癡虎兒實在有點受不住了，猛看山腰內有一塊平平的地面，像棉絮一樣的淨雪，鋪得非常平勻，癡虎兒縮著頸項，兩手抱著雙肩，怔怔的立著呆看這塊雪。

你道他為何看得如此出神？原來他想著這塊勻整清潔十分可愛的雪，為何把我害得如此寒冷。愈想愈恨，彷彿要同這塊雪地，拚個你死我活，驀地一聲大喊，一腳跳進雪地，發瘋一般在雪地裡亂跳亂蹦，把一片勻整潔白的雪地，踏得稀爛。不料他這一發瘋，周身血脈流暢，立刻和暖起來，癡虎兒大喜，以為竟與漫天大雪戰勝了，於是繼續著蹦跳起來。

哪知身上雖已溫暖，肚裡饑腸轆轆，饑火中燒，格外來得利害了。鵝毛般的雪花，兀自一片片壓下身來，碰著身上化為冰冷的水，砭入肌骨，卻又難當。這樣饑寒交迫，內外夾攻，已弄得癡虎兒漸漸勇氣消滅，兩眼都有點模糊起來，只在這塊雪地裡面，團團亂轉。此時想蹦跳也不能夠了，心想不好！只有支持著回轉虎窩再說，還未舉步，猛然眼前一黑，身子直挫下去，就倒在稀爛的雪地上昏了過去。

這樣不知經過多少時候，忽然漸漸醒轉，覺得嘴上異香撲鼻，肚子似乎忘記饑餓，反而精神恢復，又覺周身溫暖異常，好像身上裹著毛茸茸的東西。急急睜眼一看，滿眼漆黑，一點瞧不見身外的景象。記得饑寒交攻、昏迷跌倒的地方是在山腰雪地裡，此刻周身不饑不寒，景象大異，詫異得兩手向左右亂摸。這一摸不要緊，幾乎把他靈魂嚇出了竅！原來他摸著毛茸茸的東西，是一隻野獸身上的毛，而且是一隻極大的野獸，他就睡在野獸身上，四隻毛茸茸的巨爪，把他緊緊的抱住，想動彈一下都不能夠，這一下如何不驚！

但是癡虎兒此時完全清醒過來，聽出身邊那隻野獸鼻息咻咻，覺得有點耳熟，正想運用全身氣力，脫出野獸懷抱，設法看個清楚。那野獸不等他用力，已自動鬆開四爪，放起癡虎兒就地一滾，立起身來。全身一抖，一聲大吼，吼聲未絕，驀然一道光華，像閃電似的從遠處掃射進來，接連幾掃，癡虎兒已借著掃射的光華把四面情形看得非常清楚。本來他從野獸身上立起的當口，猛聽一聲獸吼，幼時的模糊景象，都被這一聲巨吼提醒，此時又被遠處光華一照，看清自己立足的地方並非山腰內那塊雪地，卻是朝夕相依的虎窩，面前立著的一隻龐大野獸，也就是朝夕思慕的那隻義虎。

這一來，只把癡虎兒怔怔的呆在一邊，也辨不出是夢是幻，是驚是喜？只迷茫中覺得自己做了一場大夢，從夢裡醒過來，還是幼年依虎為活的光景。但是洞門口那道光華，兀自一閃一閃的掃射進來，照著自己的身影，確是比從前長了不少。再一看身邊立著那隻義虎斑斕潤澤，同從前一般無二，而且兩隻碧熒熒的虎眼，含著一種慈母痛愛之色，一眨不眨的看他，也是昔年所常受的一種境界。癡虎兒到了這個時候，不管是夢非夢，也不理會洞口的光華，含著兩泡眼淚，在義虎面前雙足一跪，抱住虎項，失聲大哭起來。那隻義虎也蹲坐下來，舉起前爪擁著癡虎兒，發出嗚嗚的悲聲，活像母子久別重逢，互相哭訴一般。

在這個當口，忽然洞口光華又是一閃，從光華閃處，發出一個女子嬌滴滴的聲音，先是嬌叱一聲，然後發話道，「癡虎婆伲的不知進退？師父念你一番癡心，賞你一粒仙丹，讓你救活你的螟蛉子，怎麼戀戀不捨？害得我腳也立酸了，再不出來，我獨自回去了。」那虎聽了這幾句話，似乎著了慌，忙不迭兩爪一鬆，放開癡虎兒，向他一聲悲吼，立起轉身，一躍出洞。癡虎兒急忙追出洞外，一看天已昏黑，星月無光，只一片爛銀似的雪光，籠罩全山。雪地裡看見離洞不遠，一個嬌小玲瓏的幼女，全身穿著薄如蟬翼的紅衫，露出欺霜賽雪的一雙玉臂，騎在義虎背上，一手抓住虎項，一手擎著一顆寶光四射的大珠，一路照耀著，向山下飛跑而去。一忽兒那道光已映出數里以外，再一瞬，蹤跡不見。

癡虎兒立在洞口，兀自出神，驟然覺得身上寒冷，才驚醒過來，趕快反身鑽入洞內，覺著足上踏著非常溫暖，不像從前冰冷潮濕。俯身一摸，原來地上鋪著一張長毛獸皮，獸皮上面還擱著許多獸腿。不管好歹，坐在皮上，拿起獸腿一陣大嚼，居然還是熏熟的臘腿，味道異常。這一喜非同小可，只吃得芳滿齒頰，又細一數身旁獸腿，真還不少，足夠好幾天食糧。仔細一想，定是我恩情深重的義虎捎來的了，益發感激涕零。只想不出那個神仙般的幼女，是何種人物？聽她口吻，還有師父，我的義虎又是非常懼怕這個小小女子，這又是什麼道理呢？看牠神氣想必同那幼女住在一塊兒，幾時總要想法，找到他們住的地方才好。他一人坐在洞裡，饑寒兩字，總算天無絕人之路，暫時可以緩解。吃飽了肚皮，胡思亂想了一陣，不覺沉沉睡去。

第二天醒來，日光射進洞口，睜眼一看，自己睡在一張輕暖美麗不知名的獸皮上，身旁擱著許多上好熏臘鹿腿，左顧右盼，比在雪地裡饑寒交迫的景象，真有天淵之別。一骨碌跳起身來，走出洞外，滿山都變成銀妝玉琢，煞是有趣。重又回洞吃了一點鹿腿，順手拾起地上鋪著的獸皮，裹在身上走出洞來，尋著一條溪澗，淘了幾口水，潤了一潤喉嚨，又踏著雪向前走去。

此時癡虎兒肚飽身暖，無慮少憂，很閒適的一路賞玩雪景。走來走去，走到山腰那塊平整的雪地，立住一看，昨日發狠踏得稀爛，今天都又鋪得勻整如舊。最奇怪昨日一股怒氣，此刻非但發不起來，只看得這一片潔淨無塵的雪地，只有可愛，一點沒有可恨的地方，自己也想不出昨日今朝大不相同的所以然來，癡看了一陣，正想走向別處，猛抬頭看見山上雪林中，走下一個清癯老道，穿著一件薄薄布袍，一張白如冠玉的面上，漆黑光亮的五綹長髯隨風飄拂面下，漸走漸近。

那老道似已看見癡虎兒立在山腰，怔怔的向他望著，就向他立的地方走了過來。走近身邊時，無意中朝他一笑，擦身而過。癡虎兒心想這山上終年沒有人敢走，何況這樣大雪天氣？想得奇怪，不禁回頭望著老道背影，看他向哪兒去。只見老道走到山腰，又轉身向那塊平坦坦的雪地斜穿過去。最奇怪那老道走過雪地，地上依然平整勻潔，沒有留著半個腳印。癡虎兒看得愈加奇怪，心想人在雪地行走，哪有不留腳印的道理，莫非碰著神仙不成？不知不覺也穿過雪地，追上前去，待他追過那塊雪地，那老道曲曲折折，往雪林裡邊走去，並不找正道走路。癡虎兒一腳高一腳低趕到老道背後，緊緊跟著。老道頭也不回，似乎不知道有人跟一般，癡虎兒邊走邊留心老道走路，只見凡老道走過的地方，一路行來，依然連半個腳印都沒有，可是看他慢慢的走著，卻又四平八穩同常人一樣。

正自暗暗納罕，忽聽那老道長長的吁了一口氣，自言自語道：「一個頂天立地不殘不廢的漢子，卻仰仗著四腳落地的畜生來養活他，這樣還能算人麼？」說畢，又自歎了一聲。後邊癡虎兒聽得吃了一驚，還沒有回過味來，那老道又發話道：「嘿，算我倒楣，清早起來，連夠點人味兒的東西都碰不著，滿是野獸味兒，直往我鼻管子鑽，愈來愈濃，真真惡心。」

這老道在前面邊走邊自叨叨絮絮，癡虎兒聽一句，打一個寒噤，暗想這老道話中有話，不是明明罵我嗎？不覺一股無名火，往上直衝！心想你走你的清秋大路，河水不犯井水，憑空罵人，是何道理？愈想愈恨，也不仔細忖度，也不管他是仙是鬼，暗地捏緊粗盆似的拳頭，向前緊一步，一聲不哼覷準老道脊樑，驀地平搗過去。滿以為這一下，瘦老道至少來個狗吃屎，哪知一拳搗去，老道毫無知覺，依然向前邁著四方步，慢條斯理的走去。

原來癡虎兒一拳搗去，明看著一先一後距離甚近，哪有打不著的道理？不料拳到老道背後，竟自差了寸許，所以打了一個空，弄得癡虎兒使空了勁，人向前一衝，幾乎自己來個狗吃屎，趕快腳跟用勁，穩住身子。一看前面老道頭也不回，好像不覺得身後有人搗鬼一般，癡虎兒以為老道可欺，第二次覷得準切，又是一拳，誰知仍舊打了一個空。癡虎兒恨得牙癢癢的，心頭火發，不管三七二十一，雙拳齊發，像擂鼓似的向老道背後打去。一連幾拳，依然拳拳落空，連老道的衣服一點都沒有沾著。癡虎兒又驚又恨，索性伸起右腿，拚命一腳踢去。說時遲，那時快，只聽得一聲響，癡虎兒仰天一跤，整個倒在地上。

那老道聽得聲響，才始回頭一看，道：「咦，怎麼好好的走路，自己會跌倒呢？」癡虎兒經這一倒，爬起身羞慚滿面，明白老道故意這樣說。自己在暗地裡打了人家許多拳，一記打不著，腿一動，就跌倒，都是奇怪的事。看起來這老道惹他不得，還是避開為是。心裡這樣想著，兩隻腿就站住不動，也不答理老道的話。

那老道說了一句，朝他一看，一聲冷笑，依舊回身向前走去。癡虎兒立刻留神老道往哪兒走，一看前面過去，已近自己虎窩，那老道卻也奇怪，竟向虎窩走去。癡虎兒一想不好，我這虎窩終年人跡不到，而且虎窩後面是個斷谷，無路可通，那怪老道偏向我虎窩走去，是何意思？萬一他也看中了虎窩，鵲巢鳩占起來，如何是好？又惦記著窩內相依為命的鹿腿，不禁兩腳移動，急急的向老道背後跟來，跟了一程，已到虎窩洞口。

那老道忽然立住不走，向洞口左右張望，看了半天，朝洞口左邊走去，立在一個圓圓隆起的土堆面前，癡虎兒望過去，見那土堆上面滿鋪著雪，好像新出籠的饅頭，不知老道對著土堆幹什麼？忽聽得老道朝著土堆一跺腳，唉聲歎氣的說道：「這婦人真可憐，死得多苦，你天天看見兒子在你身旁洞中進進出出，以為守著你實行那三年廬墓的孝思。誰料你的兒子，罰咒也記不起你這可憐的母親，只一心念念記掛著那個母大蟲，弄得一點人味兒都沒有了。」

老道這幾句話，癡虎兒聽得清清楚楚，立時全身像觸了電般，寒噤噤的顫抖起來。猛然一聲狂叫，把身上裹著的獸皮向後一拋，舉著雙手，飛跑到老道面前，突的跪下，雙手拖住老道大腿，戰戰兢兢的喊道：「你是老神仙，我的母親是誰？除非神仙爺能夠知道。神仙爺，你說的話，句句像箭也似的射進我心房，你可憐我這個哀哀無告的苦孩子，成全了我吧。」

那老道看他這時淚流滿面，匆遽迫切的情況，微一點頭，又自淡淡一笑道，「你在我背後拳打腳踢，鬧了一路把戲，又是怎麼一回事呢？」

癡虎兒惶急得連連在地上叩響頭，嘴裡喊道：「我該死！我該死！任憑神仙爺責罰就是。」

那老道微微笑道：「孺子天良未滅，尚可造就，你且起來，我有話說。」

癡虎兒看那老道並無怒容，喜出望外，可也不敢起來。老道一伸手，捏著癡虎兒臂膊向上一提，像提小雞似的提了起來，面孔一整，對癡虎兒說道：「你的母親死得可慘，你在彌勒庵養了這麼大，當然也聽到一點大概。你要知道你一出娘胎，就被那隻母大蟲啣去，代為哺乳撫養。你的母親產後受了風寒，當天死去。那隻母大蟲雖是拔毛的畜生，業已受過能人的感化，也具有一點慈心義氣，把你啣到虎窩，又翻身去看你母親，知已死去，又啣了你母親屍首，在洞口旁邊，用虎爪刨出一個大坑，葬了下去，上面又用土堆好，居然也像一個平常人家的墳墓。你看這個洞口左邊高起的土堆，就是你生身母親的墳墓了。」

癡虎兒不待老道再說下去，倏的立起身，一轉身就向洞旁土堆奔去，奔到墳前，一聲大叫：「我的母親呀！」呀字還未喊出，張開兩手，整個身撲在墳上面，大哭大叫起來。哭了一個淚盡聲啞，還是抽抽咽咽抱住墳上土堆不放，恨不得刨開土來，認認母親的面貌，究竟是什麼樣子。

老道立在他背後，讓他哭了個盡興，然後慢慢的說道：「癡虎兒，你母親的墳墓總算被你找著了，你的父親呢？」

癡虎兒一聽，心想從前長老說過我父親被大水漂去，還是我母親生前說出來的，母親死在這兒尚有墳墓，父親被大水衝去，想必屍首沒了。正在怔怔癡想的當口，老道又微微笑道：「癡孩子，你以為母親說你父親死在水裡，一定是死的了？也許被人撈救起來，現在還生存著呢。只要你立志做人，不管你父親死與未死，心中時時存著尋找你父親的志願，至誠所至，金石為開，也許你父子倆還有重逢之日哩。」

癡虎兒聽了這些話，靈機一動，趕快跪在老道面前，悲切切的求著道：「老神仙說的總不會錯，癡虎兒定照老神仙的吩咐去做。但是我現在弄得像野人一般，天地之間可憐我的從前只有那隻義虎，同彌勒庵的長老。長老已經亡故，那隻義虎雖恩情深重，究竟人獸有別，何況也不知道牠的洞穴所在。現在我這個人弄得上天無路，入地無門，天可憐今天會碰到你神仙爺，也算我絕處逢生，只有求神仙提挈提挈，超脫苦海了。」

那老道也不理會他的話，一伸手又把癡虎兒從地上提起來，從頭到腳，周身撫摸了一遍，自言自語道：「此兒出處固奇，天賦獨厚，可惜遍身傲骨崚嶒，非要折磨一番，使他吃夠了苦，才能成就一個美才。」說完了這番話，又昂頭四面一看，略一點頭，就返身仍向來路走去，邊走邊向癡虎兒道：「跟我來。」

癡虎兒弄得莫名其妙，只好跟在後面，一見地上拋著的獸皮，又拾起來披在身上。兩人走了半晌，又走到山腰那塊平地，老道立定身，對癡虎兒道：「你倘然從此要做一個頂天立地的人，你應該從今天起，事事聽我的話去做，否則你還是你，我還是我，咱們就此撒手。」

癡虎兒此刻認定老道是個神仙，自然說一句聽一句，毫不猶疑的答道：「倘我不聽老神仙的話，任憑老神仙千刀萬剮。」

那老道不等他再說下去，立時把頭一點道：「好，實在我對你說，那隻母大蟲能這樣愛護你，一半是牠受了人的感化，一半是為牠自己，其中緣故，將來你自然會知道，此時且毋庸提牠。但是你要知識那隻母大蟲是有人管束的，不能時時來照顧你。再說你預備做一個頂天立地的人，豈能仰仗著披毛的畜生？那母大蟲對你雖有哺乳之恩，可是你的生身母親，因為產下你來，才死得這樣淒慘，你如何能夠置諸腦後呢？現在你真應該實行廬墳三年，使你母親在地下也可瞑目。好在那個虎窩就在墳旁，你又是住慣的，在這三年中，吃的糧食，我會代你設法，不許再去打獵本山的禽獸。你想到那隻母大蟲應該知道禽獸中也有慈悲心腸，除非吃人作惡的毒蟲猛獸，才可替天除害，這樣你能答應麼？」

癡虎兒忙不迭連聲答應。老道又說道：「你在這三年之中，也不能因陪伴你母親的墳墓，飽食終日，無所用心。我此刻傳授你一點武藝，這點法子，也非常簡單。你每天就在這塊平地上面，挨著周圍樹木，循環飛跑，邊跑邊用手推著樹身，一樹一推，一株不能缺少。跑過去用左手推，跑回來用右手推，一次跑二百轉，每天兩次。隔一月或兩月，我自會來看你。我住的地方，此時你毋庸知道，三年以後，自然會叫你下山，再設法尋找你父親的下落。現在我話已完，你記住我的話就是。」說罷，只看他長袖一拂，雙足一點，像飛鳥一般，從雪林上面飛了過去，轉瞬間不見神仙的蹤影。

癡虎兒起初一見神仙棄他而去，似乎心中有許多想問的話。轉念神仙不會說誑，不久定又降臨，好在洞內存有鹿腿，暫時不憂饑餓，姑先依照神仙的吩咐，在平地上挨著周圍的樹木飛跑起來。一邊飛跑，一邊用手推著樹木，跑到一百多轉，腿也酸了，手也痲了，支持著回到洞中，一見母親的墳，頓時悲從中來，跪在墳前痛哭起來。

這樣每天到那塊山腰平地跑一次，回來就在墳前哭訴一次，一天兩次，好像日常功課。過了一個多月，果然那位老道在他跑圈子的時候，走上山來，而且一隻手提了一大袋東西，交與癡虎兒，說是這一袋乾糧，足夠他吃幾個月，又指點他跑圈時候的身法步法。這一次叫他不用手推樹，須用左右手捏著拳頭，調換著向樹排擊。癡虎兒自然唯唯答應。以後隔幾個月，那老道總來看他一次，來時總帶著糧食，跑圈的法子，也進一步的教導。

這樣過了兩年，癡虎兒時常問那老道姓氏和住處，老道總是笑而不答。癡虎兒一心一意當他神仙般敬重，也不敢多問。到了今年夏初，老道又來看他，看見癡虎兒能夠一拳把杯口粗細的小松擊倒；又見周圍松樹的身上樹皮，都被他打得精光滑溜，頗也讚許，又傳授他用掌用足的架勢。臨走時候，儼然道貌的吩咐他，說是你已經苦盡甘來，不久就會有人來叫你下山；但是叫你的人，如果是個強盜，你萬不能跟他去，如違吾言，立即嚴處不貸！說完這話，拿出一個柬帖交與癡虎兒，囑咐道：「將來叫你下山的人，看我的柬帖，就會扶助你的，你好好收藏就是。」說完這話又自走去。

癡虎兒就把老道吩咐的話，牢牢記住心中，又把柬帖藏在洞內乾燥地方，依舊天天練他跑圈子的功夫。有一天功夫練完以後，跑到山頂隨意玩賞。忽然一眼看見對面赤城山庵內進進出出的都是雄赳赳氣昂昂手上拿著明晃晃刀槍的人，和尚一個也看不見。庵內大殿前面本來豎著一竿七八丈長的黃布佛幡，現在換了一匹紅布隨風飄刮，看得非常詫異，猜不透是何緣故。因為自己住在山中多日，弄得奇形怪狀，不敢到對山去探看，而且那位老道吩咐過，不到下山時候，不准下山，只可天天練完功夫以後，偷偷的到山頂去張望，看了許多日子，兀自看不出所以然來。

直到這幾天，癡虎兒偶在山頂閒望時候，被對面庵內那般人在無意中望見，看得奇怪，立時有好幾個人跑到這邊山來，悄悄的探看癡虎兒的舉動。癡虎兒當時並未覺得，一直跟到他的虎窩洞口，偶一回身，突然看見遠遠立著好幾個人，向他直瞧，才自吃了一驚。

那般人看得癡虎兒闊面長髮，全身亮晶晶的黑皮膚上，虬筋滿布，便像山精一般，以為癡虎兒是山中精怪，嚇得回轉身拔腿便跑。癡虎兒這幾年一人在山中正處得寂寞，驟然碰到這些人，頗覺高興，又想打聽對面庵內的事，即不覺高聲喊道：「不要跑，休得害怕，我也是人呢。」那般人一聽癡虎兒說起話來，才明白並不是妖怪，重又回身走過來，你一句我一言的探問癡虎兒，為何自住在山洞內，弄得這般模樣。

癡虎兒這幾年經過那老道的教導，也略微懂得一點用心計的勾當，並不直說出自己幼時的遭遇，只說因為守住母親墳墓，家中又無別人，所以住在山洞內。又轉問那般人到此何事，對面庵內和尚怎麼一個也不見呢？那般人軒眉豎目，得意洋洋的說道：「我們本來在這兒相近的海上做買賣，現在我們寨主看中對面赤城山是個好所在，就把庵內眾僧逐走，占據起來。我們看你倒是個精壯漢子，倘然你願意入夥，我們寨主面前說一聲，定可成功。入了夥，大杯分肉，大秤分銀，豈不強似在這山上受罪嗎？」

癡虎兒聽了半天，也不懂他們說的是哪一行賣買，呆了半晌，才問道：「你們說的究竟是哪一門生意呢？」

這般人知道他是個初出茅廬的雛兒，互相擠眉弄眼的笑了一陣，然後對他道：「老實對你說，我們是天字第一號的買賣，性命就是本錢。」

癡虎兒愈聽愈糊塗，又問道：「你們說的買賣，聽你們說還有一個寨主，我小時候似乎聽人說過，寨主就是占山為王的強盜呀？」

那般人一聽他說出強盜二字，立時喝道：「胡說！我們不願聽這兩個字，你只說好漢就是。」

癡虎兒愕然道：「原來強盜就是好漢，好漢就是強盜，這樣說起來，你們原來做的是強盜買賣呀？」

那般人見他這般愣頭愣腦，又笑又恨，連呼晦氣，一陣亂唾，指著癡虎兒道：「叫你不要說，你偏說。老實對你說，提起寨主，大大有名，就是少林禪醉菩提的徒弟，綽號金毛犼，姓郝名江的便是。手上一對虎頭雙鉤使得風雨不透，本領非凡。你能夠當他部下跟我們一塊兒混世去，你就算走了紅運了。」

癡虎兒此時已明白他們都是強盜，想必對山庵內和尚，都遭他們毒手了！心中略一盤算，一聲不響的向那般人走近幾步，猛的左右手齊發，向那般人推去。不料那般人雖也長得凶悍，竟禁不起他這一推，啊呀還未出口，身不由己的向後直倒。後面立的人，禁不住前面的人一撞，又是傾斜的山地，一個個像滾球似的都滾了下去。幸而洞口山勢並非險陡之處，又是鬆土草地，滾了幾丈路，被樹木擋住。一個個爬起身來，雖然滾得滿臉滿身的黃土，倒並未損傷，遠遠指著癡虎兒痛罵一頓，也就回到對山去了。

第二天癡虎兒也不介意，仍舊到山腰那塊平地上做他的功課，功課還未做完，忽然樹林叢莽裡邊，轟雷似的喝起采來。四面一看，樹林裡立著許多人，手上都拿著刀棍之類，昨天被他推得一溜滾的那般人，似乎也在其內。原來那般人回去對金毛犼說，金毛犼今天親自帶了許多人來探看這個怪人，恰巧癡虎兒正在山腰練他的獨門功夫。金毛犼帶著許多人悄悄的掩上山去，隱在松林豐草中看了半天，只見他團團飛跑疾如奔馬，到後來竟像風馳電掣，連身影兒都有點分不出來。而且跑得這樣快法，還不算，兩隻鐵臂不停的掌推拳擊，只擊得周圍樹木如狂飆亂刮，呼呼怒號，嚇得金毛犼同這般人半晌做聲不得，心想這人身子真是鐵做的，也不知練的哪一種功夫，這樣練法，聽也沒有聽見過，情不自禁的齊聲喝起采來。

癡虎兒被他們這一喝采，立定身子看清四面立的人，又見他們手上都帶著刀槍，心想不好，人多勢眾，如何敵人得過他們？不覺暗自著急，忽然想了一個呆主意。一看身邊有一株碗口粗細的枯松，下半截已被他平日拳打掌擊，松皮剝得精光，一回身，兩手攀住枯松，一聲大吼，盡力往下一扳，只聽得一聲咔嚓，竟被他折斷。這一來，癡虎兒立時氣壯，兩手橫拿著那株斷松，聲勢虎虎的立著，似乎蓄勢而待。誰知金毛犼已被他先聲奪人，勇氣早餒，又看他折斷長松，格外驚為神勇，以為癡虎兒武藝定然了得，就是合力齊上，也未必是人家的對手，何必當場出醜，不如與他善言結識，將來也是一個好幫手。

金毛犼存了這個主意，立時暗示手下，不要亂動，然後走近幾步，向癡虎兒遠遠拱手道：「老兄不必如此，我們到此並不與老兄為難，如蒙不棄，我們何妨談談結個朋友呢？」

癡虎兒舉目一看說話的人是個彪形大漢，裝束詭異，與眾不同，一張凶悍長面，目光灼灼，注定了癡虎兒，倒也可怕。可是聽他口氣，不像動武神氣，略覺放心，但也猜不透是何思想？只好把手上松樹一拄，把頭一點，算是答禮。

金毛犼一看癡虎兒這樣神氣，早已瞧料他是未諳世故的稚子，就大踏步走近前來，攙著癡虎兒的手大笑道：「我們今天一見如故，以後還要彼此多親多近，但不知老兄哪裡人氏？尊姓大名，也請見告。」說完這話，又一指自己鼻樑，笑道：「兄弟就是江湖上傳說的金毛犼，如蒙不棄，就請到對山敝寨內盤桓兒時，兄弟也可時常叨教。」說畢，兀自笑容可掬，顯得親熱非凡。

癡虎兒被他這一套近，倒弄得不知以對，張著一張闊口，半晌，只說得一句「我叫癡虎兒，從小住在此地的。」金毛犼正想滔滔不絕的再來一番籠絡的話，還未開口，忽然山下跑上一個人來，走近金毛犼身邊，低低說了幾句話。金毛犼把手一揮道：「你先回去伺候，我立刻就回。」那人得了回話，又轉身飛奔而去。

金毛犼捏著癡虎兒的手，搖了一搖，笑道：「本想邀老兄到敝寨盤桓，不料敝老師此刻到來，想有要事，須急速回去，改日再差人邀請老兄，那時務請老兄賞個面子。」說罷，一鬆手向樹林內的一般嘍囉大聲喝道：「跟我走，以後沒有我的命令，不准到此囉嗦。」說完又向癡虎兒一拱手，率領著一般手下，一窩蜂的下山而去。

第十一章　三生石上

癡虎兒等這般人走盡以後，全山靜寂寂的又只剩下他一個人。心想他們來的時候，人多勢眾，滿以為禍事到門，不料如此結局，倒也出他意料之外。看那金毛犼待我神氣，倒也十分殷勤，似乎也是個好人，難怪那般人說強盜就是好漢。但是神仙吩咐我不許跟強盜下山，也只好辜負他一番美意了。

一路忐忑不寧自言自語的向虎窩走去，猛抬頭，走過虎窩好幾步，竟自不覺，便又回身，鑽進洞內。一看神仙捎來的乾糧，已所剩無幾，大約只夠一天的吃食了，不覺著慌起來。心想這回好奇怪，本來糧食將盡，神仙必到，這次隔了好久，怎麼還不見到來？倘然從此不來，如何是好？又想到金毛犼一番殷勤神氣，心中不禁不由的活動起來，惹得他在洞口坐臥不寧。

不料第二天金毛犼派了幾個人送了許多食物來，送與他吃，順便又說了許多勸他入夥的話。癡虎兒看到食物，宛如親爹娘一般，不問皂白，老實收下。等到他們道起勸他入夥的話，總答應不出話來，只把頭微搖，表示不願。那般人也不多說，就回去覆命。

其實這天金毛犼一早起來，安排了一點寨務，又派了幾個人送食物與癡虎兒以後，就跟著他師父醉菩提辦理要事去了。你道他們辦的什麼要事？就是第三回所說醉菩提約他去盜秘籍的那樁事。等到秘籍到手，回到赤城，金毛犼一問對山癡虎兒情形，派去的人照實報告。金毛犼立時眉毛一豎，露出一臉殺氣，厲聲喝道：「這小子真不識抬舉，早晚取他的狗命。」

說這話時，恰值醉菩提也坐在上面，就問他為何發怒？金毛犼把對山癡虎兒情形細細一說，又把自己想邀他過來做幫手的意思，也說了出來。醉菩提仰著頭思索半晌，向金毛犼道：「這人情形頗為奇怪，也許其中還有別情，你何妨多派幾個人，此刻再邀他一次，倘然不肯來，就用武力強迫。依我看此人無非天賦神勇，有一身勇力，說到武藝，恐未必有高人傳授。你想他如果有一身絕藝，何至困在荒山，弄得如此形狀呢？」

金毛犼一聽師父這樣一說，果然不錯，立時派了幾個懂得武藝的手下，帶著長短傢伙，到對山把癡虎兒擒來問話。如果擒他不下，快來報信，待我自去。

這幾個奉派的人，有幾個已看到癡虎兒勇猛非凡，明知難以擒拿，但是上命所差，也只有硬著頭皮，結伴同行，一路彼此商量，見機行事。這般人走到對山尋著癡虎兒，被癡虎兒舉拳趕走，這番情形，上回已經說過，也就是黃九龍、王元超躲在岩石背後看見的一番經過。現在癡虎兒出身已經補敘明白，又要接說王元超、黃九龍的事情了。

且說王元超、黃九龍聽得癡虎兒說完出身以後，雖覺奇特尚不十分注意，惟獨聽到癡虎兒說起那位神仙，兩人不住口的問他那位神仙的舉動形態是什麼樣子。癡虎兒又詳細的一說。黃九龍、王元超聽得相視一笑，連連點頭。

黃九龍向癡虎兒笑道：「你碰著的那位神仙，我們倆非但認識他，而且有密切的關係呢。你說神仙留有一封柬帖藏在洞裡，現在你趕快領我們去一看，就可明白神仙怎樣吩咐，我們應該怎樣辦理。老實對你說，你所說的神仙好像就是我們倆的師父，一看柬帖就可明白。如果真是我們師父，我們同你就是一家人。非但如此，我們今天到此，因為對山強盜的師父醉菩提，偷了我們的東西，特意趕來與強盜算帳的。我們這樣告訴你，你大略可以放心了。」

癡虎兒一時雖摸不清其中曲折，可是一見兩人滿臉正氣，知道絕非謊話，唯唯答應，領著他們到虎窩去。正想舉步，忽聽得山下遠遠人聲嘈雜，步履雜亂，似乎有許多人向山上急步跑來。

王元超跑進樹木稀少地方，向山下探視，只看見山下樹林中，雪亮的刀光，和槍上的紅纓，一路風馳電掣般捲上山來。王元超回頭低喊道：「不好，那般人吃癡虎兒趕逐下山的人一定回去報告了，金毛犼自己率領大隊人馬來拿你了。」

癡虎兒一聽，立時環眼圓睜，大喊一聲道：「今天我同他們拚了吧。」說畢，就要奔下山去。

黃九龍趕忙伸手拉住，微笑道：「你且不要性急，讓他來了千軍萬馬，有我們兩人在此，絕不會叫你損傷一根寒毛。你不要動，由我一人對付這般毛賊。」

王元超摸著下頷，沉思了半晌，對黃九龍道，「金毛犼這一來，我倒想了一個計策在此。我想金毛犼帶領了許多賊徒到此，對面賊巢必定空虛，我們何妨來一個聲東擊西的計策。三師兄同癡虎兒在此同這般賊徒周旋，由我從山後小路直搗賊巢，趁此奪回秘笈同那面龍旗。而且出其不意兩處分擊，弄得他們一個措手不及，連那座彌勒庵也可奪回來，倘然那醉菩提一同前來，益發容易處置了。」

黃九龍聽得大讚道：「此計甚妙，準定如此，我此地一了，就同癡虎兒到對山去會你。事不宜遲，你就撿僻靜山道繞到對山去罷。」

話方說畢，山下已是一片人聲，喊叫如雷：「大膽癡虎兒快快滾下山來！免得老子們動手！」

黃九龍恐怕癡虎兒魯莽，獨自闖下山去，一手拉住癡虎兒，一手向王元超一揮，就向樹林密集的地方走去。王元超四面一看，前山並無別路可以下山，遂又迆上山巔，獨自尋找僻路繞道向對山走去。

且說黃九龍拉著癡虎兒走進密林，悄悄向癡虎兒道：「你住的虎窩，聽你說是條死路，我們此時且不要出去，等這般賊徒走到此地，一看你不在此地，定向虎窩尋去。等他們走入死路，我們再出來截住他們歸路，叫他們休想逃走一個！」

話還未畢，已見許多人火雜雜地拿著明晃晃的刀槍，耀武揚威的跑上山腰。為首一個高大凶漢，拿著一對虎頭雙鉤，潑風似的首先趕來。黃九龍把癡虎兒一拉，一齊矮身躲在一株大松背後，偷看動靜。果然金毛犼一看癡虎兒不在此地，立刻暴跳如雷，大聲喊道：「這小子定躲進洞內去了，我們快向老虎窩趕去，看他能逃上天去不成。」說畢，就有幾個到過虎窩的賊徒，為頭領路，金毛犼督著其他賊徒，又急急的向虎窩一條路上跑去。

黃九龍暗地打量金毛犼舉動，已看出武藝平平，其餘二三十個賊徒，更不足論。等他們走了一箭路，就立起身來，把腰間白虹劍解下，退去了蟒皮劍鞘，把蟒皮仍向腰間束好。癡虎兒蹲在地下，突然眼前一亮，只看見黃九龍手上銀光亂閃，嚇了一跳，一立起細看，心想這軟綿綿的東西，有何用處?不料黃九龍左手一捏劍訣，右臂向後一縮，一個白蛇吐信勢，用那東西向身旁一株松樹刺去，只見手上筆直的一枝長劍，把那松樹刺了個對穿。癡虎兒看得吐出了舌頭，才知這東西原是一樣極利害的傢伙。

黃九龍笑道：「今天未免小事大做，我因為犯不著跟這般無用賊徒多費手腳，所以才用這柄寶劍。」邊說邊向那般強盜後面走去。走了一程，已看見前面走的人影。回頭對癡虎兒道：「前面賊徒做夢也不曉得我們會躡在身後，此處地形甚好，就此站住。你且高喊一聲，讓他們回頭來。喊完以後，沒有你的事了，只遠遠站著，看我打發他們就是。」

癡虎兒此時知道黃九龍本事非同小可，自己也膽壯氣粗起來，張開闊口，大聲喊道：「癡虎兒在此！」

這一聲喊，宛如晴天起個霹靂，前面魚貫而進的一般強人，猛不防癡虎兒在他們身後出現，一個個回轉身來。金毛犼原自督隊在後，這一轉身，恰好後隊作前隊，金毛犼恰好在頭前，同癡虎兒遙遙覿面。一見癡虎兒一個人赤手空拳，遠遠立在前面，仇人相見，分外眼紅！金毛犼立時舉起虎頭雙鉤，向前一指，瞋目喝道：「不識抬舉的東西，敢在太歲頭上揚威，此刻你小子倘能悔過認罪，本寨主尚可念你年幼無知，饒你一死！如若牙縫裡迸出半個不字，哈哈，立時叫你死在我雙鉤之下。」說罷，雙鉤一揚，就要奔向前去，正在這當口，猛聽得道旁樹林裡面，一聲斷喝道：「且慢！」接著白光一閃，面前現出一個人來。

金毛犼冷不防橫腰會走出人來，頓時一呆！趕忙立定身，定眼細看，只見五步以外，道上立著一個骨瘦如柴的漢子，穿著文縐縐的袍褂只把前襟曳紮起來，手上橫著一柄七尺長的奇形長劍，顫巍巍的銀光閃閃，寒氣逼人。

原來黃九龍領著癡虎兒跟在這般強盜背後走的時候，故意叫癡虎兒喊叫一聲。趁他們喊叫時候，自己一閃身到道旁樹林中，把前襟一曳，颼颼接連幾躍，就到了金毛犼身邊。非但金毛犼看不出樹林中有人走來，就是癡虎兒全神只注意前面，也未覺得身邊少了一個人。等到黃九龍斜刺裡一躍而出，癡虎兒才知道黃九龍已到金毛犼面前，遂暗自稱奇。一望前面那般強盜手上刀槍如麻林一般，兀自替黃九龍擔心。正想拔起路旁趁手的樹木當作兵器，哪知一剎那間，前面幾聲叱吒，已發生驚心動魄的變化。

原來黃九龍按劍卓立之際，金毛犼一看人不足奇，劍卻別致，兀自傲然大喝道：「攔住道路，意欲為何？」

黃九龍微笑道：「你們倚恃人多勢眾，欺侮他一個赤手空拳的窮漢，實在有點看不過去。」

金毛狨一聲狂笑，喝道：「憑你這樣瘦猴子，也配多管閒事？須識得本寨主金毛狨虎頭雙鉤的厲害。」

黃九龍笑道：「早已聞名，特來領教。」話到劍到，白光一閃，顫巍巍的劍鋒已到胸前。

金毛狨不防來人身法比劍法還疾，急忙縮胸後退，雙鉤並舉，向劍鋒剪去，意思想用雙鉤把劍絞住。哪知白虹劍豈同平常，黃九龍一聲冷笑，並不抽劍換招，單臂微振，足下一進步，向前一撥一挑，只聽得鏘琅琅一聲響亮，金毛狨左右雙鉤，一齊斷了半截，墜落地上。

金毛狨「不好」兩字還未喊出，只聽得對面一聲吆喝，劍鋒已直貫胸膛，透出後背，只痛得金毛狨五官一擠，一聲慘叫，頓時一堵牆似的倒在地上。黃九龍早自抽劍退步，細看劍上依然瑩瑩如水，並無絲毫血跡。可是金毛狨身後那般無名小卒，看到寨主碰著來人略一交手就被刺死，嚇得心驚膽落，一齊回頭就跑。

癡虎兒雖然在虎窩生長，膽壯力猛，但是從來沒有看見過這樣死法的人，趨過來一近看金毛狨這份淒慘死相，格外心頭亂跳，連那般人回跑逃命的情形都沒有理會。再看黃九龍已把那柄長劍仍舊用蟒皮套好，束在腰間，從容自若的說道：「這種死有餘辜的強徒，何足悲憐，倒是我這神聖寶劍，萬不料第一次發利市，在這沒用的膿包身上，實在是有點委屈寶劍。想那時手誅鐵臂神鰲，尚未曾輕用此劍，今天因為懶得多費手腳，只好仗此利劍了。」

癡虎兒此時尚未知黃九龍究係何許人，對他說的話更是茫然，也只有唯唯答應。黃九龍向前面一指道：「這般人逃入死路，必定還要回來，不過罪止為首，這種蠢如豕鹿的人，毋庸與他們計較，少停我自有安排。現在我們且回虎窩，看完那柬帖以後，就去接應我五師弟，你快領我去吧。」於是兩人向虎窩走去，這且不提。

現在又要說到對山彌勒庵醉菩提方面，自從醉菩提盜得秘笈以後，同金毛犼回到赤城山，這一份高興，簡直難以形容。但是醉菩提為人處處都用奸計，陰險異常，他得到秘籍路上日夜奔波，因此無暇翻看內容，等他回到赤城山第一天，到時已在夜半，途中辛苦，就把秘籍枕在頭下，且自安息。

次日，金毛犼想巴結師父，又一早前來伺候，手下人又敬湯進水，供給得川流不息，金毛犼率領著許多人到對山去了。醉菩提心中暗喜，等金毛犼走後，立時回到自己住宿的房內，吩咐餘人不聽呼喚，不准進來。吩咐妥當，砰的把房門關上，從床頭拿出一個錦袱，擱在桌上解開袱結，豁然露出一個長方布匣，上面黃綾簽條題著「內家秘笈」四字恭楷。醉菩提且不啟匣，先念了一句阿彌陀佛，又自言自語道：「我有了這冊秘笈，從此可以壓倒一切，唯我獨尊了。」說畢，滿面含笑地把布匣打開。

這一打開不要緊，只把這位醉菩提驚得直著眼，開著口，呵著腰，整個呆在桌子旁邊，想動一動都不能夠了。你道如何？原來他看到布匣裡面裝的並不是整冊的書，卻是疊著厚厚的潔白勻淨的素紙。這一下，這位醉菩提宛如從十丈高樓失了腳，自然失神落魄呆在一邊，只一顆心突突亂跳，彷彿要跳出腔子來一樣。

究竟這冊秘笈怎麼憑空變成為素紙的呢？諸公且勿心急，將來自有交代。不過醉菩提盜到手的時候，確確是真的。從前許多人到寶幢鐵佛寺去搜尋，以後同黃九龍、王元超煞費苦心的尋覓，都沒有弄到手，何以醉菩提一去就手到擒來，難道說醉菩提有特別神通不成？其實此中尚有一段隱情呢！

從前說過醉菩提是從百拙上人口中，聽得鐵佛寺藏有秘笈，但是百拙上人也沒有說出藏在何處。後來他在單天爵面前自告奮勇，何嘗有些把握，無非想在單天爵面前討好，騙點錢財，自己另外再打鬼計。他受了單天爵的路費，離開蕪湖，一路打算，知道這冊秘笈定是嚴密深藏，尋找不易。何況聞得太湖王那般人也在那兒打主意，尋找這冊秘笈，萬一碰上，書未得到，反生凶險，實在有點不上算。他這樣一打鬼算盤，把尋找秘笈的念頭，搬到爪哇國去了。既然不去盜秘笈，上哪兒去呢？一想有個徒弟叫金毛犼郝江，從前在黃巖一帶海上做沒本買賣，嘯聚了不少人，現在聞聽棄海就陸，占據赤城山，很有點興旺氣象，何妨到他那兒看看。

主意打定，就向天台赤城山一路行來。不料事有湊巧，有一天走到天台相近新昌縣城，一看天色已晚，就在城內尋著一個整齊宿店，預備過一夜，明天一早再赴赤城。這天晚上，住在宿店房內，正想高枕安臥，忽聽隔壁房內，有兩個年輕女子嬌聲嬌氣的講話，把他撩撥得心頭鹿撞，輾轉反側。他越不能安睡，隔壁越講得起勁。醉菩提一骨碌爬起來，躡手躡腳的走近板壁，尋穴覓縫的向那邊張望。

原來南方房子差不多都用木板做隔牆，尤其旅館裡都用薄薄的風流板，一間一間的隔開，上層還露出幾尺空檔，所以聲氣流通，動作相聞。說句笑話，倘然孤客獨宿，碰著隔壁一雙異性，攜手陽台，非但一派奇妙聲音觸耳驚心，就是這幾塊風流薄板，各自應接合拍，吱吱咯咯交響。這一來，你想孤眠獨宿的客人如何當得？如何還能好生睡覺？所以這種木板壁，出名叫做風流板了。

現在醉菩提雖未碰著這種妙事，可是那一邊嚦嚦鶯聲，陣陣脂馥，都從風流板壁縫中透洩過來，只把這位醉菩提湊在板壁縫上，眇著目，呵著腰，渾身像火化雪獅子一般。恨不得使出少林絕藝，一腳踢開板壁，來個無遮無攔，但是事實上如何辦得到？只好沉住氣，細細鑒賞。偏偏板壁太窄，只影綽綽看見那邊房內，坐著兩個雪膚花貌的女子，似乎姊妹一般，談笑風生，身形嫵媚。後來留神聽她們所談言語，不覺又驚又喜，霎時心花怒放，格外全神貫注，傾耳細聽。

原來他聽得那邊房內兩個女子所談的事，恰恰就是鐵佛寺內家秘笈那樁事。只聽一個女子說道：「說起我們師父，她老人家的能耐，真也大得駭人，可是她老人家的脾氣，也古怪得不可思議。比如這一次叫咱們先到雁蕩山靈巖寺，托龍湫僧介紹到太湖，乘機折服太湖王。同我們到過靈巖寺以後，再到鐵佛寺取那冊秘笈，送與太湖王的師弟一個姓王的人，還說咱們倆的歸宿都在這冊書上呢。你想既叫我們去折服太湖王，當然是敵對的了，何以又叫我們把那冊書送給太湖王的師弟，這不是透著新鮮麼？」

又一個女子笑著說道：「姊姊說的話，都從表面著想。依我看咱們師父神妙不測，其中定有道理，不過事先不明白告訴我們罷了。可是有一節真也奇怪，師父對我們說那冊秘笈，就在鐵佛寺門口彌勒佛肚內，彌勒佛的肚臍，就是機關。這個消息，聽說還是從前陸地神仙告訴她的。我想既然陸地神仙知道秘笈所在，何以太湖王同那姓王的現在還搜尋不到呢？難道陸地神仙不願意自己的徒弟得此寶書嗎？所以我想那冊秘笈，未必見得真在彌勒肚內。」

又聽得那個女子說道：「管它在不在，既然師父吩咐咱們，左右閒著無事，到處玩玩也好，時候不早，咱們睡覺吧。」又聽她們說了些不相干的話，就一口把燈吹滅，上床安睡了。

這裡醉菩提聽了半天，已是心滿意足，一看那邊房內滅燈安寢，已無可看餘地，就直起腰，坐在自己床上，盤算一番，心想事情如此湊巧，無意中能聽到密藏秘笈的機關，把他已息的妄念，又勾了起來。暗暗打了一番主意，就輕輕開門走出來，走到外面櫃上，推說另有要事，須連夜出城。算好房錢，匆匆出店，走出新昌縣城，直向赤城山而來。一路施展陸地飛行，不到天亮，就到了赤城山。

原來新昌到天台赤城山，也不過一百四十餘里，腳下有功夫的人，原不算一回事。醉菩提到了赤城山見著金毛犼，匆匆略說所以，就拉著金毛犼急急下山，向寶幢晝夜進行，他們這樣趕路，就因為聽到店中兩女子談話，也要去盜那秘笈，所以漏夜趕程，預備在兩女子未到以前盜走秘笈，又恐怕黃九龍等也在寺內，孤掌難鳴，所以拉著金毛犼做個幫手。他們師徒二人曉夜趕程，不日就到寶幢。醉菩提在路上已打好主意，走過熱鬧市鎮，順手買了一個行腳頭陀用的月牙髮箍，又買了一個假髮同筆墨之類，自以為很得意的施展了雞鳴狗盜的手段。（醉菩提這喬裝盜笈情形，前文已經詳細分敘毋庸多說。此時無非在下把他補捉一筆，將來龍去脈交代清楚。）

現在醉菩提在赤城山盜窟內，一看辛辛苦苦盜來的秘笈，變為一疊厚厚的素紙，事出非常，把這個鬼計多端的醉菩提，呆若木雞！半晌才勉強鎮定心神，細細揣摩，算得定是另有高人從中掉包。但是從鐵佛寺彌勒佛肚內盜出來時，來去匆匆，並未細看，也許那時秘笈已失。這樣一陣亂猜，只落得一場空歡喜，而且不敢當時張揚，恐被旁人譏笑，趕忙照樣包好，依舊擱在枕下。一眼看到枕邊尚有一張小龍旗，拿在手內，自己一陣冷笑道：「秘笈難得取到，有了這張太湖王的令旗，也自傲了。」

一言未畢，忽然大殿上人聲鼎沸，有幾個頭目一路大驚小怪的跑進房來。醉菩提吃了一驚，急忙把手上龍旗向枕內一塞，回身把房門開了，正想跨出門去查問究竟，一看寨內幾個得力頭目，已氣喘吁吁的奔到面前。慌問何理這樣著急，那幾個頭目已大聲喊叫道：「老禪師可不得了，我們寨主被一個不知姓名的漢子刺死在對山了。」

醉菩提一聽這話，立時轟的一聲，靈魂衝出了天靈蓋，幾乎急痛攻心，悶倒在地，雙目一張，熱淚已奪眶而出。突然一手拉住那報告的頭目，岔著嗓子急急問道：「你這消息從何而來？快快說與我聽。」那頭目報告了這句話，也自惶急滿面，只把手指向人叢中亂指。

此時寨內除金毛犼帶去多人以外，庵內尚有百餘名強徒，聞得這個消息，立時鬧的烏煙瘴氣，大嚷大叫。有幾個機靈的都已聚集在醉菩提房門外，打聽他作何主張。醉菩提此時看那報告消息的頭目，向人叢中亂指，就見人叢走出十幾個大漢來，緊趨幾步向醉菩提報告道：「寨主點名出發到對山去的時候，我們原都在內，到了對山山腳時候，指派我們這十幾個人埋伏在山腳下，萬一癡虎兒在山上脫身逃下來，叫我們截住他。寨主吩咐以後，率領其餘弟兄衝上山去，寨主在山腰吆喝的聲音，我們還聽得清清楚楚。後來我們寨主似乎帶著弟兄們向虎窩方面走去，沒有多少時候，遠遠聽得寨主一聲慘叫，接著山上弟兄們也隱隱發了一聲極喊，以後就寂無聲響了。

「我們這一撥人聽得暗自心驚，料得山上定出事故，私下一商量，悄悄的從枯草叢莽中蛇行而上，到了寨主喊聲相近的地方，抬起頭來一看，嚇得我們幾乎滾下山去。只見我們寨主撩手撩腳仰天死在血泊中，弟兄們一個不見，那癡虎兒瞪著眼兀自呆看寨主的屍首。最奇怪的是癡虎兒身旁還立著一個衣冠整齊的瘦漢子，手上拿著爭光耀眼的一柄稀奇長劍，正在拂拭細看。我們一看那個情形，明白寨主定死在這兩人手上，嚇得大氣也不敢出，連爬帶滾逃下山來，一路飛跑回寨報告消息。」

這幾個人亂七八糟的說了一陣，醉菩提胸中雪亮，知道癡虎兒未必有此能耐，大半死在那瘦漢的劍上。照他們所說那瘦漢形態同那柄奇形長劍，似乎是太湖王的樣子，難道他窺破我的金蟬脫殼之計，知道我隱避在此不成？倘然真是這個魔王，殺了我徒弟也未必就此罷手，必定會趕到此地，想奪回那冊秘笈，說不定還有那姓王的也一同追來。事情糟到這個地步，如何是好？偏又盜不著真正秘笈，就把實情說出，太湖王也未必相信，這真應了弄巧成拙，禍不單行的那句話了。

他這番意思原只在自己肚內亂轉，一時又悔又恨又怕又急，額上汗珠一粒粒迸出來，都像黃豆一般大。四周立著的幾個頭目偏又不識趣，一個個攘臂高呼，請他立時率領弟兄們，到對山捉拿凶手，為寨主報仇。這一逼格外弄得他六神無主，連連跺腳，咬著牙，被眾人簇擁著到了大殿上，聚集全寨嘍囉和大小頭目，一忽兒大殿人頭擠擠。你想這般烏合之眾懂得什麼紀律，只山搖地動的嚷成一片。醉菩提到了這個地步，也只有豁出去了，姑且鎮定驚魂，暗自打了一番主意。忽然胸脯一挺，舉起拳頭向桌上砰的一擊，大聲喝道：「眾弟兄休得雜亂，且各自壓聲，聽吩咐。」

眾人被他一吆喝，果然肅靜起來，他又大聲說道：「你們寨主是我的徒弟，生生被人刺死，我豈會甘休！拚出我這條老命，也要與他報仇。但是據回來的弟兄報告，癡虎兒尚有別人幫助，這人形狀，有點像萬惡的太湖黃九龍。這人凶惡異常，諸位大約也有耳聞，我恐怕此時如果我們到對山找他，他趁空到此地搗亂，這個基業就要難保。

「這個寨基，是你們寨主親自同你們開闢出來的，也就是眾兄弟的衣食根本，萬一有個疏失，非但你們立刻失所，你們寨主死在九泉之下，也不會瞑目的。我的主意是，君子報仇，三年不晚，現在最要緊的是設法保守寨基，不能輕舉妄動。而且我料得黃九龍不止一人到此，他們刺死你們寨主以後，定以為寨中空虛，趁機趕來占奪寨基。我們何妨以逸待勞，暗中埋伏，來一個甕中捉鱉，一樣報得大仇。」

說畢，眼珠一轉，四面打量各人顏色。這般人報仇是假，衣食是真，醉菩提這番話，句句打入心坎，齊聲歡呼，個個稱妙。幾個頭目也大聲說道：「俗話說得好，蛇無頭不行，從今天起，務請老禪師可憐我們寨主死得淒慘，暫時在此當家，保守寨基，我們情願服從老禪師的命令。倘然老禪師說出一個不字，我們就如同無主遊魂，如何守得住寨基，如何報得了大仇，也只可忍痛散夥的了。」

此言一出，又一個個大聲疾呼，逼著醉菩提答應下來。醉菩提一想此時萬難脫身，孤身獨行，更多危險，不如在此暫看風色，於是點頭應允。立時裝出寨主身分，向大小頭目諄諄告誡一番，這般強盜知道醉菩提同江湖上各路好漢，都有點聯絡，名頭武藝也比金毛犼高得多，倒也齊心悅服。但是醉菩提何嘗想作這個小小寨主，無非強敵在前一時脫身不得，想利用人多勢眾，可以保護自己的性命罷了。他經眾人推舉之後，兀自眉頭不展，恐怕黃九龍等到來，不能抵擋，沒精打采的從大殿回到自己房去。走過一個串廊，看見廊內兩旁陳列著許多弓箭，不覺計上心來，立時召集大小頭目，到他房內秘密計議一番，又叮囑了許多守寨辦法。這般大小頭目就隨著他的吩咐，率領手下嘍囉，暗暗分頭布置起來。

這且不提。且說王元超自從定了分頭襲擊的計劃，同黃九龍、癡虎兒分手以後，獨自走上山巔。一望對面赤城山遙遙在望，中間山脈銜接，起伏如龍，松柏交柯，丹楊映碧，疏密相間，宛如圖畫。可是其中有無羊腸捷徑，一時實在不易尋覓。姑且從山後信步下山，分莽披榛，越溪渡谷，向對山繞去。誰知在山頂上望得到對山，可以作為走道方向，下山以後，在溪澗坡陀之間，左繞右拐，接連繞了幾個彎曲，就迷了方向。越走越糊塗，連來路都記不清了。心想在山頂望見赤城，似乎沒有多遠，何以走了許久，連對山的影子都望不見了？正在四面測定方向之際，忽覺腳底下急流潺潺，入耳清越，低頭一看，原來又是一條曲曲山溪。溪流如馳，瀠洄角犖之間，溪上萬竿修竹，臨流蕩漾，更有一種瀟灑出塵之概。

王元超走路心急，無意流連，急急沿溪走去，繞過竹林，頓覺豁然開朗，別有洞天。只見迎面千仞奇峰，聳然卓立，細看峰上並無路徑，只嵌著一座峭拔石壁，壁上苔蘚密布，好像天上垂下一張軟錦翠幔。茸茸一壁之中，鑿著翠壁兩個大字，還隱隱看得出來。一泓急湍，就從壁下奔騰而出，全峰俯流倒影，格外顯得嬌翠欲滴，嵐光可挹。王元超這時也不禁披襟長嘯，悠然自得。

他這樣細細鑒賞驀地靜中生悟，恍然自語道：「呦，我明白了，這翠壁兩字正是赤城巧對。天台志書亦曾載入此地勝境，可是我走來走去仍在赤城對面，大約我初次下來的山頭，還是這翠壁峰的支脈，此地才是主峰。癡虎兒住的虎窩，想必就在峰上。因然這面峭壁臨流，無路可下，所以癡虎兒說虎窩背後，是條絕徑。這樣一看，我依舊沒有抄過山去，反而回赤城山背道而馳，怪不得連赤城山的影子都看不見。

正想翻身從原路回轉，忽聽得峰側驢聲長鳴，一霎時鑾鈴鏘鏘，蹄聲得得。從山腳溪頭上轉出兩匹俊驢，馱著兩個青年女子，一色青帕包頭，微露粉面，背著雨傘、包袱之類，一先一後，款款而來。

王元超大愕，心想此地絕鮮人跡，左近又有盜窟，何以這兩個女子走得如此從容？不覺側立路旁，暗暗打量。那兩女子一路行來，只顧格格談笑，不提防抬頭向前一看，驀見前面立著一個劍眉星目，丰神豪俊的少年，六隻眼光遠遠一碰，王元超倒還不覺怎樣，那前面驢上的女子，情不自禁脫口低低嬌呼一聲：「咦？」

這一聲咦字以後，絕無下字，只見她粉面微暈，回過頭去，似乎向那後面驢上的女子，互相目語。後面的女子只顧抿著嘴格格嬌笑，又聽得一聲嬌叱，蓮鉤微動，脂香送鼻，兩匹俊驢已從身旁得得而過。趕忙向她們身後瞧去，不料驢上兩女也一齊回過頭來，這一來，眼波電射，流盼送情，把一個少年老成的王元超，瞧得也不禁心頭怦然。等到兩個女子走遠，王元超猛然想起一事，自己把手一拍道：「對，定是她！」說了這句，把前襟向腰巾一曳，一伏身追向前去。

你道他想起了什麼事？難道憑他這個人品，見色就好嗎？原來騎驢的兩個女子走過身邊時候，他看見後面的女子，眉心一顆紅痣，異常鮮明，猛然記起龍湫僧所說兩女子形狀，同騎驢兩女大致相同。尤其是這顆紅痣，格外疑惑，好在這條路他原要走回去的，所以便追上兩女，看個明白。

王元超施展陸地飛行，自然快逾驢馬，一霎時已追離不遠。但是王元超看看離兩女不遠，又不好意思再走上前去，被人看出輕薄行為，只好腳步放慢，表示出從容自若的態度來。不料前面驢背上的女子似已覺到，並鞍交頭私語了一陣，即見一女跳下驢來，一蹲身，伸出纖纖玉手，在道旁一塊平面大石上，不知畫了些什麼。一忽兒又躍上驢背，回眸一笑，絲韁一振，就風馳電掣般跑下去了。

王元超遠遠看她在驢背一上一下，真可算得宛若遊龍，翩如鸞鳳，可見身手異常矯捷，自己所料非虛。不過這番舉動，奇怪得緊。急忙飛身趕過去一看，不禁暗暗稱奇。原來這一剎那間，那驢背上的女子已在磨盤大石上，用尖尖玉指刻出很嫵媚的十六個字，寫著：「匪友匪敵，玄機難測。具區之濱，贈君秘笈。」

王元超看這石上四句話，似解非解，一時猜不透其中奧妙。心想上面兩句，果然難以索解，下面兩句，比較有點意思，具區兩字，自然就是太湖，想必這兩女子一定要到太湖去的，可見就是四師兄所說的兩女子。底下說的秘笈，難道她們另還有冊秘笈想送嗎？彼此素未謀面，忽然送我東西，這又是什麼意思呢？看起來這女子指上功夫著實了得，文字也有根底，巾幗中有此人物，真也不可多得哩。

他一個人在這塊大石旁邊，只管胡思亂想，呆呆出神！不料這石上幾個字，有這樣大的魔力，比張天師畫的符還靈，竟把這位文武兼資，器識遠到的王元超，兩隻眼直勾勾的注定了石上，捨不得離開，幾乎把赤城山的一樁要事都忘掉了。說句笑話，他這樣出神，究竟為的是石上寫的幾句話呢，還是為的驢背上兩個人呢？恐怕誰也猜不透，只有他自己明白的了。

閒話少說。王元超同黃九龍，清早從宿店動身，走到此處山上碰到癡虎兒，聽了癡虎兒的一篇陳年歷史，緊遇著金毛犼逞凶尋釁，直到王元超獨自尋路，想到赤城山奪回秘笈、龍旗，走錯了路，碰著兩女變出這套把戲，又被石上幾個字鎖住了心魂，呆呆的一耽擱，你想這一天光陰，也差不多了。所以此時已經滿山夕照，樹影參差，王元超兀自低頭朝著石上呆看。忽然石上金光一閃，青白色的一塊石頭變成金紅顏色，不覺心裡一跳，以為那兩個女子神通廣大，經她指頭一畫，連石頭都成寶石。抬頭一看，滿不相干，原來山口一輪血日，紅光亂射，滿山樹石都映得金碧輝煌。

這一來王元超陡然心驚，自己也覺被那兩個女子無端延誤了許多時候，這從哪裡說起，一狠心，右腳一起，把那大石踢得飛越林裡，落下來訇然一聲，塵土飛揚，又骨碌碌掉落溪澗，浪花四濺。驚得歸林野鳥，舟磔亂啼，撲撲飛密，這一來王元超心神頓快，一聲長嘯拔腳飛奔。

第十二章　血染赤城

王元超被那塊頑石上幾個字，無端羈絆了許久，一看時候不早，急急向原路奔來，一忽兒又到了那座山腳。再仔細一探，並無別路可以繞向前山，只可重上山嶺。走到同黃九龍、癡虎兒原立地點，四面一看，人影全無。心想：我走迷了路，耽擱了不少時候，定是他們已把那般草寇解決，也許此刻已到赤城，倒趕在我前頭了。他這樣一想，趕忙從那般嘍卒奔來的一條道上，施展陸地飛行，急急向對面赤城山跑去。

其實此時黃九龍同癡虎兒已把金毛狁刺死，正在虎窩前面，把那般嘍卒堵住，辦著繳械的手續呢。假使王元超向山腰略一尋找，定可看到金毛狁那具死屍，向虎窩多走幾步，也可聽到人聲，會得著黃九龍、癡虎兒了。

王元超此時獨自一陣緊趕，走的是上赤城正道，自然不會走錯，一忽兒已到赤城山腳。抬頭一看，原來赤城山遠看似乎非常陡峭，近看一層層峭壁，都築著很寬的石級，像螺旋盤折而上，並無峻險之處。王元超就像走平坦大道一般，一路上山，非但毫無障礙，竟連一個人影都沒有，直走到彌勒庵山門口，也自靜悄悄的不見一個嘍卒。而且庵門大開，直望到門內大雄寶殿，也是鴉雀無聲。只山門內努目剔眉金碧輝煌的四大金剛，耀武揚威的分列在兩旁。

王元超一看這個情形，心說：怪呀，照此情形定已透露消息，醉菩提這個賊禿想已率領嘍卒望風而逃了。但是三師兄同癡虎兒怎麼也沒影兒呢？難道追趕賊禿去了？略一遲疑，就昂頭直進，越山門，走上直達大殿的甬道。四面一看大殿同兩旁僧寮，窗戶緊閉闃然無聲，只殿前豎著的紅布長幡，隨風舒卷，獵獵有聲。這支長幡掛在沖霄旗竿上面，足足有七八丈長兩尺多寬，想是幾匹整布縫成的。可是紅色已被風吹雨打成妃紅嬌嫩顏色，中間寫著幾個大黑字，因為幡身隨風飄颭，只偶然露出幾個赤城山寨主某某的字樣。

王元超看得這支長幡，獨自啞然失笑，心想無知草寇竟也有這等臭排場。不料正在四面打探的當口，猛聽得大殿內鐘聲鏜然大振，鐘聲響處，一霎時殿內幾聲吆喝！大殿上同兩旁僧寮的窗櫺內，颼颼之聲大作，只見三面窗內飛出無數羽箭，齊向王元超身上攢射過來。

說時遲，那時快！王元超起頭被鐘聲驀然一驚，已知中計。此時一看三面伏箭交射，未待近身，一聲大喝，雙足一跺，一個孤隼鑽空早已飛上殿角。饒是身手如此矯捷，衣角上還掛著一支三稜羽箭，想是飛身上殿時，衣角飄空，被箭射著。王元超起下羽箭，也自驚心！低頭一看，殿下處處門戶洞開，像螞蟻出洞一般湧出無數強徒，個個抽矢彎弓，引滿待發。王元超勃然大怒，雙眉微剔，戟指大喝道：「好個歹毒禿驢，竟敢暗箭傷人，看俺也還敬你們一箭！」說著，舉起手上一箭，向人叢中遙遙擲去。

只聽哎呀一聲，一個高大賊目早已箭鏃貫顱，應聲而倒。一陣鼓噪狂呼，又復箭如飛蝗，向殿上攢射。要說王元超這副本領，平常碰著幾樣暗計，憑著眼尖手快的巧妙功夫，原可應付裕如。但是此時中了醉菩提歹毒的埋伏計，萬箭攢空，手無寸鐵。還有使彈弓的，用鋼鏢的，各種各樣的暗器，也夾在長箭硬弓裡面，滿天飛舞好不熱鬧，就是王元超長著千手千眼也是不易對付。

可是這位王元超得過高人傳授，畢竟不凡，在此生死呼吸之間，依然方寸不亂，神色泰然。而且不畏難逃避，只眼珠一轉，早已成竹在胸，這就應了平常練家子嘴上掛著的「眼尖手快還要膽穩」那句話了。這膽穩兩個字，是武術裡邊最要緊的基礎，也就是最難練到的一著，非要到了泰山崩臉色不變，麋鹿迅左目不瞬的地步，才稱得起膽穩兩個字。

（在下寫到此處，恰恰旁邊有位死心眼兒的朋友，對在下說道：照你這麼一說，在這危險萬分、間不容髮的時候，那位王元超卓立殿上，兀自從容不迫實行那膽穩兩字。這不是像一個傻子一般，做了擋箭牌，生生被這般無名小卒射成一個大刺蝟麼？哈哈！想不到被這位朋友愣頭愣腦一問，倒問在筋節上了。要知道武術家俗語所說膽穩兩字，就是儒家的氣質，佛家的禪功，也就是俗語所說的沉住氣。再總括一句，就是一個靜字。大凡沉不住氣的人，心中絕不得鎮靜的，遇上緊要關頭莫不手慌腳亂，不知如何是好。明明容易措置的一樁事，被他這樣一來，反而弄得大糟特糟，如這種情形，是常有見到的。如碰著器宇深沉，態度鎮靜的，無論遇情，都由靜生慧，由慧生悟，無論坐禪養氣，都從靜字入手。武術家所以要練到膽穩，也因膽能穩，心也能靜，心能靜就可抵隙蹈瑕，克敵致果了。古人所說，神君泰然，百體從令，也是這個意思。在下這一番的話，還是從最淺近的方面說來，倘然把膽穩兩字再進一步細細研究起來，其功用神妙，直可超凡入聖，不可思議的境界，幾千萬言，也講不盡這膽穩兩字的奧義哩。在下把膽穩兩字，略略一說，料得看官們定已一百個不痛快，要罵在下寫小說，寫離了經，百忙裡來了一小篇廢話。不然，在下寫小說注重的是理解，否則王元超立在殿角上，一看飛箭如蝗，早已施展俠客本領，一道白光破空而去。再不然吐納飛箭，望空一絞，饒是無數羽箭，早已枝枝折斷，掉在地上，也毋庸在下費許多心血絮言了。諸位若不信，請看下文。）

原來王元超在這緊要關頭，一看立的所在，離那掛著長幡的旗竿不遠，一伏身，腳尖在瓦脊一點，斜刺裡向旗竿縱去，姑先避開眾人的箭。但是佛地幡竿並不像普通竿，竿上附著四方巨斗，無非筆直一支沖天長竿，並無隱身之處。

好在王元超志不在此，待飛近幡竿。一提氣，趁勢兩手一扶竿木，像獼猴一般爬升竿頂。一到竿頂，雙足一翻，形如趺坐，騰出雙手，把掛幡繩索隨手拉斷，右手捏住幡頭，卻喜幡尾原是隨風飄颺，並無繩索繫住，立時勁氣內運，貫法臂腕，先把幡首向臂上急繞數匝，然後單臂向空一揮，就見七八丈長的一條長幡，竟像張牙舞爪的怒龍一般，夭矯天空，盤旋竿頂。一忽兒愈舞愈急，狂飆驟起，呼呼有聲，變成幾百道長虹，來回馳掣，幻化無端。到後來只見竿頂擁起萬朵白雲，一團亂絮，哪裡還有王元超的影子。

下面這般強徒看得目迷神亂，連醉菩提也自暗暗吃驚，只仗著人多勢眾，一味督率著眾嘍卒拚命放箭。哪知眾箭齊放，雖如密雨一般，無如到了竿頭相近，碰著布幡舞成的光圈，一枝枝激蕩開去，舞得一個風雨不透，休想傷他一根毫毛。

醉菩提暗暗著急，眼看箭要放盡，眉頭一皺，又生惡計，立刻向幾個頭目耳邊嘰喳幾句。幾個頭目點頭會意，各自丟了弓箭，拔出腰刀，舞起一片刀花，趨向竿底，不問皂白就向立竿樁木一陣亂砍。這時竿頂王元超一面把那布幡舞得點水不入，一面刻刻留神，看出射上來的箭已疏疏落落，不像起頭勢猛，正想預備溜下竿去。忽然瞥見醉菩提執著一枝純鋼禪杖，四面指揮，一忽兒見他向幾個凶漢耳語一回，就見這幾個凶漢揮刀向竿下奔來。早已胸中雪亮，不禁暗暗好笑，猛的雙足一鬆，順竿直溜而下。

還未及地，舞緊布卷，向地面呼呼來回一掃。這一掃宛如烏龍擺尾，怒象卷鼻，一陣激蕩之勢，竟把那砍木樁的幾個頭目卷入布幡，拋向遠處。這幾個頭目做夢也想不到這匹軟軟的布幡，有這麼大的力量，只跌得腰刀撒手，目青眼腫。剛自地上忍痛爬起，一看王元超已經雙腳著地，連人帶幡，舞成一個栲栳大圈，呼呼帶風的向醉菩提滾去。醉菩提一看不好，正想抖擻精神，提杖迎敵。

不料山門霹靂似的一聲大喝道：「俺來也！賊禿休得猖狂！」喝聲未絕，白光一閃，一人飛躍而進。醉菩提抬頭一望，看清來人正是黃九龍，嚇得心膽俱裂！顧不得這般嘍卒死活，急忙把禪杖向脅下一夾，雙足一跺，飛身跳上屋簷。王元超一看醉菩提逃走，也顧不得與黃九龍打招呼，一聲猛喝：「賊禿哪裡走！」接著把手上舞著的長幡，向殿上一拋，宛如一條飛龍，破壁飛去。醉菩提縱上殿簷，還未立穩，猛覺腦後有風，一回頭，只見那支長幡橫腰裹來。未及退身，趕忙用鐵杖向空掃去，意思想把長幡打落塵埃，再脫身逃走。哪知長幡憑空飛來，餘勢猶勁，被他一擊，正把手上禪杖密密裹住，這一挨延，王元超已飛身追上。醉菩提急中生智，把手上禪杖帶著布幡，向王元超劈面擲去。王元超看他急得連自己的禪杖都不要了，順手一接，哈哈大笑道：「奸惡的禿驢，看你還有鬼計沒有。」

醉菩提哪有功夫鬥口，趁王元超伸手接杖的當口，早已越過殿脊，拚命飛逃。王元超也嫌禪杖累贅，隨手向地下一擲，立時向後追去。不料這枝禪杖擲下去的時候，恰恰簷下有個頭目，正看得心驚膽戰，呆若木雞的立著，萬不防禍從天上來，那枝禪杖當頭蓋下，立時腦漿迸裂，死於非命。這時候殿前一般嘍卒，遇著黃九龍一踴而進，長劍揮處，好像滾湯老鼠，立時人頭滾滾，屍體狼藉。有幾個狡猾的拚命逃出山門，哪知山門口癡虎兒像凶神一般堵個正著，雖然手無寸鐵，雙臂齊揮，一次撈一個，向山門外遠遠拋去，一個個都墜入崖壁底下。不是碰著石上弄得腦漿迸裂，就是全身掛在杈椏枯幹上面，弄得穿腹刺胸，比死在劍下的還要淒慘。一時這般強徒掃蕩乾淨，偌大一座古剎，剩得黃九龍、癡虎兒兩人。那半天殘霞照著滿地橫屍，格外血光籠罩，遍地殷紅，赤城兩字真可謂名副其實了。

黃九龍一看嘍卒殺得一個不剩，自己覺得過於凶殘，未免有點後悔。抬頭一看大殿房脊上王元超同醉菩提無影無蹤，料得王元超已追上前去，足夠對付，無用幫忙，且向山門口招呼癡虎兒進來。癡虎兒聞聲趕至，一看甬道兩旁兵器拋了一地，斷腿折足，橫七豎八的盡是死屍，不覺闊嘴一咧，哈哈大笑。也把自己在山門口把逃去的嘍卒，一個個處死的情形，告訴一番。黃九龍聽得眉頭一皺，笑道：「你將來也是一個混世魔王，論起這般強徒，不知害過多少平善良民，總算死有餘辜！現在我們且向殿內搜查一番。」說畢，先自提劍向大殿走去。

癡虎兒跟在後面，一眼看見階旁一具屍體上面，橫著一枝粗逾兒臂，黑黝黝的禪杖，走過去，抬起來掂掂份量頗為稱手，就提在手上進大殿。一看佛龕前面橫著經桌，中間設著一把交椅，其餘什麼東西也沒有。記起從前住在庵內光景，大不相同，也不禁有點感慨。黃九龍看他癡癡的東張西望，知道他在追想昔時光景，笑道：「你還記得後來一般僧徒，把你趕走的情景嗎？」

癡虎兒道：「這個我倒不念舊惡，只覺得他們被這般強徒無故驅逐，反覺有點可憐了。」

黃九龍微微一笑，轉身向殿後走去，到各處細細找尋。你道他找尋什麼？他找的就是自己的那張小龍旗，同那冊內家秘笈。四處找了一陣，找到了醉菩提臥房，一眼瞥見床上枕旁邊擺著一個長方包袱，心中大喜！一彎身提起包袱，又看見紫紅色的旗角，露在枕頭底下，撥開枕頭，可不是自己的那張龍旗？心中這一份痛快，難以形容。先把龍旗揣在懷內，然後提起包袱，走到窗前一張桌子上，急急解開一看，頓時目瞪口呆，做聲不得。心想這是什麼緣故，要說醉菩提預先把匣內秘笈拿去，藏在身邊逃走，何必還要弄些玄虛？故意把許多素紙裝在匣內呢？這樣看起來，這冊秘笈恐怕其中尚有別情。正這樣猜想，忽聽門外王元超同癡虎兒說話聲音，趕緊大聲喊道：「五弟快來，我在此地。」

王元超應聲而入，見黃九龍瞪著目看那桌上一個書匣，匣旁滿攤著一張張素紙，趨前一看，匣上題著內家秘笈四字，匣內卻是空無所有。急問黃九龍道：「三師兄得著那冊秘笈了嗎？」

黃九龍恨恨道：「我們白來一趟了，我正覺得奇怪呢。」接著把自己搜尋那張小龍旗，同這個書匣內塞著許多白紙的情形一說。

王元超把這書匣翻覆一看，又摸著下頷思索一回，忽然仰面微笑，不住點頭，笑道：「賊禿話倒不假，果然白歡喜了一場，可是我們倒並不算空跑一趟，也許還有合浦珠還的希望呢。」說罷，兀自笑容滿面，喜溢眉宇。

黃九龍看他這個情形，猜不透是何意思，問王元超道：「五弟說的話我有點不解，究竟是怎樣一回事呢？」

王元超笑道：「哪賊禿落荒逃走，我追上殿頂，他又接連幾躍，逃出庵外。那知他跳落庵外圍牆，並無下山道路。這座赤城山四面都是一層層的峭壁，好像方方正正的一顆官印，只有庵前有曲折盤旋的下山道路。醉菩提一看峭壁下臨無地，沒法下去，只有翻身繞向庵前。此時我已追到，他一翻身恰好同我覿面相逢。他一看我堵住去路，無法脫身，我以為困獸猶鬥，他必定同我拚命相搏。

「哪知這賊禿真有一副鬼張致，反而態度從容，一團和氣，朝我連連相商，笑嘻嘻說道：『王施主，咱們素日無怨，近日無仇，無非為得那冊秘笈，所以施主們苦苦追逼。但是小僧也是被人所差，身不由己，這個姑且不說。倘然小僧真個得到秘笈，此刻帶書逃走，施主們責問小僧，小僧也死而無怨。但是小僧也未得著真書，只帶回來一匣素紙，白歡喜了一場，想必已有能人在小僧之前得著秘笈，遠走高飛，故意把許多白紙裝在匣內。這應怪小僧做事粗心，在鐵佛寺取到秘笈不及細看，就冒冒失失拿回來了，因此連累施主們遠道到此，弄得小僧有嘴難說。王施主不要以為小僧滿嘴說謊，只圖脫身，小僧說的確係千真萬確。王施主如或不信，小僧此時解開衣服，任施主搜檢，那冊書有沒有帶在身上。』

「說著果然解開大小衣服，敞露胸膛，叫我搜檢。我被他這麼一來，倒不忍下毒手了，而且留神一看，果然身上沒有帶著東西。但是我依然不肯放鬆，冷笑一聲，對他說道：『誰信你的鬼話？今天你不交出那冊秘笈同一張尖角龍旗，休想過去。你如不服，咱們就較量較量，倘然你本領勝過我，那冊秘笈同那張龍旗我絕不過問。』

「醉菩提一聽我的決絕口吻，急得指天指地，賭誓罰咒。我看他這種撒賴行為，真是無恥之尤，倒有點不屑同他較量。一想他這副極形極狀，也許所說是真，當時忽然想起一樁事，問他道：『你既然得不到那冊秘笈，怎麼你知道藏秘笈的地方呢？』

「他說無意中在宿店遇著兩個青年女子，恰巧住在間壁，從兩個女子口中竊聽來的。我聽他說到此處，同我的心事暗合，倒有點相信了。又想他身上沒有帶著東西，就算當面說謊，那冊秘笈同龍旗，必定尚在庵內。我就用言語諄誡一番，押著他從庵後繞到庵前，眼看他下山去遠，方始回進庵來。此刻一見那只空書匣，直覺這賊禿話倒不假。至於這冊書的去向，據小弟猜想，尚有水落石出之日，也許不久就會發現呢。」

黃九龍笑道：「五弟究竟是個讀書人本色，處處行那忠恕之道，竟自輕輕把那賊禿放走了。如碰在我手上，愈是這種無恥的人，愈休想活命。事已過去，現且不去提他。五弟說的那冊秘笈不久就會發現，難道五弟已知道書的蹤跡了麼？」

王元超笑道：「現在我也不敢確定，不過據我猜想，醉菩提能夠尋到秘笈所在，完全從宿店裡兩個女客口中得來的，這兩個女客能夠知道秘笈所在，當然不是尋常人物。而且算計時日地點同四師兄說的兩個女子，似乎大有關係。雖然醉菩提茫然無知，也沒有對我說出兩女子其餘的話，照我猜想，恐怕這冊書已入兩女之手，也未可知。」

黃九龍接著說道：「被你一提，果然有點意思。」（此時王元超的一番話，無非借著醉菩提口中所說的話，從表面上解說一番。其實他因為肚子裡另有一番印證，才流露出上面幾句話來，不過這段隱情，他暫時不願說出來，只拿醉菩提的話來掩飾罷了。這段隱情，讀者看過上文，就可明白，毋庸在下代為表白。）

王元超又向黃九龍問道：「三師兄同癡虎兒在對山與金毛犼究竟怎麼解決的呢？」

黃九龍方要答話，癡虎兒一腳跨入，一手拿著一枝燭台，點著明晃晃的紅蠟，一手托著一大盤熱氣騰騰的燒牛肉，脅下又夾著一桶白米飯。黃九龍一看哈哈大笑：「居然被你找到這許多可口的東西，來來來，天時已黑下來，肚子正有點稍告消乏，五弟快來吃一個暢飽再說。」

癡虎兒身子一低，將燭台放在桌上，然後把菜盤飯桶一樣樣布置妥貼，轉身又走了出去。黃九龍喊道：「不要去了，你多年沒有吃過整餐的飯，一塊兒吃一點吧。」

癡虎兒回身過來闊嘴一咧，大笑道：「這般強徒真會享用，廚房裡現趁著煮爛的牛羊肉，還真不少呢。單是白米飯滿滿的煮著一大鐵鍋，不吃是白糟塌，我們樂得享用。再說沒有碗箸也不好受用，我去去就來。」說罷又轉身三步並作兩步的走了。

一忽兒，又搬進許多菜飯來，又添上一枝燭台，又分布好了酒杯碗箸之類，提起一把大號點錫的酒壺，向黃九龍、王元超斟了一巡，自己也滿滿的酌了一大碗，一言不發，先立在桌邊捧起滿滿的一碗酒，就口嘓嘓幾聲，立刻海乾河淨。也不照顧黃王二人，先這樣來了三大碗，然後把海碗盛了滿滿一碗飯，像風吹殘雲一般，夾著大塊牛肉向嘴亂送。一些時十幾碗飯落肚，兀自低

第十二章

頭狼吞虎咽，吃得滿嘴生香，只把黃王二人看得呆了。

黃九龍把拇指一翹，大聲道：「真是一個好漢，不愧癡虎兒三字。」

癡虎兒滿不理會，一陣吃畢，脖子一挺，把手向自己肚皮一拍道：「過了這許多年，今天才對得起肚皮。咦，怎麼你們兩位還不動手呢？」

王元超看他這副神氣，不禁嗤的一聲笑了起來，對他說道：「你吃飽了飯，我請你做一點事。我從山門進來，看見大殿前面滿是強盜的屍首，實在有點不雅，我看見庵後峭壁下面似乎是個偏僻的深潭，請你把前面屍首都拉下深潭去，免得將來被人看見。」

黃九龍道：「也只可如此辦理，就請你費力吧。」

癡虎兒一點頭，就匆匆自去。這時兩人才彼此就座，淺斟低酌起來。

黃九龍道：「你在對山同咱們分手以後，不久金毛犼率領一般嘍卒搶上山來，表面看去金毛犼似乎雄武赳赳，誰知稀鬆平常，賞他一劍，就此了結。可是待那般嘍卒，實在想不出好主意，後來把他們堵在老虎窩面前，一個個丟了手上軍器，叩頭求饒，就叫癡虎兒把他們腰巾、綁腿布解下來，捆住手足，免得逃回去通風，再費手腳。讓他們受罪一夜，明天再去發放他們。倒是我們老師的諭言，有點費解，或許你看得懂也未可知。」說罷，從懷內掏出一張柬帖來，擱在王元超面前。

王元超一看柬帖上寫著：

「彌勒笑　菩提泣　得無喜　失毋戚　鳳來儀　虎生翼　締同心　非仇敵　證前因　三生石」三十個字。

其中「鳳來儀」、「締同心」、「三生石」幾句話，彷彿銜著自己說的，好像老師親眼看到翠壁峰下的豔遇一般，不覺面上烘的起了紅霞，趕忙把面前一碗酒放在嘴邊，如鯨吸長川一般接連喝了幾口。然後借酒遮面微笑道：「這幾句話大約又是老師先天易數參悟出來的了。這柬帖上面四句當然說的是那冊秘笈，看起來那冊秘笈真還有完璧歸來的希望呢。所說虎生翼一句話，也當然指的是癡虎兒跟著三師兄回到太湖，就像如虎生翼一般。其餘幾句話，恐怕是未來的事，卻無跡象可尋，如何能夠猜想得出來，只可留為後驗的了。」他這幾句浮光掠影的話，無非在黃九龍面前不好意思說出自己心中的一段隱事，把這幾句話輕輕掩飾過去。

不料黃九龍忽然自作聰明，把手上的酒碗一停，指著柬帖：「鳳來儀三字，據我想，有點鬧著女人的意思，或者老師指著到太湖去的兩女子說的。兩女之中，或者有芳名嵌著鳳字的。但是下面又說到締同心，三生石字樣，難道其中還有一段風流姻緣麼？」

此話一出，好像在王元超心裡刺了一刀，弄得他不知所對。囁嚅之間，黃九龍一看王元超面孔徹耳通紅，認為他酒已過量，把酒壺向桌邊一推，對王元超道：「五弟醉了，我們吃飯吧。」

王元超乘機連連點頭，自己一摸腮幫，覺得熱烘烘，笑道：「強徒們不知哪裡搶來的陳年佳釀，後勁真是不小。」說話之間，彼此就胡亂吃了幾碗飯。飯後兩人又在庵內四處踏勘了一回，又走到金毛犼房間內，點起燈燭，搜出許多金銀財物來。

王元超道：「此刻我們為太湖餉源起見，說不上盜竊兩字，可以歸束起來，起身時可以攜走。」

黃九龍道：「金銀我倒並不注意，此地長短軍器倒不在少數，可惜沒有法子攜走。」

王元超道：「我想暫時把庵內軍器歸束起來，藏在對山的虎窩去，將來看機會再設法搬運，也是一樣。」

黃九龍道，「這樣辦也好。」兩人就把房中金銀財物分裝兩包，擱在桌上，就在房內閒坐談心。一忽兒癡虎兒到了房內，對兩人道：「前面眾強徒屍首已統統投入深潭，滿地棄的刀槍弓箭和無數暗器，我也堆在殿角那裡了。」

黃九龍道：「很好，你也累了，可以尋找一個地方，舒舒服服的睡他一夜，明天一早你就隨我們到太湖去，我們老師留下柬帖內的話，經我們這五位師弟看明白，老師指明叫你跟我們同到太湖，此後你同我們是一家人，將來老師也要你仍舊見得著那位神仙哩。」癡虎兒聽得非常滿意，滿嘴答應，就退出身去自己找睡覺地方去了。

王元超目送癡虎兒退去以後，笑道：「此君習而未學，同高潛蛟一樣，不過自幼在虎窩長大，天生異稟，學起武藝來，事半功倍，似乎比高潛蛟要勝一籌。」

黃九龍道：「凡事都有個緣分，我初見他，心裡就非常愛惜，沒有師父一層關係，我也要邀他同回太湖去的。」

王元超道：「我初見高潛蛟的時候，何嘗不是這樣？其中也說不出所以然的道理來，大約本人原有一種可愛之處，偶被識者所賞，就像琥珀拾芥，磁石吸針一般。話雖如此，一半也是造物安排定當。比如我們因為那冊書跟蹤到此，料得這冊秘笈定在醉菩提手上，已可十拿九穩，哪知醉菩提先自來了一場空歡喜，我們也隨著來了一個白辛苦。照眼前講，我們雖然白辛苦一場，比那賊禿畢竟還有希望，不過以後的事，究竟沒有把握。既然能夠得而復失，也能夠失而復得，是得是失，誰也看不到底，所以天下萬事，差不多都在得失兩字上翻斛斗，變花樣，無窮無盡的一幕幕推演下去。其中所以然，誰也說不出一個透徹的道理來，只可以說一句造物的安排了。」

黃九龍笑道：「我的見解與你就大不相同，不管他天公安排得如何，命運造成得如何，我只抱定人定勝天，憑著一股勇氣向前走去。」

王元超道：「三師兄這番見解，其中也有極大的道理，千古英雄，做出掀天覆地泣鬼驚魂的事業，就憑著這股勇氣做成的，倘然一味委運認命，如何做得出大事業來？至於是成是敗，又是另外的問題。不過古人有從權達變、因時制宜的話，有時也要徹底審慎一番，也不能只憑一股勇氣做事的了。」

黃九龍又笑道：「我們不談這些空話，目前就有一個難題委實有點難以解決。你想我們現在把庵內賊寇趕盡殺絕，明天我們甩手一走，偌大一座古剎，就要委諸榛莽了，倘然惶懼後來仍被其他海寇占據，不如一把火燒他一個精光。但是這種因噎廢食的舉動，我有點不大贊成，你看有好法子沒有？」

王元超道：「這又何難？我們明天回到太湖，寫封信通知四師兄叫他就近處理便了。想他身邊僧侶很多，定可派幾個人來暫行管理，也是一件功德事，他一定喜歡承攬的。」

黃九龍突然雙手一拍，哈哈大笑道：「這樣辦最穩妥不過，怎麼我會想不起來？看起來運籌帷幄，還是讓老弟。這一次同愚兄到太湖，務請老弟代我多多策劃一下。」

王元超笑道：「老實說，我們同大師兄一比，哪裡談得到運籌帷幄？不要說大師兄滿腹經綸，天下奇才，又得老師傳授奇門戰策，我們固然望塵莫及，就是二師兄也是深藏莫測，文武全才，千萬人中也難得挑選出一個來的。太湖內一切布置已經大師兄安排過，我們只要遵照他的規模去做，絕不會錯的。」

黃九龍道：「說也奇怪，我初到太湖東查西查，忙得不亦樂乎，沒有師父指點，真有點不大好辦。不料大師兄一到，略一巡視，就頭頭是道，口講指劃，一時把我的茅塞開通。料一樁事，看一個人，無論路遠路近，事大事小，坐在屋內，好像親眼目擊一般，真可以說料事如神。同一個人，怎麼我們就沒有這種能耐，也只可說造物注定的了。」

兩個人正在信口開河談得起勁，忽然窗外一陣微風吹來，屋內燭光亂晃，倏明倏暗。黃九龍坐在床沿，離窗較遠，恰正對窗戶，王元超坐在窗口，卻靠窗背坐。風起時，兩人都說這陣風有點奇怪，可是燭影亂晃，弄得眼花繚亂，一時也覺不出異樣來。一時又風定燭明，眼光聚攏，屋內依然如故。黃九龍偶然一眼看見王元超膝上，兜著一張粉紅色的雪濤箋，不覺詫異起來，指著箋道：「咦？這是什麼東西？」

王元超順著他指頭低頭一看，果然自己雙膝並攏處，兜著一張詩箋，趕忙執在手中一看。上面寫著幾行簪花小字，秀逸絕倫，一望便知是女子寫的。王元超一看是女子寫的字，尚未看清寫些什麼，心中頓時突突亂跳，強自鎮定，從頭仔細一看，原來寫著：

「翠壁峰下，無意邂逅，洵亦奇緣。愚姊妹知奸禿設伏待君，深為君危。及親見匹練如虹，賊寇喪膽，方驚學有家數，畢竟不凡。欽佩之餘，毋勞越俎，惟有袖手作壁上觀耳。對山群囚，冥頑可憫，已代為儆誡釋放，網開一面，君等當亦不以為忤。倚鞍留別，聊貢數行，屈指數日後，當拜謁於太湖之濱以求教益也。石上留言，不期觸君之怒，蹴而沉諸澗中，實百思不得其解，敢質一言以啟蓬衷之幸。一笑！雲中雙鳳小啟。」

王元超不看猶可，這一看又驚又喜又羞又惱。驚的是這兩個可喜姑娘飛行絕跡，來去自如，喜的是武藝既絕，文字尤高，羞的是翠壁峰下一段隱事，毫不客氣的寫在上面，惱的是蹴石投澗的一番無聊舉動，都被她們暗中看去。將來當面一問，人家原是一番好意，叫人如何回答？尤其是起初沒有把這樁事告訴三師兄，此刻明明寫在箋上，雖然三師兄文學不大高明，未必看得澈透，終覺於心有愧。這幾層意思，在心上七上八落忐忑不定，攪得他不知所措。

對面坐著的黃九龍，看他手上拿著那張詩箋，兩隻眼盯在箋上，許久沒有聲響，好像失神落魄一般，大為詫異。立起身走過去一看，箋上幾行字卻有點似解非解。舉手一拍王元超肩膀道：「五弟，你看這張箋來得多麼古怪。雲中雙鳳是誰呢？」

王元超被他肩上一拍，悚然一驚，把手上那張詩箋向黃九龍一揚道：「師兄，這張箋來得古怪。」

黃九龍哈哈大笑道：「五弟今天怎麼這樣顛倒？我已看了一個大概，正問你哩。」王元超全神貫注在箋上，黃九龍走近身問他，始終迷迷糊糊沒有入耳，此時被黃九龍一反問，回過味來，益發忸怩不安。

黃九龍看那箋上幾句話，雖不能完全了解，大意是能會意的，覺得王元超神色有異，略一思索也自瞧料幾分，暗自微笑，也不詳細深究，只微微笑道：「五弟看了這張突然而來的信箋，想必想自己研究一番，據我想此刻一陣微風就送來了一張詩箋，我們兩人竟會不覺得有人進來，這位送箋人的輕身功夫，著實可以。我看箋上寫的幾句話，字既秀麗，文亦不俗。按照信內口吻字跡，定是個女子，也許就是龍湫師弟說的那話兒了。」

王元超此時被黃九龍一拍，已攝定心神，趕快接口道：「三師兄說的不錯，定是那話兒。師父柬帖不是寫著鳳來儀的話頭嗎？恐怕就應在這雲中雙鳳身上了。可是箋上的語氣，似乎我們今天的舉動，她們在暗地裡看得非常清楚，臨走又特意露了一手絕藝，而且還能酸溜溜的掉幾句文。巾幗中有此好身手，確也難得，不過憑兩個女子單身闖蕩江湖，總覺不大相宜，師兄你看怎麼樣？」

黃九龍一面點頭，一面肚裡暗暗好笑，心想她們露這一手，特意露給你看的，不然怎麼那張粉紅箋偏會掉在你的身上呢？將來在太湖會面，定有一場好戲，恐怕還要我居中來成全呢。肚裡想了一陣，嘴上隨口答應。

王元超見他不深究箋上露出的馬腳，暗稱僥倖，也就神色自然的笑道：「那兩個還把對山捆著的強徒代為釋放哩！此時那兩個女子定已向太湖進發，我們此地事已了結，也可早點安息，明天一早回去好了。」

黃九龍忍住笑不住點頭。於是兩人就在庵內安睡一宵。第二天王元超有事在心，黎明即起，到醉菩提住過的房間，一看黃九龍兀自鼾睡如雷，不好意思促他下床，又反身去找癡虎兒。誰知各處一找，哪有癡虎兒的蹤影？不禁奇怪起來，又回到黃九龍房內，故意放重腳步，咳嗽幾聲。黃九龍聞聲驚醒，睜眼一看，王元超已立在窗口，遠看山中曉景，笑道：「五弟起得怎早，想是夜來沒得好睡。」王元超心虛不敢回答，只說癡虎兒不知到何處去了，走遍庵內竟找不著他。

黃九龍整衣下床，一面對王元超道：「也許他捨不得虎窩，到對山再去流連一番，也未可知。」正在彼此閒話，忽聽得庵後幾聲馬嘶，黃九龍愕然道：「似乎強徒們還養著馬呢，聽去不只一二匹牲口。這倒好，我們有了代步，免得兩腿費事了。」

王元超笑道：「要說快，我們兩條腿比四條腿還要快好幾倍，不過此番帶著癡虎兒，倒是騎馬便當。我們到廄中看看去，究竟有幾隻牲口？一夜沒有人餵食牠們，也許餓得消瘦了。」

說罷，匆匆走出房門，找到庵後，果然幾間破屋，拴著五匹高頭大馬，倒也神駿非凡，一旁還放著好幾副鞍鐙，馬見人到，頓時昂首長嘶，好像索討草料一般。

王元超先到別間屋內尋著了幾捆馬草料，拿過來放在槽內，又提了幾桶水一齊傾在槽中，忙碌一陣，五匹馬已被他收拾得服服貼貼。配好鞍鐙，一齊牽到大殿前面，繫在山門柵欄上候用。安頓定當，抬頭一看，遠處山坳內一輪紅日，尚只露出半面，峰巒中雲氣勃勃，山鳥啁啁，一派朝氣，滌人胸魄，不覺信步走出山門。四面一看，霜凝風峭，煙嵐四合，再望翠壁峰頭，只露峰尖，高矗蒼穹，峰腰以外，曉霧重煙，茫茫莫辨。忽見離身不遠的上山磴道上隱隱走上一個人來，因山霧濃厚，看不清是誰。漸走漸近，才知就是癡虎兒，手上還夾著一張花紋斑斕的獸皮。

癡虎兒一看王元超臨崖獨立，就走攏身來。王元超一看他面上淚痕縱橫，眼圈紅腫，奇怪的問道：「好好的哭什麼？」

癡虎兒禁不得這一問，竟像小孩一般大嘴一撇，又自抽抽咽咽哭了起來，且哭且說道：「我今天同你們去，我老娘又淒淒清清的把她撇下了，不知何年何月再能到對山去看望我老娘的墳墓哩。」

王元超一聽這話，立時肅然起敬，朝癡虎兒兜頭一揖。這一揖倒把癡虎兒嚇傻了，連連後退，結結巴巴的說道：「這是幹什麼？算什麼意思？」

王元超道：「萬不料你這不識字不讀書的人，倒具有這樣純孝的天性，真真愧煞天下多少讀書人，我焉得不敬而揖之。怪不得我老師賞識你，難得難得！」

這幾句話，癡虎兒聽得愕然不解，把手向臉上一抹，抹淨眼淚，睜開環眼，愣頭愣腦的問道：「你說的話我真有點不懂，聽你的口氣，好像識字讀書的人才應該孝敬父母，不識字沒讀書的人，難道不應該嗎？」

王元超不提防他這樣一誤解，倒鑽到牛角尖裡去了，哈哈大笑道：「誰說不應該？不過讀書識字的人，越發應該孝敬父母罷了。」

癡虎兒這才恍裡鑽出大悟來。王元超也不再和他多話，拉著他的手回進山門。一看有兩匹馬上分馱著幾個大包袱，知道他三師兄把昨晚拾奪的貴重東西，擺在馬上，預備帶回太湖的。

癡虎兒昨天到過庵後，認識這幾匹馬是強徒留下的，順手把夾著的獸皮也撩在馬上，邊走邊對王元超道：「我們騎牲口走嗎？」

王元超點頭示意，說話之間，已越過大殿，走進黃九龍的房內。一看人已出去，兩人四面一尋，原來正在廚房內燒水煮飯呢。一見兩人進來笑道：「你們快來幫忙，吃飽好走路，我一個真有點弄不上來。」

癡虎兒道：「我來，我小時在這兒幹過這個。」說罷，就鑽入灶下燒起火來。

黃九龍問道：「你一個到對山幹了些什麼事？」癡虎兒正要答言，王元超已接口說出在山門口見著他的情形來。

黃九龍一聽，立刻面孔一正，趨向癡虎兒很親熱的握著他的手道：「兄弟，我佩服你，我們敬重的就是你這種人。我們學能耐，做好漢，打不平，也為的是天下不忠不孝的人太多，想幹出點有血性的事業，使普天下有血性能忠孝的人出口氣。兄弟，你是個好漢子，從此跟著愚兄走，絕不叫你吃半點虧。」

癡虎兒被黃九龍親親熱熱的一說，格外感人骨髓，只睜著大眼，含著兩泡眼淚呆看著他們。這種愣頭愣腦的樣子，雖然一語不發，倒是至性流露的表示，黃九龍、王元超大為感動。此時三人面上各有不同的表情，都默默相對無言，只六隻眼珠，你看我，我看你的看了一回。其實這種不落言詮的境界，倒是難能可貴，在這一剎那間，也就是天地太和之氣最充滿的時間，普天下能把那一剎那延長永久，就可以走入天下為公的地步了。

第十三章　似曾相識

且說三人等到黃粱炊熟，飽餐一頓以後，又到庵內各處看了一遍，把門戶重重掩閉，又把廚房內火種消滅，免得遺留禍患，諸事停當，一齊走到山門，順手牽出牲口，黃九龍重又翻身進去，把山門從內關好，然後跳出牆來。一人牽了一匹馬，兩匹馱包袱的馬也帶在後面，慢慢的走下山來。順著山道又渡過好幾重山嶺，才走入平坦官道。三人一齊踏鐙上鞍，正想加鞭馳驟，黃九龍在馬上忽然記起一事，喊聲不好，還得回去。王元超笑道：「回去幹什麼？」

黃九龍道：「虎窩洞口困著的嘍卒，雖然雲中雙鳳箋上說已代為釋放，我總不大放心，似乎要親眼探看一下才對。」

癡虎兒大笑道：「我哭老娘哭昏，把這事忘記，沒有告訴你。你可以不必回去了，早晨我到虎窩去，只看見一地兵器，嘍卒一個也不見，心想非常奇怪。我把地上的刀槍收在洞內就回到庵來，竟忘記提起這事了。」

黃九龍笑道：「這樣一說，箋上說的不假。」

癡虎兒道：「究竟怎麼一回事？」

王元超笑道：「到家再說。」言畢先自揚鞭跑去。

黃九龍知道癡虎兒騎馬還是初次，讓他居中，自己帶著後面兩匹馬隨後，一路風塵滾滾，三人五馬向前馳去。這樣曉行夜宿，幾天工夫已到鄰近太湖的長興縣，因天色已晚，就在城外宿店耽擱。次日清早，三人出店，直向太湖進發。一路行來，三人在馬上談談笑笑，倒不覺寂寞。尤其癡虎兒初入塵世，坐在馬上，東張西望，兩隻眼珠真有點忙不過來。

這天知道已近太湖，格外神采飛揚，出了店門，仍由黃九龍領頭走去。將到太湖湖邊，在馬上一望，無邊綠水，天地相接，東西兩面，隱隱峰巒層疊，排列如屏。王元超大聲喝起采來，道：「好個所在！」

黃九龍笑道：「且慢喝采，還遠著哩。」說罷向沿湖的林內絕塵而馳。兩人也加鞭趕去。道旁的樹林茅屋，像風摧雲移一般，望後倒去，一程飛馳，已看清湖頭山腳。這時紅日初出，村雞喔喔四啼，積霜在樹，野霧蒙江，三人據鞍緩行。江邊一帶蘆葦最多，沿湖滿是漁戶，業已整理漁網，紛棹扁舟，向湖心搖去。王元超看得大樂，笑道：「即此已是桃源，我樂不思蜀矣。」

黃九龍笑道：「我是老粗，不會掉文，但是聽人說過，桃源是仙境，天台亦是仙境，不過天台有天仙美女，仙境中美女也缺少不得。我想天下的人，願意入天台的多，入桃源的少。五弟你看我這話對麼？」

王元超一聽此語，陡然觸起心事，不覺脫口而出道：「桃源中豈無佳人？何必一定天台呢？」

說話間，恰走上一條板橋，黃九龍低頭一看，忽然把韁一收，勒住馬不進，說道：「咦？奇怪，五弟你看，你說桃源中也有佳人，果然不錯。」說罷，右手上馬鞭連連向橋上直指。

王元超把馬一帶，越過癡虎兒，趕近一看，原來板橋上鋪著薄薄的一層清霜，霜上印著幾對三寸弓鞋，尖瘦如削。看罷，笑道：「女子鞋印也是尋常，此地沿湖定多漁家婦女，怎能夠便說是位佳人呢？」

黃九龍大笑道：「說起此地女子，倒也不少，不論老幼妍媸，都能夠撒網打漁，划船掄槳。可是裙下雙鉤，都是蓮船盈尺、癡肥如鴨，要找這樣的弓鞋，實在有點不易。說起來這橋上弓鞋，可算得稀奇之寶，真還有點奇怪哩。」

王元超經他一提，觸動靈機，想起翠壁峰下遇著的兩女子，大約已經先到。這橋上鞋印，細看去明明兩對蓮瓣，也許那兩女就在此處漁戶家中寄宿。這樣一研究，低俯著頭，據著鞍，詳細賞鑒，口中低吟道：「雞聲茅店月，鳳跡板橋霜。」把這兩句古詩，只改了一個鳳字，居然切時切景，比原句還要對得工整，不覺得意非凡，只管把這兩句詩顛倒的吟哦起來，惹得黃九龍、癡虎兒兩人在馬上一先一後，看得他暗笑不止。

黃九龍忍住笑，暗暗把馬韁向王元超馬後一撩。那匹馬驟然一驚，以為乘主發鞭催走，把頭一昂，跑過板橋，向前馳去！王元超猛不防坐下的馬，不守羈勒起來，幾乎跌下馬來，恨得揮鞭亂擊。可憐那匹馬何曾懂得主人的意思，還以為主人嫌牠跑得不快，飛也似的盡力奔向前程。只把後面黃九龍、癡虎兒在馬上笑得打跺，也自催馬趕來。

那王元超一陣馳驟，又走了好幾里路。向前一看，路已走盡，並不直通山道，中間還隔著一片汪洋，約有十幾丈寬的湖面。兩岸臨湖地方，都蓋有一座絕大茅亭，對岸茅亭底下，縱橫繫著好幾隻極大的渡船，卻不見一個人影。王元超一看有船沒有人，如何渡得過去？姑且走到茅亭，翻身下鞍，回頭一看，三師兄同癡虎兒已接縱飛馳而來。只聽得三師兄邊跑邊在口上打哨子，接著水音，其聲銳峭。

一忽兒，只見對岸山腳樹林內，遠遠跑出十幾個人來。一色短襟窄袖，手上都拿著一支槳，飛跑到湖岸，在茅亭前面一字排開。恰好黃九龍等也跑到王元超立的地方，癡虎兒早已跳下馬來，黃九龍卻不下馬，只見他伸手朝著對岸排立著的人一指，又朝上朝下接連幾指。就見對岸十幾個人把手上的木槳，齊齊向天上一舉，然後紛紛跳下渡船，運槳如飛，向這岸划來。一共來了三隻渡船，一會兒一齊靠岸，先向岸上樁木繫住船隻，一齊跳上岸，向黃九龍單膝點地，恭聽指揮。

黃九龍一揮手跳下馬來，指點五匹馬叫這般人牽上渡船，然後領著王元超、癡虎兒撿了一隻乾淨的渡船一齊渡了過去。到了對岸，攏船上岸，黃九龍當先領路，王元超、癡虎兒居中，十幾個管渡船的湖勇，牽著五匹馬跟在後頭。
王元超緊跟著黃九龍穿過一座松林，只見靠山腳蓋著幾間茅屋，想必是那幾個湖勇駐紮之所。黃九龍回身對後面幾個湖勇吩咐道：「你們仍在此地看守渡船，不准擅離汛地，幾匹牲口我們自會帶進山去。」那幾個湖勇諾諾而退。
王元超、癡虎兒就接手把馬韁帶住，黃九龍自己也牽了原騎的那匹馬，對王元超道：「五弟，由此到我們堡內，還有二十幾里路程，山道雖然曲折，尚未容騎，我們上馬代步吧。」說罷，先自躍上馬背，向山腳轉去。
王元超、癡虎兒也揚鞭逶迤行來。只見四周千岩競秀，列嶂雲封，翠柏迎風，丹楓耀日，亦瑰麗，亦冶蕩，同赤城翠壁一比，又自不同，似乎此處靈秀所鍾，別有奇趣。這樣越過好幾重岫嶺，忽然天地開朗，一望坦平，阡陌交通，田疇棋布，農歌四起，有不少農夫正在彎腰割收晚稻，一見三人五馬跑下嶺來，個個抬身凝望。
黃九龍走上中間一條平坦的田塍，就緩轡而行。那田間工作的農夫，認清馬上為首的這個人就是堡主，立時不約而同的跑到黃九龍馬前，躬身唱諾，歡呼道：「堡主今天才回來，後面還有貴客同來哩。」
黃九龍在馬上連連含笑點頭，一見人叢中有幾個年老長鬚的，立時翻身下馬，趨前執手問好。那幾個年老的笑道，「今年靠堡主洪福，晚稻比往年豐收了好幾倍，而且不少雙穗的。」邊

說邊把手中稻穗舉著，請黃九龍過目。

黃九龍接過一看，果然一莖雙穗，而且粒粒飽滿，也自歡喜非凡。回頭對王元超道：「五弟你看這雙穗嘉禾，倒也算一個小小祥瑞呢。」此時王元超也跳下馬來。黃九龍指著王元超對那年老的農夫說道：「這是我的五弟，文武全才，我特意請來幫我辦事的。」

幾個農夫聽說是堡主的師弟，也一齊致敬，黃九龍笑說：「諸位不要耽誤農事，我們暫且別過，改日再與諸父老痛飲。」幾個年老的也說道：「堡主一路辛苦，我們不要只管囉嗦。」說罷，唱喏而退，率領著許多農夫又回田間分頭工作。

黃九龍哈哈大笑，向王元超道：「鐵臂神鰲占據此地的時候，恐怕沒有這種太平景象。」

王元超道：「這番景象，何異桃源，三師兄到此不久，就能上下融合如此，實在欽佩之至。」

黃九龍大笑道：「你且不要誇讚，你也要幫我費點精神才對哩。」兩人一笑，又復踏鐙上鞍。忽聽後面癡虎兒笑道：「此地我好像從前到過一般，又似乎在夢裡見過的，這是什麼緣故呢？」

王元超笑道：「這就叫緣法。」癡虎兒不懂，正想再問，前面兩人已經得得行去，

這一條田塍足足有兩里路長，兩旁田畝，何止千頃。三人走完了這條路，前面桑麻成林，間著丹楓翠柏，別饒野趣。穿過桑林，溪澗如帶，圍繞著一族族村莊。莊內炊煙縷縷，酒旗飄揚，

牧童叱犢聲，村婦紡車聲，雞鳴犬吠，聲聲入耳，又是一番景象。村莊盡處，又是筆直一條長街，兩旁店鋪林立，百物俱備，居然也成小小的一座市鎮。無論老少男婦一見黃九龍飛馬馳過，無不齊聲唱喏，恭恭敬敬叫一聲堡主。

一些時村市走盡，馬前奇峰陡起，卻見雙峰並峙，形如門戶，中間砌著一座豹皮石壘成的高樓，不下五六丈高，樓上豎著一面杏黃色大旗，中間寫著「太湖義勇」四個大字，隨風舒卷，獵獵有聲，倒也氣概雄壯。碉樓上鵠立著四五個挎刀執矛的湖勇，一見堡主到來，紛紛下碉堡，把兩扇木柵門推開。

黃九龍馬上略一頷首，領著王元超、癡虎兒飛馳而過。一進這座碉樓，兩面都是兩人抱不動的巨松古木，中間闢出一條坦道，走了不遠，山形又合，又是一座碉壘，與頭一重一式一樣。這樣過了三重碉壘，地形一重比一重高。進了第三道碉壘，地勢頓闊，形似圍場，圍場四周，瓦屋鱗次櫛比，不下數千餘間，卻靜悄悄絕無人聲。

過了這片圍場，迎面大廈巍然高築，卻是依山建築。後面房屋一層比一層高，遠望過去，好像層樓疊閣，氣象萬千。大廈面前擋著一堵大照壁，三人騎馬轉過照壁，顯出一條鵝卵石砌成的甬道，甬道盡處，有幾顆大龍爪槐，分左右排列著。樹後一帶虎石砌成的短牆，中間兩扇黑漆大門，上面也有門樓，樓角豎著一支衝天旗杆，杆上掛著黃底黑字的旗幟。

三人未到門前，門內噹噹幾聲鐘響，擁出許多雄赳赳氣昂昂的湖勇，一列青布包頭，短襟窄袖，懷抱明晃晃的短柄大砍刀，步趨如風，向龍爪槐底下雁翅般排開。幾個頭目也是一色勁裝，立在隊前。又趨出幾個衣冠整齊文士裝束的人來，一齊遠遠躬身迎接。三人將到門前，湖勇像轟雷似的齊唱了一個肥喏。

黃九龍點首下馬，王元超、癡虎兒也翻身下來，早有幾個湖勇把五匹馬拴在一邊，許多人擁著三人走進大門。王元超一看門內又是一個廣坪，沿坪種了許多槐棗桃柳之類，樹下隨意擺著不少仙人擔、石鎖、箭垛種種練藝的傢伙。坪南蓋著品字式幾間大敞廳，拾級而登，走進中間廳內，當中列著很高的八扇屏風，屏上貼著一條條的規則。屏前一張丈餘的橫案，案內並列著幾把獸皮交椅，兩旁一層層都是軍器架，各式各樣的軍器插在架上。黃九龍領頭又轉過屏風，原來屏後有門可通，又是一排抱廈，一間間都貼著文案室、收支室、兵器庫等字樣。

王元超暗暗點頭，黃九龍對那般文士說道：「諸位請便，一切事務，我們慢慢細說。這位五師弟初到此地，一路辛苦，皆在我屋內休息一下，諸位有事明天再談吧。」

這幾個人一聽堡主如此吩咐，俱唯唯退出，只黃九龍自己幾個貼身護勇，緊隨身後。黃九龍笑道：「五弟，此地是見客之所，一齊到我房內去吧。」

王元超笑道：「此處真像一座官衙，不過我進來看到的湖勇只三四十人，難道都調遣出去了麼？」

黃九龍笑道：「我知道你看得有點詫異，老實說，照現在入伍的計算，足有兩千餘人，倘然把沿湖漁戶農夫計算起來，怕不有二三萬人。因為大師兄定的計劃，是分批入伍，輪班教練。凡在太湖內註冊的，年歲在十五以上，五十以下，漁戶農民都列入湖勇花名冊。到了應該種田捉魚的時候，仍然退伍去做漁農，過了些時，又輪班回到堡內充湖勇。現在正值收獲時節，所以覺得湖勇寥寥可數。

「但是太湖內分東山西山，此地是東山，算是總堡，西山上面也紮了不少湖勇。其餘各險要山口，都設有關柵，一處處都分派不少湖勇駐紮，四處駐紮的湖勇，反比總堡內要多幾倍。幾個得力的頭目，也都分派各處，此地無需多人，所以你看得有點詫異了。明天我要召集各處駐紮的幾個頭目，歡宴一次，替你們二位接風，順便介紹一番，以後彼此都有個聯絡。現在時已近午，到我房內去休息一下。」說罷，先自走出客廳，從抱廈遊廊抄向後面。

王元超、癡虎兒跟著從抱廈側面走下台階，就見階下幾株參天古柏，森森如黛，頗具古趣。穿出柏林，依山為屋，築石為基，蓋著很精緻的幾間書室，明窗四啟，清雅絕倫。窗下圍著幾折朱紅欄干，種著幾竿疏竹，搖曳有致，更顯得古色古香。可惜窗外幾枝芭蕉，業已秋深枯萎，想當夏時節，臥聽蕉雨，定增情趣。

王元超頭一個看得高興非凡，大笑道：「前面幾層大廈，是英雄叱吒之所，此間又是書生吟哦之地，此堡可稱為英雄名士之堡。」

談笑之間，黃九龍已舉簾肅客。王元超、癡虎兒相繼入室，一數並排五間，後面還有石階可登，又是三間不大不小的餘屋，背山成屋，地勢較高，宛如層樓一般。最後三間屋內，推窗一望，湖光山色，一覽無遺。最有趣的是前面一層層的三座碉樓，形如小孩玩具，卻見位置井然，深合扼要守險之法。屋後緊貼山腰，有門可啟，為登山四眺之備。山上設著湖勇營房，看守堡後，以備不虞。

王元超等各室遊畢，然後走進窗外種竹的一間，就是黃九龍的臥室，略一打量，室內樸素無華，深得虛室生白之旨。此時門外幾個護勇，獻湯進茗，川流不息。癡虎兒只樂得一張大嘴，好久合不攏來。王元超卻默默如有所思。黃九龍笑道：「時已近午，我們肚皮已告消乏，這位虎弟食量兼人，不要委屈了他。」

語還未畢，門外護勇早已大聲傳呼進餐。一忽兒羅列盈案，三人放懷暢飲，彼此又高談闊論，講說堡內一切事務。黃九龍又命手下將自己左右幾間房屋打掃乾淨，讓王元超、癡虎兒作為臥室，分撥幾個護勇服侍。一面從身邊掏出那張小龍旗，差一個得力頭目，騎匹快馬，分向本湖各港口各山頭，水陸各處駐守頭目，傳令明天會集總堡聽令。

當夜一宿無話。第二天早晨王元超剛剛下床，就聽得前面鼓聲咚咚，一連擂了三通，鼓聲方絕，鐘聲又起，不徐不疾的連響十幾下。卻有護勇進來伺候，問他前面何故擂鼓鳴鐘？護勇說前面擂的是聚將鼓，各處執事頭目都已到齊，等到鐘聲一響，各路頭目一個個按著次序在前面大廳就位。此時堡主也到了廳上，同各路頭目正商議著大小事務哩。聽說後面廚房已宰了兩頭牛，幾口豬，想必到了午刻，還要大排筵席哩。正說著，癡虎兒同兩個護勇跨進門來，兩護勇進門向王元超垂手稟道：「堡主同各位執事頭目，都在大廳上會齊，堡主吩咐請五爺同這位虎爺一同在廳上談話。」

王元超頷首道：「知道了。」兩勇唯唯退出。癡虎兒笑道，「我昨天到此，只覺得此地情狀有點與眾不同，今早聽到鼓聲鐘聲，不知前面為何這樣熱鬧？正想來問你，那兩個穿號衣的就叫我了，我一時沒了主意，所以跟著來探問，他們稱黃先生叫作堡主，大約堡主是個大官，想必廳上還有許多大官在那兒。我是個野人，怎能出去？你去我不去了。」

王元超聽得幾乎嗤的笑出聲來，一想他是個天真爛漫的人，又是憨直的性子，一時倒不便回答。略一沉思，笑道：「你不要慌，只管跟我出去，凡事聽我吩咐就是。」說畢，匆匆盥漱一番，就拉著癡虎兒到前廳來，從屏風後面，徐步而出。一見大廳中間黑壓壓的坐滿了人，每人面前都設了一張大方几，個個都穿著玄色長袍，雄赳赳氣昂昂，挺胸突肚的坐著，倒也整齊嚴肅。再一看黃九龍也一樣玄緞長袍，坐在上面正中一席上，後面立著四個懷抱大砍刀的護勇，靠近左右兩面，各處設著一椅一几。

王元超同癡虎兒一露臉，廳上千百道眼光一齊射到兩人身上，王元超滿不理會，從容不迫的先向黃九龍身前走去。只把後面這位癡虎兒弄得忸怩萬狀，低著頭緊跟著王元超屁股後面，像吃奶的孩子一般。

此時黃九龍一見他們兩人出來，立時春風滿面，從座上挺身而起，先向下面一般頭目一拱手，指著王元超大聲說道：「諸位弟兄，這位就是我常說的五師弟王元超，本領出眾，文武全才，我特意請來同諸位弟兄會一會，將來還要請我們五師弟指教一切呢。五弟，來，來，來，請這面就坐，彼此可以暢談。」

王元超緊趨幾步，走到黃九龍右面一席上，未就坐，先向各頭目拱手齊眉，朗聲說道：「諸位好漢英名，也時常聽我們師兄說起，久仰得很，今天能夠同眾位一堂聚首，榮幸之至。」

那般頭目早已一齊恭身起立，唱喏如雷。可是有幾個頭目看得王元超斯文一派，不相信武藝出眾，似乎面上現出一點懷疑之色。王元超早已了然，越發做出弱不禁風的樣子來。黃九龍等王元超坐下以後，離開座位，一手把癡虎兒拉住，向大眾說道：「這位是初出道的好漢，綽號癡虎兒，是我同五師弟在路上相交，一見如故，被我邀來，將來也是我們的好臂膀，諸位要多親近。」

一般頭目看得癡虎兒闊口大目，相貌異常，倒有點起敬，一齊抬身拱手，只把癡虎兒臊得一張面孔，黑裡泛紫，張著大口一句話也說不出來，只把兩手高舉，一半遮住面孔，一半算是回禮，逗得一般頭目大樂。黃九龍大笑，拍著癡虎兒肩膀向眾頭目道：「我們這位兄弟年輕面嫩，可是兩膀力量著實老辣，以後諸位多多擔待才是。兄弟，你在這邊安坐。」邊說邊把癡虎兒揿在左邊一席上坐下來。

黃九龍把兩人向大眾介紹完畢，回到自己座位，並未坐下，向各位頭目大聲道：「俺昨天回來，從文案處得到諸位這幾天辦事情形，很好。不過我臨走時候派出幾個弟兄去探聽蕪湖的消息，為何還未到來？倒有點放心不下。」

話音未絕，下面頭目當中一個彪形大漢立起身來，像黑鐵塔一般，粗聲粗氣的說道：「堡主派出去幾個弟兄，原在俺部下差遣，昨晚恰好有密報來到，說是事已得手。只因水陸各口有官兵卡子，未免有點礙手礙腳，耽誤一點日子，大約這幾天內就可回湖。俺昨晚接著密報，因未知堡主已經回來，所以沒有立刻報告，今天接到號旗，順便把那封密報帶來。」說罷，邁開大步，走到黃九龍面前，從身邊掏出一封信來，雙手獻上。

黃九龍接過略略一看，隨手向懷中一塞。向那大漢一揮手，叫他回座。此時偌大敞廳，連一點咳嗽聲音都沒有。黃九龍等大漢回座以後，又向大眾說道：「俺此番出去一趟，帶了一點軍餉回來，還有許多現軍器，將來也可設法運來，這回總算沒有空跑一趟。還有我們師弟同這位癡虎兒兄弟，都被我邀到湖內，足為本堡添一番異彩。所以俺今天同諸位弟兄慶祝一番，一半為我師弟同癡虎兒接風，一半同諸位老弟兄痛飲一場。」說罷，回頭向後面幾個護勇一揮手，就有幾個護勇轉身走入屏後。

一會兒，屏後走出許多湖勇，分向各人席上布置杯箸刀匕之屬，接連一盤盤托出熱氣騰騰的燒牛烤豬，分布各席。更有幾個湖勇，執壺斟酒，川流供給。黃九龍道一聲請，剎時滿廳刀匕交饗風捲殘雲，頭一個癡虎兒當仁不讓，得其所哉。

正在吃得興高采烈之際，忽然一個湖勇從廳外急忙忙走進廳內，直到黃九龍席前，屈膝稟道：「堡外忽然來了兩個青年女子，也不知如何混過三座碉樓的，直到堡門，口口聲聲要會一會堡主同這位王五爺。問她們姓名不肯說，愣往門內直闖，我們因為她們是女流之輩，不便計較，只好由幾位弟兄婉言攔阻，一面特來請示。」

黃九龍笑向王元超道：「五弟，那話兒來了。來得倒也湊巧，也叫她們看看我們堡內眾位好漢的氣概。」

王元超道：「她們既然如約到來，難免要賣露幾手，我們不妨姑且以禮接待，隨時見機行事。不過此時眾位好漢不明究裡，恐怕生出別樣枝節，請師兄約略說明一下為是。」

黃九龍點首道：「此話有理。」立向眾頭目笑道：「此刻有兩位嘉客到來，來者不善，善者不來，不過諸位只管放心暢飲，無論發生如何怪事，都有俺同師弟招架。諸位不要輕看這兩個女子，著實有點驚人本領，你想我們堡外三座碉樓何等嚴密，居然被她們輕輕越過，當然不是常人能夠辦到。話雖如是，我們太湖的英名，也不能被她們輕視，橫豎這樁事據俺猜想，無非是一齣趣劇。諸位沉住氣，從旁看熱鬧好了。」說罷，向王元超一笑，即向席下湖勇一揮手，喝道：「有請！」

湖勇轉身趨出，黃九龍立時離座，向身後護勇附耳數語，然後向王元超招手道：「禮不可廢，我們降階而迎。」於是兩人步出廳外，迎接嘉客去了。

這時廳上眾頭目聽得詫異非凡，立時議論紛紛；又見幾個護勇把堡主一席，移至左首，中間又並排添兩席，這樣上面雁翅般排了五席，益發猜疑這兩位女客不知何等人物，值得堡主如此尊敬。

且不提廳上眾頭目紛紛猜疑，卻說黃九龍同王元超步出廳外，已見幾個湖勇領著兩位嫋嫋婷婷的女客，從廣坪中間甬道上迎面而來。王元超目光灼灼，遠遠就看見來的兩個女客，果然就是翠壁峰下碰著的兩位，不過此時裝束入時，蓮步細碎，格外端莊秀麗，容光照人，比那騎驢時光景，大不相同。黃九龍低語道：「平常人誰相信這兩位瑣瑣裙釵，懷抱絕藝呢。」兩人相視一笑，緊趨幾步，迎上前去。

那領路的幾個湖勇，一見堡主迎上前來，慌忙向旁邊閃身站開，對那兩女子道：「迎出來的就是我們堡主同王五爺。」

那兩女同時星眸微抬，先向黃九龍電也似的一掃，立時眼波一轉，直注黃九龍身後，霎時瓠犀微露，嬌靨含春，擺動湘裙，宛如流水，幾個春風俏步，主客都已覿面。黃九龍先自一恭到地，呵呵大笑道：「兩位女英雄果然如約駕臨，敝堡頓增光采。」

那兩女也斂衽當胸，連連萬福。稍微年長眉有紅痣的女子，首先說道：「愚姐妹久仰兩位大名，非止一日，因為僻處荒山，又是身為女流，未敢冒昧晉謁。幸蒙龍湫大師代為先容，今日又蒙兩位紆尊遠迎，實在感謝之至。」可是口上對答如流，兩道秋波別有所屬。

王元超這樣志滿倜儻的人物，也被她們瞅得有點不好意思，一時嘴上竟不能應對周詳。黃九龍旁觀者清，肚內暗笑，隨口說道：「兩位女英雄遠來不易，此地不是談話之所，快請裡面坐談。」說畢，首先領頭讓向廳上。

王元超趁勢也向兩女子揖讓登階，兩女抿嘴一笑，就此蹇裙歷階步進廳內。一見宏敞的廳上，已經坐滿了許多威武豪客。這般豪客一見堡主引著嬌滴滴的兩個女客進來，一齊欠身相讓，兩女毫不羞澀邊走邊向兩邊含笑點頭。

黃九龍一直讓至下面正中兩席，請兩女落坐，自己退至左首癡虎兒肩下相陪。笑向兩女道：「在下同五師弟昨天才回湖，今天恰巧略備杯酌為敝師弟洗塵，湊巧兩位女英雄不先不後光降敝堡。就此借花獻佛，奉敬幾杯水酒，務請兩位女英雄不嫌簡褻，賞個薄面。」說罷向左右護勇揮手示意，立時在兩女席上添設杯箸，擺上大盤牛肉。兩女婷婷起立，齊向黃九龍謙遜道：「愚姐妹不知堡主今日大會嘉賓，冒昧闖席，心內已是不安，怎敢叨擾盛筵，只有暫行迴避，改日再來進謁的了。」說罷蓮瓣微移，似乎就要告辭的樣子。

不料王元超一見兩女要退席告辭，心中一急，不等黃九龍開口，趕先離座向兩女深深一揖，春風滿面的說道：「兩位女英雄遠道到此，席還未暖，怎麼就要別去?大約怪著愚兄弟未曾遠迎，又是山肴薄酒，褻瀆魚軒。不過今天確實未知女英雄翩然蒞此，無非藉此可以接席暢談，改日尚須稍盡東道，此時務懇兩位委屈包涵，愚兄弟感激非淺。」說罷，又是深深一揖。黃九龍也接著再再挽留。

那兩女原本虛作偽謙，不料王元超認以為真，急得代作主人，婉婉轉轉的表示一番誠意。兩女聽了他一番甜蜜蜜的說話，芳心默會，梨窩微暈，笑道：「兩位這麼一說，愚姐妹格外無地自容，卻之不恭，只好從命的了。」

黃九龍未待說畢，早已執壺在手，邁開虎步，親向兩女席上斟了一巡酒，然後歸坐。舉杯言道：「既承不棄，黃某先敬一杯。」說罷，先自一口吸盡，舉起空杯向兩女一照。

兩女並不推辭，微舒皓腕，一齊執杯就唇，也向黃九龍空杯一照，齊聲道擾。不料杯未就桌，王元超已執壺肅立，也向兩女敬酒，兩女情不可卻，只得置杯道謝。哪知王元超斟酒時，向兩隻杯中只淺淺的斟了小半杯，自己卻擎著滿滿一杯，仰杯一呷，也舉杯一照。兩女見他並不斟滿，早已明白他的用意，恐怕女子量窄擱不住酒力，這樣體貼入微，芳心一動，妙睞凝注，含笑舉杯，兩人敬酒以後，彼此歸座。

黃九龍正想啟口展問兩女姓名，哪知上面這一番主客遜酒情形，下面席上一般頭目看得有點詫異，心想：憑這兩個弱不禁風的女子，有何能耐，難道還強似我們堡主不成？可是堡主口口聲聲稱她們為女英雄，而且請她們高高上座，殷勤勸酒，我們堡主並非好色之徒，這又是怎麼一回事呢？

其實黃九龍因為兩女是師母的門徒，又知是奉師母之命特意來此搗亂，其中夾雜著師父師母歷年來夫妻反目的關節，特意極誠優待，想用禮義來束縛這兩個女子，這層意思，當場只有王元超默默會意，眾頭目如何會知道其中曲折？

眾頭目這樣一猜疑，就有幾個狡猾的頭目想了一個軟計策，暗暗知會眾人，不待堡主同兩女談話，倏然下面各席上的頭目一齊畢恭畢敬站立起來，由兩個軀貌魁梧能言善道的頭目，代表眾人，各執一大壺酒邁開大步，趨至兩女席前，發語如雷的道：「今天敝堡同人們得與兩位女英雄同聚一堂，非常難得，同人們無以為敬，也想借花獻沸，每人來敬兩位女英雄一杯水酒，聊表微意。兩位女英雄看在敝堡主面上，想必可以俯納眾請的了。」說罷，不待兩女謙讓，各自舉壺向兩席杯上滿滿的斟了一杯。

兩女何等機警，進來的時候，秋波四面一掃，早已把這般頭目一覽無遺，一面同黃九龍、王元超應對周旋，一面又暗暗留神眾人的舉動。下面幾個頭目一番交頭接耳，早已看在眼中。等到兩個大漢代表眾人也來敬酒，明白眾人各奉一杯酒不是好意，明明想用酒灌醉她們倆。

柳眉微揚，杏眼一轉，兩女互相以目示意，業已成竹在胸。兩個頭目斟酒時候，只略一謙虛，並不阻攔，待兩頭目斟完了酒，往後退步當口，兩女倏的各把翠袖一展，玉臂微舒，彷彿同頭目謙遜虛攔。兩頭目猛覺兩腕一麻，酒壺欲墜。兩女低頭一笑，已各把酒壺輕輕接過。兩人悚然一驚，不知兩女接過酒壺是何主意？略一怔神，只見兩女各捧酒壺雙雙離座，先向黃九龍道：

「貴堡各位好漢彬彬有禮，愚姐妹也只可借酒敬酒，向各位奉敬一杯，然後再向堡主請教。」

說罷這句話，不等黃九龍離座阻攔，已柳腰款擺，邁步輕移，像穿花蝴蝶一般，分向各席敬起酒來。這時黃九龍，王元超兩人，也明白眾頭目敬酒的意思，等到兩女略使手法，把酒壺接過來。這番舉動，代表敬酒的兩頭目同其餘的人，雖然都沒有覺察，但是如何瞞得過黃王兩位行家。黃九龍正在心內盤算，一看兩女已向下面分頭走去，不便再次攔阻，只把兩隻眼珠盯在兩女手上，看她使用何種手段。

王元超關心之處，比黃九龍還多一層，也是刻刻留神。只有左邊坐著那位癡虎兒，始終不聲不哼，酒到杯乾，盤到肉罄，直到兩女向下面走去，才看得詫異起來。忽然想起一事，睜著一雙大環眼，呆著臉，直注著那位眉有紅痣的二女客，不知想著些什麼事。一面看，一面只管點頭，情形非常可笑。不過此時眾人目光都集中在兩女身上，誰也沒有理會他。

那兩位女客分花拂柳的在眾頭目席上按席敬酒，一陣陣奇芳異馥，向眾頭目鼻管猛射，把眾人薰得神身迷糊，英雄氣短，把原定各人灌酒的計劃都忘得乾乾淨淨。一霎時，兩女把各席酒杯統統斟滿，依舊捧著酒壺回到上面，又分向黃九龍、王元超兩人席上，也敬了一巡，順手也在癡虎兒面前敬了一杯。然後各回自己席上，玉指微舒，舉起酒杯先自飲盡，將空杯四面一照，意思之間，就請大家各飲一杯。不料黑壓壓的一廳人，只有黃九龍、王元超二人也各舉杯相照，並不失禮。

癡虎兒不懂禮節，滿不理會這一套。其餘各席頭目，個個紫漲了臉，只把兩手虛拱作勢，並沒有舉起杯來。你道為何？原來兩女到各席敬酒的時候，又使出在靈巖寺露過的一手功夫，把各席酒杯輕輕向桌面上一按，隻隻杯底都深深嵌進桌內，起初這般頭目們香澤聲聞，沒有理會到此，等到兩女回席照杯各人都想執杯就唇，誰知酒杯與桌面生了根，杯小碗脆，又不能用力拔起，各人才大吃一驚！明白兩女故意顯露這手把戲，抵制眾人勸酒，軟硬俱全，主意好不狡毒。但是一看堡主同王元超的酒杯仍舊好好的擎在手上，原來黃九龍、王元超刻刻留神，早已看出兩女敬酒時的手法。等到兩女分向兩人敬酒時，都把酒杯擎在手上，兩女在他們手上倒酒，就無所使技了。

這時王元超看得眾頭目栽了一個小小的觔斗，恐怕師兄面上掛不住，劍眉一揚，飄身離坐便向眾頭目朗聲笑道：「在下初到此地，得與眾好漢聚首一堂，將來還有許多叨教的地方，我也仿照兩位女英雄先例奉敬諸位一杯。」說罷在後面湖勇手上撿了一把最大的酒壺，走下席來，左手執壺，右手伸出兩指，把嵌入桌面的酒杯微微一旋而起，杯不碎，酒不溢，嘴上還笑道：「諸位快乾了這杯女英雄賜的酒，然後俺也照樣奉敬一杯。」

眾人肚裡明白，知道他並非真真敬酒，而是特意借此解圍，心內又感激，又欽佩，趕忙遵命一飲而盡。然後王元超再提壺倒滿，一席席照樣把杯取出，總算將眾人的面子輕輕遮蓋過去。兩女在上面看得明白，知道這手功夫也是不易，非內功有根底的不能恰到好處。因為杯底嵌進桌面雖只二三分深，但是嚴絲密縫，同在桌面上生成的一樣，倘若稍使蠻力，杯必先碎。看那王元超一席席起出杯來，點水不溢，行如無事，倒也暗暗起敬。同時芳心中也暗暗嗔怪，心想干你甚事？要你出來多事，故意顯露你們是師兄弟，處處關顧。你不要得意，回頭也叫你識得我的手段。

且不提兩女心內的思索，且說黃九龍看眾頭目舉不起酒杯，心內非常焦急，又不能自己下去一席席起出酒杯，忽見自己師弟略使巧計，已不露聲色的解了圍，心內大喜。拱手向兩女笑道：「敝堡幾位同人，僻居山野，未諳禮節，還要請兩位女英雄包涵才好。但不敢動問兩位尊姓芳名，同此番光臨有何賜教，乞道其詳。」

那眉有紅痣的卻一欠身，含笑答道：「從前有位明朝宗室隱於浮屠，人人都稱為朝元和尚，想必堡主知道他的來歷。」

黃九龍接口道：「朝元和尚劍術通神，大江南北誰不知曉？也是振興南派武術的先輩。想當年八俠裡面的呂元先生，同賣蟹老陳四（即甘鳳池岳丈），都是朝元和尚的高足。後來因為台灣鄭延平失敗，黃禎竊踞大位，網羅密布，幾位先輩英雄知道前朝氣數已終，一時難以成事，就各尋桃源，隱居遁世。那位呂元先生還在此地集合許多有志之士，棲息了好幾年。等到晚村先生的孫女呂四娘入宮報仇，帶了黃禎之頭回到太湖，祭奠亡父以後，呂元先生又棄了此地，隱入遊島，安於耕讀不問世事，以後世人就不知道這幾位先輩的蹤跡了。」

第十四章　小試身手

兩女聽了黃九龍話畢，肅然斂衽起立，含笑說道：「堡主是我們同道中人，諸位是光明磊落的漢子，無庸隱諱，堡主所說的呂先生，就是愚姐妹的先祖。先祖當年別了太湖，隱姓埋名，同先祖母隱居於寧波府象山港外一座孤島。這座島孤懸海外，人跡罕至，可是奇花異草，四時長春。先祖同先祖母並先嚴，以及不少同過患難的老少英雄，漸漸開闢成一個世外桃源。鄭延平部下一般有志的海上英雄，聽得這個消息，也結群而至。

「那時先嚴業已授室，先嚴先慈的本領，非但得了先祖劍術的嫡傳，而且還蒙先祖母傳授百步神拳。這一派拳法，堡主當也知道，出於當年同八俠齊名的張長公，此公就是先祖母的父親。先祖母尚有一位胞妹，名震大江南北，非但得到外祖神拳嫡傳，而且包羅萬象，別出心裁，自成一派。恐怕現在各派英雄，俱要甘拜下風。」

黃九龍、王元超聽到此地，都有驚愕的態度，忍不住問道：「這位女英雄既然與令祖母是姐妹行，就是依然健在，想必也龍鍾不堪的了。」

不料兩女聽得，同聲格格的笑了起來，那年長的忍笑道：「說也不信，這位老人家現在已經八十餘歲，非但沒有龍鍾之態，而且還像三十許的少婦一般，諸位難道不知道千手觀音的大名麼？」

此言一出，黃九龍、王元超同時悚然一驚，不知道如何回答才好。略一怔神，那女子又啟口道：「她老人家諸位雖然沒有會過，大約都已心照，毋庸細說。愚姐妹家門不幸，自先祖先祖母見背以後，先嚴同先慈去世的時候，愚姐妹年紀尚幼，全仗她老人家扶持教養，島中一切事務，也全賴她老人家主持。近幾年她老人家看到奉化雲居山風物幽篝，就在山中闢了幾間別墅，作為靜養之所，因為離象山不遠，愚姐妹時時在山中侍奉。愚姐妹的名字，也是她老人家所賜，我名舜華，舍妹名瑤華。又因為愚姐妹小時都有個鳳字，島中的老少英雄，同海陸兩路的好漢，都稱姐妹為雲中雙鳳。這種稱謂見笑得很，愚姐妹稱鴉也不配，怎麼配稱鳳呢？」說罷，眼光向王元超一溜，笑得花枝招展，格格不止。

此時黃九龍心中知道兩女與脾氣古怪的師母關係密切，當然有所為而來，急於要知道她們倆的來意，餘外都沒有十分注意。在王元超心中雖然與黃九龍相同，但又惦記著翠雲峰下石上寫的幾個字，同薛濤箋上的話，時時留神兩女的詞色，又打量她們帶著秘笈沒有。可是兩女空拳，並未攜帶包裹之類，也不便冒昧探問，只好等她們自己說出來。

哪知兩女嬌笑了一陣，忽然笑聲頓斂，正色對黃九龍道：「愚姐妹身世已略奉告，此番來意，黃堡主想必還未明白。」

黃九龍趕忙欠身答道：「敝老師的宗派，同敝堡現在一切的行為，兩位女英雄想已洞察。講到彼此香火因緣，俺們同兩位女英雄並非外人，彼此都有深厚淵源，這句話兩位大約不嫌唐突的。倘然敝堡對外邊有不對的地方，和內部一切設施有不妥之處，兩位不妨賜教，務請不要客氣才好。」

這一番話，倒也軟中帶硬，面面俱圓。兩女聽得互相示意，似乎柳眉微動。櫻唇微啟，有欲語又止的光景。半晌，瑤華鶯聲嚦嚦的叫了一聲：「姐姐，我們奉命而來，遲早總須說破，請姐姐對堡主直說吧。」

舜華略一點首，倏的從座上盈盈起立，一張搓酥滴粉的俏面上，霎時罩了一層清霜，向黃九龍說道：「愚姐妹此次冒昧晉謁，承黃堡主同各位盛情招待，心中非常感激。但是奉命而來，不敢以私廢公。好在她老人家（千手觀音）的性情，黃堡主早已深知，愚姐妹身不由己，希望諸位多多原諒。」

說到此處，頓了一頓，斜睨了王元超一眼，順勢眼光又向各席上一掃，然後又接著說道：「愚姐妹此番到來，因為此地從前有位鐵臂神鰲常傑，死在黃堡主手上，也可以說堡主現在的地位，是拿常傑一顆腦袋換來的。照常傑生前的窮凶極惡，原是死有餘辜，黃堡主憑俠義的身分，除暴安良的天職，把他處死，江湖上誰也不能說黃堡主不對。可是有一層，常傑到太湖的時候，也是奉命而來，而且關係海上許多老少英雄的衣食生活。殺了一個常傑，就像奪了海上許多老少英雄衣食一般，這層道理，黃堡主同諸位恐怕還蒙在鼓裡呢！」

此言一出，從黃九龍起，上上下下都吃了一驚。尤其是下面許多頭目中，原有不少人跟過常傑的，一聽舊案重翻，雖然對常傑沒有十分情感，可是舜華說的一番話，知道從前確有這種情形，未免對於兩女仗義執言，有點佩服起來。

正在上下不定的時候，忽聽舜華又朗聲說道：「說起鐵臂神鰲，愚姐妹也見過幾面。從前江浙海面上的好漢，分十大幫，每幫二三百人不等，各幫首領結成十個異姓兄弟，倒也義氣深重，四處聞名。常年浙江沿海一常，十幫好漢，也做了許多俠義事業，到現在沿海一帶漁戶，說起十幫弟兄，個個稱讚不置。那時鐵臂神鰲的父親，就是十幫首領之一。後來先祖別了太滿，隱居孤島，十幫首領一齊投到先祖門下，願聽約束。

「過了不少年月，十幫首領差不多都年邁龍鍾，死的死，隱的隱，部下也有歸並的，也有散在島中安居樂業的，無復當年豪氣。其中十幫首領的後人，能夠繼承基業，依然統率著許多人，充一幫首領的，只有兩個：一個叫鬧海神鷹雷彤，一個就是鐵臂神鰲常傑。

「等到先祖仙去，先父不願干聞外事，這兩幫好漢也就飄蕩無主。恰巧先祖彌留時候，舍親千手觀音駕臨敝島，先祖遺囑，請她老人家照顧愚姐妹，又請她把海上一般不能約束的群雄，收羅團結起來。並且指定太湖為海上各幫好漢衣食生活之所，請她老人家待時而動，慢慢的把這般好漢移入太湖，組成一個強有力的大團體。這一番遺囑，同她老人家意見相合，立時應允下來。一般海上好漢，聽到這個消息，也非常高興，就暗暗同奉千手觀音為盟主。這還是十年前的話，後來她老人家率領姐妹同幾位門下，隱居雲居山內，修養內功，一面教授愚姐妹們各種功夫，對於海上的事懶得顧問。

「那時候恰巧海禁已開，外洋輪船縱橫海面，幾幫零零落落的好漢，越發望洋興歎。由雷彤、常傑兩人為首，尋到雲居山，在她老人家面前苦苦哀求，請她出來作主。她老人家被他們這一哀求，想起先祖遺囑，又打聽得太湖內主持無人，就命常傑先到太湖見機行事。常傑一到太湖，居然垂手而得，著人報到她老人家面前，她老人家這時偏不在雲居山內，正挈著愚姐妹遠遊天下名山。隔了一年光景，才回山來，才命雷彤率領海上老少英雄，分批向太湖投奔。

「不料雷彤走到半途，就聽到常傑與黃堡主火併的消息，那時雷彤自知非堡主敵手，連夜回轉，向她老人家哭訴。她老人家當時別無舉動，只命雷彤率領部下暫在就近沿海一帶候命，一面派幾個精明的人，到太湖來探明實在情形。

「原來常傑為人，她老人家也有耳聞，此次被殺，料得器小易盈，定是占了太湖妄作威福起來，致被人懷恨除去。等候派去打聽的人回來，把太湖詳細一五一十報告一番，才知道黃堡主殺死常傑，是奉那陸地神仙的命令，到太湖主持一切。隔不多久，已把太湖整理得煥然一新。

「她老人家不聽則已，一聽到這樣的情形，立時赫然大怒道：『我道何人敢殺我派去的人，原來是老不死的門徒。別人幹出這種事來，或者尚有可原，獨有那老不死的門徒，萬難寬恕！既然如此，別的事暫且擱在一邊，先把黃某腦袋拿來與常傑抵命。』說罷，怒氣勃勃的立命愚姐妹下山問罪。

「我們素知尊師同老人家從前的關係，從旁婉言解勸，無奈雷彤這般人從旁極力慫恿，求她老人家恢復太湖基業，她老人家又是固執異常，立迫愚姐妹於第二天動身到太湖來，當晚叫愚姐妹到她靜室，吩咐下山以後，先到靈巖寺會見龍湫和尚，說明究裡，又命從靈巖寺到寶幢鐵佛寺取到內家秘笈，並囑咐取書的法子。

「這兩樁事，在愚姐妹不知她老人家是何用意?素來她老人家的舉動神秘不測，不許奉命的人探問的。不過她老人家舉動雖然奇特，事後仔細一想，沒有一樁不被她料著的，真是一位神通廣大的奇人。等到第二天，愚姐妹倆臨走的時候，拿出一封密密封固的信來，吩咐到了太湖，當著堡主的面拆看遵辦。愚姐妹並不知信中寫些什麼，她老人家的命令，又怎敢違抗？」說罷，緩緩從身邊掏出一封信來，遞與黃九龍，道：「請堡主先自過目吧。」

黃九龍此時聽得千手觀音欲為常傑報仇，已是怒氣勃勃，但是語氣之間，兩女頗有顧全大體之意，出言也非常和藹，倒也不便立時表示出來。看見送過一封信來，也不謙遜，把信皮拆開，抽出信箋攤在桌上，向王元超招一招手，王元超也踅過去並肩細看。只見信內寫道：「太湖為士養晦待時之所，非黃某等所得占有，常傑為海上眾志先遺闢業之人，非黃某等所得擅殺。茲著雲中雙鳳入湖問罪，如黃某等桀驁不馴，代予立殺無赦，為狂妄者誡」，下面蓋著一顆千手觀音的圖章。

兩人看罷，王元超還未開言，黃九龍從座上奮然而起，舉拳向桌上砰然一聲，仰天哈哈狂笑起來，大聲道：「好大的口氣，黃某腦袋在此，識得貨的不防送給他玩玩。」語罷，又自縱聲狂笑，聲震屋瓦。

王元超一看事要決裂，趕忙以肘向黃九龍微微一拐，笑道：「此事彼此都有誤會，好在兩位女英雄明達大體，且請兩位看了此信，彼此不妨從容商議。」說罷，把信送到舜華面前。

不料此時黃九龍怒火十丈，萬難忍制，冷笑一聲道：「五弟，你真聰明一世，糊塗一時了！她們特意來此消遣我們，信中幾句屁話，早已看得爛熟的了，還有什麼商量餘地？」

舜華聽得黃九龍如此莽撞，反把她們的一番好意埋沒，不覺蛾眉倒豎，一聲嬌叱道：「這真所謂小人之心，度君子之腹了。」說了這句，匆匆接過王元超手內的信。

瑤華也湊近前來略一看畢，覺得信內措詞，確也令人難堪，一時倒有點騎虎難下。心內盤算一番，向王元超道：「愚姐妹奉命而來，其中曲折已經奉告，黃堡主對於信內所說，可以明白答覆，毋庸盛氣凌人。在愚姐妹思量，似乎以不傷和氣為是。」

哪知這句話，黃九龍正在盛怒頭上，又誤會了意，以為舜華所說不傷和氣，是叫他低頭認罪。不待舜華說完，大聲道：「兩位既然奉命而來，取不到黃某腦袋，料也難以覆命。」

此言未畢，猛然身邊砰然一聲，接著嘩啦啦一聲奇響。急回頭一看，原來坐在身旁一席上的癡虎兒，起先默默無言，兩位女客談話，也聽不出其中曲折，後來舜華詞鋒頓異，說出千手觀音的命令，才知道不利於黃堡主，似乎強賓壓主，氣派不小，還帶著代人報仇的勾當。這位忠心耿耿的傻哥，頓時怒髮衝冠，睜著一雙大環眼，恨不得把兩女一口水吞下肚子去。等到黃九龍鋒芒大露，他也傻性大發，外帶著米湯灌足，酒性上湧，情不自禁的舉起粗鉢似的拳頭，向自己席上一擊，這一張小小方桌，怎禁得他一擊？立刻斷腹折足，宣告解決。席上的盤碟也不翼而飛，震起尺多高，跌下來嘩啦啦碎了一地。

這一來，宛是火藥庫著了火，非但雙方面皮揭破，而且下面席上幾個粗魯的頭目醉眼迷糊，也不約而同的大聲吆喝起來，表示擁護自己的堡主。頓時全廳章法大亂，鬧得烏煙瘴氣。急得王元超雙手亂搖，可是在這當口，舜華、瑤華反而從容自若，看著下面幾個醉態可掬的頭目，微微冷笑。

只見兩女低低說了幾句，舜華笑著對王元超道：「看來此事難以和平解決，既然如此，在場諸位有不服氣的，不妨同愚姐妹較量較量。」說罷，又向廳外一指道：「愚姐妹就在坪上候教。」

語音未終，金蓮一頓，只見兩女像海燕掠波一般，從眾人頭上直向廳外飛出去。這一手乾淨俐落，比鳥還疾，連怒氣勃勃的黃九龍也暗暗點頭。自問無論決裂到何地步，還不至於跌翻在兩女手上，就把衣襟一撩，也要追蹤出去。

王元超趕忙兩手一攔，低低說道：「且慢！事情已到如此地步，當然也要讓她們識得我們並非易與。不過我們是主，來人又是瑣瑣裙釵，格外要表示鎮靜，免得被她們小覷。二則此事一時難以解決，小弟暗暗打量兩女情形，也有從中調和意思。交手時候，她們不用煞，我們也不深結怨仇，留下餘地，將來容易交涉。」

黃九龍未待說完，也附耳道：「我早已明白這其中道理，我起初發怒也是半真半假，藉此同她們較量一下，究竟她們有多少能耐，將來從中一調解，顯得我們並不是懼怕她們。二則下面席上尚有幾個常傑的舊部，不能不假作一番。」

王元超聽得連連點頭，黃九龍回頭對下面各頭目大聲說道：「現在兩位女客要同咱們較量較量，咱們當然不能以多勝少，欺侮女客，由我同五弟奉陪她們，諸位千萬不要起哄，不妨遠遠的看個熱鬧。」

下面幾個頭目正在唯唯答應之間，忽聽得屏後巨雷似的一聲大喝，驀的跳出一個人來，張口大罵道：「兩個賊婆娘休走，且請吃吾一杖！」

大家一看，只見癡虎兒直著兩個大眼珠，光著脊樑，露出半身虬筋密布的黑肉，手上舞著一枝純鋼禪杖，發瘋一般向廳外闖去。

黃九龍、王元超看得幾乎想大笑，一想他無非一身蠻力，這樣出去胡鬧，定要吃她們的羞辱，想趕上去拉住。哪知癡虎兒一拳擊碎桌子，一語不發，獨自趕到房內，尋著了那枝禪杖跑出來，怒氣一衝，酒力上湧，兩眼已認不清人，一溜歪斜，闖出廳外。

黃九龍、王元超急急大踏步趕出廳來，一眼看見兩女依然神色自若的並肩立在廣場的甬道上，那癡虎兒舉著禪杖邊罵邊跑，直向兩女奔去。黃九龍大驚，大喝道：「癡虎兒不得無理！」正想趕近攔阻，已是不及，那枝粗逾兒臂的禪杖，已向盈盈玉立的瑤華當頭罩下。

瑤華一看癡虎兒舉杖奔來的形狀，就知道是個毫無武藝的渾人，等到杖臨切近，只把嬌軀滴溜溜一轉，已到了癡虎兒身後，金蓮微起，向癡虎兒腰後一點，嬌喝一聲：「去！」這一點，癡虎兒真有點禁不起，本來一杖搗空，杖沉勢猛，已是立足不住，又經瑤華一點腰穴，整個兒向前直跌出去至四五丈遠，一個狗吃屎倒在地上，白沫亂噴一動不動。

此時黃九龍、王元超俱已一躍面前，廳內眾頭目也一擁出廳，堡內的湖勇也聽得這個消息，各帶兵刃把廣坪團團圍住，觀看動靜。黃九龍、王元超先不理會兩女，趨近癡虎兒，由黃九龍一俯身提起癡虎兒的身子，隨手向脊骨上一拍，癡虎兒立時哇哇的一聲吐出一口稠痰，夾著許多酒菜出來。王元超向幾個湖勇一招手，立即有幾個頭目和兩三名湖勇跑來，七手八腳把癡虎兒抬進廳去了。

黃九龍這時才回身向瑤華拱手道：「女英雄點穴功夫真真佩服，不過這個癡虎兒初到敝堡，對於武藝完全是個門外漢。女英雄一出手，打倒一個沒有功夫的醉漢，未免小題大做了。」

瑤華畢竟年輕口嫩，梨渦微紅，竟難答言。舜華趕忙接口道：「這位好漢可算得太不自量，既然本領不濟，堡主何苦叫他出來吃苦？舍妹為自衛起見，也是沒有法子的事，還請堡主多多原諒。現在閒話少說，堡主英雄了得，久已聞名，今天能夠請教幾手，也可長長見識。」說到此時，又用手向四周一指，冷笑道：「倘然堡主願意叫在場諸位一齊交手，愚姐妹赤手空拳，也可奉陪。」

黃九龍聽得呵呵大笑道：「黃某雖然沒出息，尚不至自輕如是，兩位休要掛心。倘然兩位沒有攜帶兵刃，敝堡各式兵刃俱全，任便挑選就是。」

舜華搖手道：「愚姐妹素來不帶兵刃，就是堡主喜用趁手軍器，愚姐妹一樣可以赤手奉陪。」

黃九龍知道她雖然口出大言，諒也有點真實本領，就笑道：「既然如此，在下先請教女英雄幾手拳腳。」道罷，退後幾步，把外面袍子一脫，露出一身緊身俐落的勁裝。當時走過一個湖勇，把長衣接過。黃九龍向周圍立著的頭目大聲道：「諸位弟兄不得違我命令，擅自下場，免得外人說我們以多勝少。」說畢，只聽得周圍暴雷似的應了一聲。

黃九龍又向王元超道：「五弟，你權且旁觀，愚兄敗陣下來，你再請教兩位的絕藝。」王元超一面含笑點頭，一面打量舜華、瑤華的舉動，只見她們此時雙雙也將外衣寬卸，百幅湘裙的兩面裙角也向上曳起，上身都露出一色黑綢密扣對襟短衫，腰裡束著一條米色繡花的汗巾，下面露出秋葵色的褲子，托著兩瓣瘦削如鉤的金蓮，越顯得婀娜剛健，儀態不凡。

她們正把自己身上整理俐落，猛抬頭一見王元超目光灼灼的看個不停，情不自禁的粉頸一低，微微一啐。瑤華退向一旁，舜華也退了幾步，約距黃九龍有二三丈遠，亭亭立住，靜觀對方動作。

黃九龍等得有點不耐，朗聲道：「女英雄是客，請先賜教吧。」

舜華秋波一注，一聲嬌叱道：「好，那就先得罪了。」話到人到，蓮足一頓，比飛還疾，已縱到黃九龍面前，駢指如教，直向黃九龍臂窩點去。黃九龍看她身法奇快，喝一聲：「來得好！」雙肩一斜，一個溜步，彼此剎那就換了一個方向。

舜華原想出其不意，用一手玉女投梭的功夫一擊而中，不料黃九龍窺破手法，輕輕避掉。舜華一擊不中，微帶怒容，又自一聲嬌叱，倏的身形一挫，捷如猿猴，向黃九龍進步猛襲。這回進退如風，虛實莫測，處處都用擒拿，著著點向要害，委實厲害非凡。

黃九龍看她迅捷無比，拳帶風聲，也不敢絲毫怠慢，使出一套以靜制動以柔克剛的內家拳來，移形換步，封閉騰挪，頓時兩人周旋了幾十回合，恰打得一個斤兩悉秤，難解難分。

舜華起初開手就用千手觀音秘傳的擒拿法，一雙玉臂，吞吐伸縮，宛如兩條蛇信一般，無奈遇上黃九龍是個內家名手，應付從容，周身竟像棉花一般，按切點斫之際，虛飄飄難以著力。這一來，舜華暗暗吃驚，一面避實蹈虛著著進逼，一面思索出奇制勝之法。倏的改變身法，用一個獨闢華山的手勢，舉起玉掌，虛向敵人一斫，趁黃九龍吸胸後退之際，猛的向後一縱，離開丈許，暗運全身罡氣，灌注雙臂，再連環進步，一聲嬌喝，疾舉雙掌遙向黃九龍胸前一推。

此時黃九龍見她倏然身法改變，一進一退，進氣遙甚，就明白用的隔山打牛的神功拳。這種拳法，全賴勁傷人，遇上必無生理，趕忙從丹田提了一口氣，也想進掌遙抵。又一想不好，兩股內勁一碰，必有一傷，不如暗進內勁，保護全身。趁此假作疑懼，出其不意，給她一個厲害瞧瞧。

這時全場聲息俱無，百十道眼光，全貫注在兩人身上，當舜華吐掌遙抵當口，一看黃九龍似有猶疑畏懼之態，心中大喜，喝一聲著。不料這一聲剛剛出口，再一看對面黃九龍蹤影全無，正在心內一驚，猛覺腦後有風，喊聲不好！沒有功夫回頭探看，金蓮一頓，一個金鶯織柳勢，向前直縱出來四五丈遠。立定回身一看，頓時嚇得芳心怦怦亂跳，暗暗喊聲僥倖。

原來黃九龍已笑嘻嘻立在自己的所在，手上還拈著自己鬢邊的一朵珠鳳。這一來全場采聲雷動，弄得舜華紅潮泛頰，勇氣毫無，勉強向黃九龍拱手道：「黃堡主果然名不虛傳，佩服佩服。」

黃九龍也連連拱手道：「承讓承讓。」可是手上的珠鳳並沒有還她，好像得到戰勝品一樣。

舜華雖然機警，一時倒也不好意思出口討回。正在低首思索之際，忽然面前人影一閃，自己的妹子已翩然卓立，當時鶯聲嚦嚦的說道：「黃堡主施了一點小巧手段，尚談不到勝負之數，現

在讓家姐休息一下，我來請教堡主幾手絕藝。」

黃九龍正想答話，旁觀的王元超已技癢難熬，一撩衣襟，雙足一跺，斜刺裡飛入戰圈，向瑤華拱手道：「在下也來奉陪幾趟。」說了這句，便把前面袍角曳在腰上，又把後面一條長辮盤在頸上，文縐縐的拱手而立。

瑤華一看他加入戰圈，含笑肅立，頭上還帶著一頂六瓣緞帽，頂上結著一顆孩兒紅的珊瑚結子，當面又鑲著一塊鮮豔奪目的玭霞，越顯得丰采俊朗，氣度華貴，另有一番鶴立的氣概。心坎上不由的怦然一動，趕忙微笑答道：「王先生既肯賜教，也是一樣，就請出手好了。」原來練內家拳的，講究是守如靜女，動如脫兔，何況王元超見對方是個嬌滴滴的女客，還存了一點憐香惜玉之意，格外不肯先自動手。

瑤華見對方並不擺立門戶，大有輕視之意，蛾眉微揚，鳳履一分，一個箭步，就到了王元超面前。左手一晃，右手就向脅下吐出，到了敵人胸前，肩窩用力，掌心一吐就向華蓋穴按去。這一手名為「單撞掌」，按上就得吐血帶傷。王元超看她一動手，居然敢踏中宮而進，微微一笑，等掌臨切近，身子一斜，雙臂略作回環護攔之勢，便把單撞掌輕輕化開。這一手名為「牽緣手」，全掌陰陽互用，隨敵勢進退，最切實用。

原來武術對敵的時候，正面直入叫作「踏中宮」，又名「踩洪門」。踏中宮而進，容易被人封閉，武術到家的最忌踏中宮，差不多都取側鋒進擊，除非明知道對方武藝差得太遠，隨時可以進取，否則兩強相遇，絕少踏中宮的。現在瑤華一動手，就踏中宮，倒並不是輕敵，原是別有用意。

王元超料她故意如此，其中定有狡詐，所以用最穩當的牽緣手抵制。果然不出所料，瑤華單撞掌向胸前一吐，倏的嬌軀向後一縮，蓮鉤一起，已向腰穴點來。這一手迅疾如風，確也不易躲閃，可是會家不忙，王元超身形一矮，雙臂向下一沉，一翻手掌，由牽緣手倏變為纏手，又用了一個履字訣，向敵人腿上履去。你想女孩兒家的玉腿何等寶貴？倘然被人履上，還當了得？瑤華趕忙縮回玉腿，步法一變，玉臂雙揮，霎時聲東擊西，摘暇蹈隙同王元超打在一處。

四周看的人只見兩人此進彼退，倏合倏分，宛如遊龍舞風，變化萬端。到後來只見兩條黑影，盤旋飄忽於廣場，竟分不出誰是瑤華，誰是王元超。比先頭黃九龍一場交手，格外有色有聲。

一忽兒兩人交手已到百餘合開外，瑤華一交手，一面留心，看出對方處處主守，並不出手攻擊，一時竟無懈可擊，自己倒有點微微嬌喘，吐氣如蘭。一想不好，時間一長，難免當場敗陣，須得出奇制勝，使出絕招來才能贏他。此時恰巧自己用了一路柳葉掌法，向對方上中兩路步步進逼，對方虛攔微斫隨手封解，一味招架，並不還手。瑤華一看有機可乘，趁對方步步後退時候，猛然一聲嬌喝，金蓮一頓一個旱地拔葱，縱起丈許，身子一落，足尖一點地皮，又復縱起一人多高。

王元超看她忽然直上直下，縱跳起來，正在不解有何用意，不料她第三次飛起身時，距離王元超身前已近。一聲嬌喝，趁身起之際，飛起右腿，直取王元超左腿。這一著猝然不及防，來勢凶猛，趕忙吸胸後退，避過蓮鋒，哪知她身子一落，趁勢又飛起左腿，直取右腿。一起一落，雙腿如飛，這一著名為「鴛鴦騰空連環腿」，凡擅長這類功夫的女人，必著劍鞋。

王元超雖然連連後退，相距已甚切近，目光直注鳳履，微覺日光映處，對方銳削如鉤的蓮翹上閃閃有光。就料得其中藏著鋒利的鞋劍，萬一失手，觸處洞穿，好不厲害！格外極力凝注攔隔。哪知瑤華練就這手獨門絕藝，身子一上一下，蓮翹條起條落，連環進步，不亞於狂風驟雨一般。而且起落之際，兩隻蓮鉤左右交飛，忽虛忽實，極難捉摸。弄得王元超攔不勝攔，退無可退，稍一疏神，一腿飛來，眼看蓮翹到面，萬難閃避。情急智生趕忙張口一迎，恰恰蓮翹入口，王元超用齒一擒，正把翹尖擒住。這一來瑤華又羞又急，嚶的一聲，一挺蠻腰，索性提氣向上一縱，居然掙脫擒住的蓮翹，趁勢平伸玉掌朝王元超頂上一拍，落下身來，不敢停當，接連向後幾縱，遠遠立住，已是香汗淋漓，嬌羞不勝。

可是王元超也吃了一點小苦頭，起初王元超顧命要緊，顧不得男女界防，把對方香履擒在口中，明知香履上藏有鋼鋒，匆促中也忘記。等到對方又復向上一躍，玉腿一縮，突覺自己唇上一麻，就知不好！正想後退，不料同時頂上又遭對方一拍，這一拍雖說纖纖玉掌，也不下有百斤力量，換下平常人，怕不把整個腦袋拍進腔子裡去。饒是王元超功夫到家，也覺一陣劇痛，頓時眼前金星亂迸，頭腦暈漲，不由得喊了一聲「好厲害！」急急向後一躍，用手向嘴上一抹，一看手上染著點點滴滴的唇血，猛覺驚悟！急張口向手心中咯的一吐，吐出一個三角形的東西來，上銳下豐，芒鋒雪亮，鋒上還沾著一絲絲的血縷，明白這就是套在蓮翹上的鞋劍，被自己無意咬下來。覺得這種舉動不大合理，尤其不能使旁人知道，趕忙把手上東西向懷中一塞，假意又掏出一塊雪白手巾，向嘴上亂抹，一面抬頭打量四面旁人的動作。

原來周圍旁觀的人，看到瑤華忽然身法大變當口，像蝴蝶一般上下翻飛，尤其兩隻蓮翹在王元超面上左右亂晃，雖不懂這路拳法，也覺怵目驚心。再留神王元超方面，果然有點手忙腳亂，不禁代為捏把冷汗。一眨眼工夫，不知何故兩人一分，各各後退，瑤華似乎有些嬌羞不勝的樣子，一隻玉掌托著一枝鮮紅圓活的東西。

眾人吃了一驚，以為王元超眼珠已被她的蓮翹鉤出，再一看王元超兩眼完好如故，不過頭上帽已歪斜，一顆珊瑚結子已不翼而飛，這才恍然瑤華手上就是這件東西。表面上看不出誰勝誰負，劍鞋咬落一節，眾人離著很遠更難看清，都以為瑤華摘了王元超帽結，似乎略占勝利。連黃九龍、舜華那種銳利的眼光，也只看得一陣兔起鶻落，便霍地分開，急切間哪知其中藏有一段香豔絕倫的事哩！

此時舜華見她妹子摘了王元超的帽結子，恰好把自己失落鳳釵輸黃九龍一場，兩相扯直，喜孜孜的趨近瑤華，正想啟問。瑤華忽然面孔一紅，附耳私語了一陣，舜華俯首一看她妹子的蓮翹，頓時格格嬌笑不已。似乎瑤華被她笑得著惱，微微一啐，一彎腰從地上撿起外衣，披在身上。

舜華也把衣裙略一整理，便向黃九龍，王元超告辭道：「愚姐妹今天奉命而來，得瞻仰兩位絕藝，實在名不虛傳。至於關係海上各幫生活的事，在愚姐妹的私意，以為同室操戈，難免被外人譏笑，這事務請黃堡主三思而行，商量一個穩妥辦法才好。愚姐妹現在暫且告別，改日再來討堡主的回話。」說罷，兩人匆匆向外走去。

黃九龍此時似乎毫無怒容，既不挽留，也不多說，略略謙遜幾句，就同王元超率領大小頭目一齊恭送出去。直送到大門口外，眼看兩女轉過照壁，黃九龍急向幾個精幹頭目低低說了幾句，這幾個頭目立時領命追蹤兩女而去。

黃九龍等送走兩女以後，又回到廳內，重整杯盤，大家暢飲起來。席間黃九龍把兩女來意，詳細向各頭目宣布一番，就把此事丟開，討論了許多整理太湖的事體。席散以後，各頭目各回汛地，黃九龍同王元超回到內室來看癡虎兒。將到他的臥房，就聽得房內鼻息如雷，房門口立著一個護勇，向黃九龍說道：「虎爺回到房內，直睡到此刻還未睡醒呢。」

黃九龍笑道：「他醉了，讓他睡吧。五弟，到我房內去吧。」兩人轉身走進黃九龍臥室，黃九龍從懷內掏出那支鳳釵，大笑道：「雲中雙鳳果然厲害，幸而是我們兩人，換了別人，真還抵擋不住呢。」一言未畢，房門口肅立著幾個頭目，一看就是領命跟蹤雲中雙鳳的幾個人。

黃九龍詫異道：「你們怎麼一會兒就回來了？」

那幾個頭目垂手稟道：「那兩位女客好不厲害，兩隻腳竟像飛的一般，我們竭力趕過三座碉壘，一直趕到湖濱，遠遠見那兩女已立在岸上，一聲口哨，就見蘆葦中搖出一隻小船。船上搖槳的人，頭上戴著一頂大草帽，看不清面目，只看出頷下一部雪白的長鬚，隨風飄拂，異樣精神。聽得岸上兩女齊聲叫道：『范老伯勞您久候了。』

「一言未畢，兩女雙足一點，像飛鳥一般，雙雙飛落湖心的小舟。那搖槳的老頭兒哈哈大笑道：『今天小老兒托兩位的福，久候無聊，趁閒洗個湖澡，順手一撈，居然被我撈著兩條清水大鯉魚，你聽在船倉內還潑刺亂跳哩。回去時，命我小女一整治，晚上有了下酒物，又可同兩位清談了。』

「我們雖然隔開很遠，那老頭兒的嗓音兀自像耳邊擊鐘一般，那老頭兒說話不像本地口音，似乎是昆山無錫一帶的口音。最奇怪的那老頭兒待兩女下船以後，掉轉船身，把槳只一掄，那隻船在水波上箭也似的疾射過去，再幾槳，就沒入煙水蒼茫之中，看不真切了。

「我們一想湖上駕舟的人很多，從來沒有見過這長鬚老頭兒，也從來沒有見過划得這樣快法的。我們正想得有點奇怪，忽然嗤的一聲，迎面拋過一顆石子來，骨碌碌的正落在我們的腳下。拾起一看，原來石上包著一張紙，有人寫著幾行字，料得其中定有道理，猜測方向定是兩位女客同那老頭兒從湖心遙擲過來的。可是我們幾個人追到湖邊時候，遠遠隱身樹後，不知怎樣會被他們窺破。我們一想行藏已露，他們行船又這樣飛快，料難追趕，只有趕了回來報告。」說罷，為首一個頭目，掏出一顆石子和一張皺亂的紙條，遞與黃九龍。黃九龍接過，一揮手，幾個頭目退去。

王元超急急趨近一看，那顆石子無非湖邊的鵝卵石子，並不足奇，再一看紙上寫著歪歪斜斜的幾個字，幾乎認不清。仔細辨認，才明白寫著「老夫耄矣，寄跡湖濱，看君輩後起英豪，各顯身手，亦樂事也。能不棄老朽屈駕謀一醉否？幸盼！幸盼！柳莊范高頭拜首」幾行字跡。

黃九龍看了半晌，對王元超道：「范高頭三字似乎非常耳熟，怎麼一時想不起來了？好像也是一位老輩英雄，怎麼隱居在我們湖內，我們竟未知道，這不是笑話麼？」

王元超道：「我們堡內既然有全湖戶口花名冊，何妨查他一查？」

黃九龍拍手道：「對！」立時喊進幾個護勇，命到文案室調查花名冊有沒有范高頭一戶，速速回話。護勇領命去訖，良久，文案室的書記捧了一大堆冊子走進來，朝黃九龍恭身行禮畢，把冊子放在桌上，翻開一頁，指著冊內對黃九龍道：「堡主請看，湖內姓范的很少，只有這幾家，可沒有范高頭的名字在內。」

黃九龍、王元超兩人細細一看，冊內一欄欄注著人名、地址、男女老幼的年齡、性別、遷移註冊的日期，非常詳細。可是姓范的只有五家，卻不見高頭兩字，再一看地址欄上，註著湖東柳莊姓范的名字，叫作隱湖，年七十八，同居一婿一女，婿名金昆，女名阿寬，全家三人，漁獵為生。黃九龍看到此處，兩掌一拍，哈哈大笑道：「五弟，我記起來了，定是此公無疑。」回頭對那書記說道：「人已查著，把冊子帶回去吧。」

那書記莫名其妙的唯唯夾冊而退。王元超笑道：「難道冊上的范隱湖，就是范高頭嗎？」

黃九龍笑道：「范隱湖是假的，范高頭是真，他字條上不是寫著隱跡湖濱的話麼？大約冊上假名也是這個意思了。說起此公，大大有名，就是同居的一婿一女，也不是尋常人物。萬不料多年江湖上不見此公，竟會隱在此地。倘然邀他全家一同入堡，倒是一個大大的幫手，看起來他們見到駕舟的長鬚老頭兒，定是此公無疑。不過雲中雙鳳怎麼會與他有交誼呢？」

王元超笑道：「且不管這些，此公究竟何等人物呢？」

黃九龍道：「我也只知他從前一點大概，據我耳聞，此公係少林孤雲大師的俗家門徒。藝成年才弱冠，橫行綠林中數年，又得到氣功秘傳，水陸的輕身功夫，一時無兩。後來從綠林混到長江鹽幫裡邊，占了一部分勢力。鹽梟手下的人，不是紅幫，就是青幫，范高頭恰恰是青幫性字輩，輩分既高，武藝又好，歸附的人愈來愈多，趁勢大開香堂，廣收門徒，幾年工夫，就為長鹽梟的盟長，於是手眼通天，羽翼密布，大江南北提起范老頭子，無不懾伏。

「那時他已四五十歲，不料泰極否來，范老頭子名氣太大了，連清廷皇帝老子都知道了。怕他尾大不掉，謀為不軌，接連幾道密諭，叫本省督撫相機捕獲，立即就地正法。這一來，江蘇大小官員，都想藉此得個保舉，偵騎密布，挖空心思想捕獲范老頭子。

「無奈范老頭子神通廣大，官廳一舉一動，早已探得精細，過了一個多月，連范老頭一根毛都沒有撈到。非但捉不到他，反而被范高頭略施手段，在各大官僚枕上寄柬留刀，嚇得這般要錢惜命的大官疑鬼疑神，寢食不安！偏偏皇帝老子又放不過他們，上諭像雪片似的飛來，大小官僚一個個都得了處分。弄得這般官僚啞巴吃黃連，叫不出苦來，空自急得屁滾尿流，依然束手無策！

「在別人心想，范老頭兒連皇帝老子都奈何他不得，似乎也足自豪的了，誰知那時范老頭子心裡的難受，也不亞於那般官僚。因為官廳方面捉不到人，就要捕役快班之類限日追緝，個個都搞得怨氣沖天，連家中老小都押了起來。這個風聲傳到范高頭的耳朵裡，著實有點難受，這算一樁小事。偏又江北鹽梟幫裡，出了一個後起英雄，綽號叫做插天飛，武藝也甚了得！手下也有不少健將，隱隱同范老頭子各樹一幟，而且野心極大，時時想同范高頭拚個你存我亡，正在范高頭擔著風火的當口，插天飛又來了一個窩裡炮，故意放下臉來，大吹大擂的要同他較量一下。

「這一下范高頭真有點擺布不開，並不是敵不過插天飛，因為一露臉，官廳就可以坐收漁翁之利，而且還防插天飛吃裡扒外，同官廳暗地設計謀害，他可以趁勢獨霸鹽幫。這時候官廳也把鹽幫火併情形打聽明白，由一個聰明刁鑽的幕僚，趁機想了一個移花接木的計策。差了一位熟悉鹽梟的紳士，暗暗同范高頭談了一夜，說了許多利害相關的話，勸他變姓易名洗手遠隱，倘能這樣，情願送他不少銀子，另外從別地方找一個替死鬼，算由官廳躡緝擒住，就地正法。這樣一辦，保住了多少大官的前程，他們非但不恨你，還要供個范高頭的長生祿位呢！

「這一套話說得范老頭連連點頭。他自己一想，做了這許多不法行為，著實積蓄了不少家私，做綠林鹽梟的人，要像我這樣面子十足，同做官告老一般的歸隱，世間上找不出第二個來了。古人說得好，知足不辱，見機而退。何況年紀已活到六十多歲，同幫中人已經起了內哄，再留戀下去，一定沒有好結果。他這樣細細一打算，依著那位幕僚的計劃，果然立刻搬起家來，所以那時人人傳說范高頭已被官廳正法了。

「最好笑的是替死鬼正法這一天，范高頭還差了自己一個養女兒，化裝成鄉紳小姐，請高僧打七七四十九天羅天醮，算為那替死鬼超度一番，以報替死鬼的功勞。從此就沒有人提起范老頭子的名字了。

「但是這一套把戲，別人都瞞得過，獨瞞不過插天飛。不料事情湊巧，假范高頭正法不到三天，忽然鹽幫盛傳插天飛被人刺死。江湖上知道內幕的人，都說刺死插天飛的人，沒有別人，定是范高頭不甘心，暗地同插天飛鬥了一場，插天飛敵不過范高頭，自然被他刺死。插天飛一死，范高頭可算得心滿意足，就隱姓埋名飽享林泉之福了。不料好幾年隱姓埋名的范高頭，會在此地出現，而且特意寫了一張紙條給你我，露出真姓名來，似乎把從前隱姓埋名的一套把戲視為煙消雲散，又來一套范高頭復活的把戲！這其中有什麼用意，倒也不易測度呢！」

第十五章　妙語解頤

王元超靜靜的聽他講完，側著頭沉思了一會，笑道，「此時范高頭寫的一張條子，必非無因而止，也許他知道你早已明白他從前的把戲，對你毋須隱瞞，或者他對於千手觀音也有交情，出頭來做和事佬也未可知。我看他條子上的話，很想你到他住的所在去一趟，其中必另有用意。」

黃九龍道：「不管他善意惡意，我想今天晚上，我們兩人先到柳莊暗地探聽一番。倘能探出一點真相來，再冠冕堂皇的去拜訪他，言談之間，似乎較有把握。」

王元超道：「這樣辦法未始不可，不過此公也是行家，雙鳳也是剔透玲瓏的人，聽師兄說過，此公一女一壻也是不凡，雖不懼怕他們，萬一被他們窺破行藏，倒顯得不大合適。」

黃九龍笑道：「此層可以無慮，我們此去能夠不露臉最好，萬一被他們察覺，就隨機應變作為暗地拜訪，免得被外人知道，於他們埋名隱姓的一節上不大穩便。這樣一遮飾，反而顯得我們周到哩。」

王元超聽得似乎也有道理，並不反對，於是兩人商量停當，也不通知別人。等到掌燈時候，癡虎兒已睡醒起來，走到前面，同兩人一見面，問他白天的事，癡虎兒迷迷糊糊的彷彿做了一場夢，黃九龍略微對他一說，才明白過來。大嘴一咧，舌頭一吐，搖頭說：「好厲害的女子。」立時向黃九龍面前一跪，咚咚咚磕起響頭來。

黃九龍莫名其妙，趕忙從地上拉他起來，笑道：「兄弟你才睡醒，怎麼又發了癡呢？」癡虎兒面孔一整道：「誰發癡？我從今天起，非用苦功學武藝不可，我此刻已拜你為師，你非天天教我不可。」說罷，又向王元超叩下頭去，傻頭傻腦的說道：「你也是我的師父，你也得教給我。橫豎你們兩位師父，我是拜定的了。」

他這一拜師，弄得兩人大笑不止，黃九龍笑道：「這倒好，別人拜師先要問問師父肯收不肯收，你是一廂情願，不認也得認，不教也得教。兄弟，老實對你說，本門收徒弟沒有這樣容易的。我們弟兄沒有本門師尊的命令，不能擅自收徒，以後兄弟你千萬不要說拜師的話。至於你想學武藝，你倘能認真吃苦，我們兩人一定盡心教你。」

癡虎兒一聽師父拜不著，武藝一樣可學，咧著大嘴，樂得不得了。三人一桌吃過飯，兩人囑咐癡虎兒守在屋內，不要出去亂走，我們到外面辦一點事就回來，外邊頭目書記等，如有事報告，你只說我們兩人一同出去了，明天再辦好了。囑咐已畢，兩人都換了夜行衣服，各把長袍束在腰間，黃九龍帶了白虹劍，王元超仍然赤手空拳。因為免除湖勇猜疑，不由正門走，都由窗戶飛上屋頂，霎時竄房越脊，飛出堡外。

一到堡外，房屋稀少，兩人落下地來，施展輕身功夫，又從一層層峭壁絕巘上面，越過碉堡，穿出市屋，到了渡口。一想到湖東柳莊去，非船不行，只好現身出來，走到山腳看守渡船的湖勇棚內，挑選了兩個善於駕舟的精壯湖勇，一齊跳下一隻飛划船，兩個湖勇一先一後掄槳如飛，向湖東進發。恰好這時天空掛著一輪皓月，萬顆明星，映著浩浩蕩蕩的湖水，上下一色，纖潔無聲。尤其是湖中銀光閃閃，隨渡隱耀，四周漁莊蟹舍，荻浩蓼陂，都涵罩在一片清光之中，有說不出的一種靜穆幽麗之概。

王元超昂首四矚，披襟當風，不覺興致勃然，向黃九龍道：「他日有暇，同吾兄載酒湖上，賞此夜月，方算不負此山色湖光。」

黃九龍笑道：「這種雅趣，范公當已領略不少，雙鳳也非俗客，或者此時也自容與中流哩。」兩人在舟中隨意談談說說，不覺已近湖東，駕舟的湖勇請示堡主在湖東何處登岸？黃九龍道：「柳莊在何處？」

那湖勇遙指道：「那邊叉港裡面，沿岸密布著柳樹老根椿，孤零零蓋著十幾間瓦房的就是柳莊，那房子是姓范的。」

黃九龍道：「既然已近柳莊，我們就離柳莊裡把將船靠岸好了。」湖勇遵令，搖入曲曲折折的蘆葦內港，一忽兒船已靠岸，一個湖勇先跳上，把船繫在一株白楊根上，然後黃九龍、王元超跳上岸去。

黃九龍四面一看，前面柳莊隱隱在望，此處恰滿岸蘆葦，船藏其中，最為穩妥，就囑咐駕舟的湖勇道：「你們就在此地，候我們回來，不得擅自離開。」囑咐已畢，即同王元超迎著月光，大踏步向柳莊走去。走了一程，迎面一片樹林，這時秋深天氣，只剩得輪囷盤曲的柳椿，間有幾株老枝上還掛著疏疏的幾根柳絲，隨風披拂。穿過柳林，露出一片廣場，這片廣場就是范家門前的空地。廣場正面靠湖，左右兩面編著半人高竹籬，中間窄窄的開了一個小門。

黃九龍、王元超先不進去，從籬外向內一望，只見范家中間一座石庫牆門面湖而立，廣場靠湖地方，蓋著一座不大不小的茶亭，亭畔堆著捉魚的釣竿扳網之類，岸下鎖著三四隻小艇，景象幽寂，靜靜的聽不到一點人聲。正想從籬笆門進去，忽聽得遠遠湖心水波上起了一種異樣聲音，宛如沙鷗野鶩，其行如駛，同陸地上施展飛行術一般無二。因為在水波上走得飛快，腳底拍著水波，相激成聲，聲聲清澈，而且此人一路攝波飛行，顯出身後一條很長的水漪，映著月光，好像汪洋浩渺之間，畫成一條舉目無盡的銀線。

此人漸走漸近，已看清楚是個高顴大鼻，軀幹偉岸的老頭，光著頭，跣著足，披一領寬薄短衫，長與膝齊，胸前一部銀爛似的長髯，迎風飛舞，連兩條濃眉也是純白如雪。惟獨頭上牛山濯濯，禿而且亮，最奇禿頂上隆然高聳，頗像老壽星一般，手內還提了一個大魚筐，直向柳莊飛來。在這涵虛一碧之中，突然現出一個凌波異人，氣概又是異常，差不多都是作海神湖仙，可是黃九龍、王元超早已明白波上人就是范高頭，只看他那個壽星禿頂也就明白其實了。

兩人悄悄的看他作何舉動，只見那人到了離岸丈許的時候，輕輕在水波上一晃，就像一隻大水鳥掠波而起，一眨眼，已見他紋風不動的立在茅亭面前，似乎自己非常得意。昂頭顧盼，神采飛揚，那龐眉底下，一雙虎目一開一合，便如閃電一般。忽聽他喃喃自語了幾句，得意忘形，哈哈大笑起來，一回身，提著魚筐，大踏步趨向石庫，只聽得呀的一聲，已自推門而入。

王元超笑道：「此老偌大年紀，還有如此興致，想見當年叱吒綠林，不可一世之概。」

黃九龍道：「就是這一路登萍渡水的功夫，也是現在幾輩豪俠當中不可多得的，但是究竟年歲已高，輕身提氣的功夫還差一點。」

王元超笑道：「何以見得呢？」

黃九龍道：「你看廣場上，此公留下的一路水淋淋的腳印就可知道。此公飛行水波上，兩足尚在水平線以下，水波必定沒及腳背，所以非赤足不可，躍上岸又留著淋淋漓滿的足印了。」

王元超聽得連連點頭，笑道：「我自己沒有遊行水面過，沒有十分把握，師兄的功夫我相信得過，但也沒看見在水面上走過，哪一天，我們也來步一步此老後塵。」

黃九龍笑笑道：「且莫閒談，我們作何進止呢？」

王元超道：「既已到此，說不得做一次樑上君子了。」兩人一笑，從籬門走進廣場，毫不猶豫，一齊躍上范家牆頭。向下一看，黑暗無光，只隱隱聽得後院有男女談笑之聲，前院似乎是個敞廳，沒有住人。

兩人又從牆頭躍過一座天井，爬在敞廳屋脊上。只見對面蓋著五開間一排平屋，中堂雙門敞露，透出燈火，又聽得范高頭的笑聲中，雜著幾個女人聲音。不過廳屋較高，爬在屋脊上看不出堂內情形。恰巧下面天井裡左右分列著兩株丹桂，巨幹杈枝，高出房簷，正值木樨猶有餘香，枝葉非常茂盛，瓦上樹影參差，正可隱蔽身子。

兩人悄悄跨過房脊，全身貼著瓦背，蛇行到樹影濃厚處，隱住身子，仔細向堂屋內窺探。只見中間擺著一張八仙桌，上頭坐著范老頭子，兩旁坐的正是舜華、瑤華兩姊妹，下面坐著一個婦人，只見一個苗條的背影，大約就是范高頭的女兒了。四人一桌，正在傳杯遞盞，高談闊論，但是不見范高頭的女婿金昆秀，其餘進進出出的幾個老媼，想必是范家的僕婦了。

兩人雖然把屋內情形一覽無遺，可是距離尚遠，堂內談話的聲音依然聽不真切。兩人悄悄咬了一回耳朵，得了一個主意，趁微風起處，樹影搖擺時候，身子微動，一提氣，就勢平著身，像飛魚一般，分向兩株桂樹竄去。這一手，非有真實功夫辦不到，真比狸貓還輕，猿猴還快。一到樹上，輕輕踏住老幹，從葉縫裡窺探堂內。此時相離也不過一二丈遠，看也看得分明，聽也聽得真切，這一來，大得其勢。可是屋內說話聲音，頭一句入耳，就大吃一驚。

你道為何，原來聽得舜華向那范高頭問道：「范老伯不是說兩位貴客已在門外嗎，怎麼還不見光降呢？」

范老頭子笑道：「也許是無意中經過，我當作紆尊降貴光臨賤地了。可是我在門外時候看得月光湖光涵照可愛，偶然興發，在水面遊行了一程，偏偏被那兩位貴客瞧見。這真應了一句俗話，孔夫子門前賣百家姓了，到此刻我還覺得老面皮上熱烘烘呢。」

又聽得坐在下面的少婦冷笑道：「你們枉自生了一雙眼珠，我雖沒有背後眼，但是我已明明看見兩位貴客早已光降了！不過這兩位貴客有點鬼鬼祟祟，而且還愛聞木樨香味，一進門便抱了兩株桂樹不肯放手呢。」

雙鳳聽她說到木樨香味，知道她一語雙關，又刁鑽，又刻薄，只笑得花枝亂顫，用手亂指著少婦笑道：「你一天不耍貧嘴，不能過日子的。」

范老頭子忍住笑，喝道：「休得胡說！」

少婦又搶著說道：「呂家妹妹明知故問，故意用話擠兌我，還說我貧嘴薄舌呢。老頭子怪我得罪了貴客，倒真有點後悔了，現在怎麼辦呢！嘿，有了，我來學一學古人倒屣迎賓，擁篩迓客的禮節，來一個飛箸迎賓客，就此將功折罪好了。」說了這，把手上兩根箸子很迅速的兩手一分，也不回頭，只把兩手手背朝上向肩後一揚，只聽得嗤嗤兩聲，兩隻筷子「二龍出水」勢，飛鏢似的脫手向門外飛去，嘴上還輕輕嬌喝道：「貴客仔細！」

不料喝聲未絕，燈影一晃，突然屋內現出兩個英姿颯颯的人來。兩人一現身，立時向上座的范高頭一躬到地，口內說道：「晚輩久仰老前輩雄名，萬不料近在咫尺，幸承寵召，否則真要失之交臂了！又因為素知老前輩高蹈隱跡，不願俗人知曉，所以特地黹夜輕裝，秘密進謁。不恭之處，還希多多原諒。」

此時范高頭同雙鳳以及少婦，雖明知兩人隱身樹上，萬不料飛箸剛剛出手，人已飛進屋內，身法之快，實也少見，不由得各自一愣！范老頭子同黃九龍、王元超原也初次會面，抬頭仔細一打量，一個是瘦小精悍，氣概非凡，一個是溫文俊偉，丰采軼群，雖都穿著一身夜行衣服，毫無江湖習氣，不覺暗暗敬慕。又一眼看見兩人手上，都捏著一隻筷子，知道這一雙筷子就是自己姑奶奶當鏢發出去被他們接住的，倒顯出不大合適，趕忙離座肅客，極力周旋。

那位少婦剛剛把筷子出手，喊了一句「貴客仔細」，怎麼兩人不先不後，就在此時飛進屋內呢？原來兩人在樹上聽得屋內幾人一吹一唱，嘲笑一陣，擠兑得下不了台。明知隱身門外籬邊時，已被范高頭窺破，等到翻屋進來，眾人得到范老頭子關照，自然早留了神，兩人一舉一動，屋內早已看得明明白白，可是事已至此，萬難再待在樹上，好在動身當口，早已料到此著，兩人暗地做個手勢，打個招呼，就想飄身下去。

忽見屋內坐在下首的少婦，舉動有異，接著嗤嗤兩聲，飛出形似鏢箭的東西來。幸而兩人功夫深到，目光如炬，又從暗處窺明處，格外真切。未待暗器近前，先自雙足一點，一齊飛身進屋，半途中順手牽羊，各把迎面飛來的東西接在手中。等到飛進屋內，腳踏實地，先來個禮多人不怪，即向范高頭一躬到地，順眼一看手上，原來是隻筷子，不覺暗暗好笑。

這時主客寒暄之間，那位少婦目光如電，早已看出來客手上，各捏著自己用的一隻筷子，兀自不肯放手，倒有點不好意思起來。偏偏雙鳳姐妹從旁也看出破綻，舜華尤其捉挾，故意悄悄打趣道：「你這飛箸迎賓倒不錯，不過變了個飛賓迎箸了。」

少婦暗暗的啐了一口，正想還嘴，黃九龍、王元超已掉身向雙鳳施禮，嘴上說道：「原來兩位女英雄魚軒駐此，愚兄弟正想打聽兩位尊寓，恐怕遠道光臨，起居多有不便，受了委屈。二則也想稍盡地主之誼，再請兩位駕臨敝堡，指教一切呢！」

舜華、瑤華一齊恭立笑道，「白天承堡主厚待，已是十分不安，怎敢再擾？倒是愚姐妹奉命向堡主磋商的那樁事，關係海上眾好漢的生路。倘承堡主商個兩便之法，愚姐妹已是感激不淺了。」

黃九龍還未答話，范老頭子已呵呵大笑，搶著說道：「老夫托大，說句不知進退的話，黃堡主同這位王居士，雖然都是今天初會，可是一見就知道都是肝膽照人、胸襟闊大的豪傑，雙方又都有很深的淵源，萬事沒有不可商著辦的。不過也不是一句半句可以說得妥當的，現在姑且從緩商議。難得我這蝸居，承諸位看得起，英雄聚於一堂，又難得這樣好的月色，古人說得好，人生幾見月當頭，老夫蟄伏十餘年，再沒有比此刻痛快的了。來，來，來，貴堡主、王居士，咱們從此掃除客套，先同老夫痛飲一場。」一面說一面把雙袖一捲，露出蒲扇般的大手，把胸前銀絲般的長鬚一理，側著頭靜等兩人回話。

黃九龍一看他這樣神氣，就知道他是個豪邁爽利的角色，對待這種人不能謙虛的，也就昂然笑道：「愚兄弟既然承老前輩抬愛，怎敢不遵？而且現在既然知道老前輩高隱於此，且喜近在咫尺，將來時時要向老前輩請教，還要求老前輩指導才好呢。」

大凡年老的人都愛戴高帽子，尤其是江湖上的老英雄，范老頭子自然不能例外。當時被黃九龍一陣恭維，左一個老前輩，右一個老前輩，只樂得范高頭咧著大嘴，滿臉堆起笑紋，又把帶著漢玉扳指似的一個大拇指，向兩人一豎，大聲道：「嘿，這才是謙恭虛己的大豪傑，從此老夫又多了兩個好友了。」說罷，兀自大笑不止。

這時少婦條的抬身而起，向范老頭子笑道：「老爺子今天樂興大發了，您不是請客吃酒嗎，怎麼一個勁兒大樂，還不讓客坐地呢？」

范老頭子雙手脆生生一拍，大笑道：「可真是的，我真樂糊塗了，怪不得我們姑奶奶又挑眼哩，當真我還沒有向貴客介紹這位姑奶奶哩。喏喏，兩位不要見笑，她就是我唯一無二的小女，年紀也快三十了，早年跟我在江湖上混飯吃，也有點小名氣，稱為紅娘子的便是。現在我年邁無用，全仗她料理家務，也不讓她出去了。可惜這幾天小婿有事出門去了，否則也同兩位親近親近。好在不久就回來，將來遇事兩位看在老夫薄面，多多指導他才好。」

於是主客又謙遜了一陣，范高頭親自掇過兩把椅子，硬把黃九龍、王元超納在上首椅上，自己移在下首，同紅娘子並座相陪。紅娘子也指揮幾個老嫗添杯箸，親自捧起酒壺，向各人面前斟了一巡，很殷勤的滿台張羅。

兩人細看紅娘子蛾眉淡掃，脂粉不施，眉目之間隱含著一種英剛之氣，比較雙鳳宜喜宜嗔之面，又自不同。兩人又一看紅娘子面前沒有筷子，猛想到還在自己手上，趕忙各把手上筷子，送到紅娘子面前，笑道：「姑奶奶這一揚手飛鏢，真了不得，倘然真個用起飛鏢來，愚兄弟休想接得住！」

紅娘子面孔一紅，格格笑道：「兩位不要見罪，倘然知道是兩位光臨，怎敢獻醜呢？」

范老頭子大笑道：「算了吧，橫豎今天我們父女都獻過醜了。」

王元超笑道：「老前輩何必這樣謙虛？像老前輩在這茫茫無邊的湖面上，施展登萍渡水，恐非後輩所能及的。想當年達摩祖師一葦渡海，人人都以為佛法無邊，其實也是登萍渡水的功夫。但是照晚輩的愚見，海水性鹹質重，比湖水淡而質輕的大不相同，似乎在海面施展登萍渡水，比較容易些。像老前輩在輕飄飄的淡水湖面上，連一葦都不用，功夫何等高深！」

這時雙鳳同那位紅娘子聽他拿海水湖水比較，議論非常確當，都各暗暗佩服。可是范老頭子似乎一臉誠惶誠恐之色，很誠摯的答道：「王居士話雖有理，但是老朽怎敢同祖師爺相提並論？這位祖師爺，非但我們少林的開山祖師，也是我們家禮至尊無上的鼻祖，這且不說。王居士雖然看到湖水淡，與海水鹹性質不同，可是海上洶濤萬丈，風波險惡，恐比湖面上施展登萍渡水，要難十倍。」此時雙鳳也插言道：「范老伯這話也有相當理由，倒不易軒輊呢。」

王元超又微微笑道：「晚輩對於這手功夫，未曾實地研究，原不敢妄下斷言。但是平日跟隨敝業師同幾位師兄討論些水面功夫，也曾談到此點。據晚輩愚見，無論海水淡水，倘然施展登萍渡水時有了風濤，似乎反比一平如鏡的水面來得容易，而且波濤愈高愈險，施展功夫也愈覺容易，愈顯出巧妙。」

此言一出，一桌上只有黃九龍暗暗點頭，雙鳳同紅娘子露著疑訝之色，個個妙睞凝注，急待下文。尤其是范老頭子，把手上酒杯一放，兩手一扶桌沿，上身向前一探，急急問道：「王居士定有高見，快請賜教吧。」

王元超笑道：「無非晚輩一孔之見，說出來恐怕貽笑大方。因為晚輩愚見，登萍渡水這手功夫，內仗丹田上提之氣，外借天地自然之力。人在水波上提著氣，可以穩住重心，不使下沉，借著力可以向前飛行。波濤排空的時候，正是天地自然之力最厚的時候，浪波一起一伏，其力至宏，我們就可乘這股力量，借勁使勁，向前推行，似乎比較一平如鏡的水面，反較省力些。這是晚輩亂談，尚乞老前輩指教才是。」

范老頭聽到此處，呵呵大笑道：「與君一夕話，勝讀十年書。了不得！王居士這番議論，足見功夫深奧，不愧陸地神仙的高徒。老夫在湖面起了風波的時候，曾也試驗過，果然與王居士說的話相同。但是功夫練到能夠借用天地自然之力，談何容易？老夫年邁，恐怕望塵莫及的了。」

此時雙鳳同那紅娘子都各暗暗佩服，尤其雙鳳芳心格外垂青。

范老頭子此時精神奕奕，豪氣大發，把面前一大杯酒用手一舉，脖子一仰，咯的一聲喝下肚去，大聲道：「老朽痛快已極！請黃堡主、王居士也要放量痛飲幾杯。呂家兩位賢姪女量雖不宏，也要陪飲幾杯，不要忸忸怩怩作那淑女子態才好。」

雙鳳低嬛一笑，居然也舉杯相照。於是彼此一陣暢敘，只把紅娘子斟酒布菜，忙得不亦樂乎，百忙裡還要詼諧逗笑，議論風生。

暢飲中間，黃九龍忽然想到了一事，停杯向范老頭子笑道：「晚輩有樁事不大明白，要請教老前輩。先頭老前輩不是說貴幫祖師爺也是達摩祖師？這樣說起來，貴幫似乎從佛教而來。但是常聽到幫裡人自己稱在家裡，別人稱幫中人又稱為家裡人。可是此刻聽老前輩又自稱為家裡，音同字不同，其中想必有講究的？」

范老頭子聽他問到此處，忽然把手中酒杯一放，長歎了一聲，很嚴肅的說道：「想不到黃堡主心細如髮，問到這筋節上去。要說到『家禮』兩字，恐怕現在安清後輩，能夠對答得出來，還真不多見呢。講到敝幫起源，從梁武帝好佛時代始，始祖達摩禪師降臨中國，三度神光以後，由鵝頭禪師口占二十四字，代代依字定名，一直傳到翁、錢、潘三祖。於是吾道大興，支派繁衍，分為一百二十八幫半，七十二個半碼頭。

「但是三祖以前幾位祖師爺，差不多都是得道高僧，修成正果。三祖以後，為國出力，從事天庾，從此帶髮傳道，在家禮佛，所以叫作家禮，現在幫內人，稱為家裡，又稱家理，真所謂數典忘祖了。而且其中還有一層最要緊的關係，自從滿清入主中華，明室忠臣義士屢起屢仆，終難得志，只有敝幫臥薪嘗膽，到底不懈，一天比一天勢力宏厚起來。

「從前貴老師陸地神仙，同少林寺有志的大師，都同老朽推心剖腹的結過密約，不過時機不熟，留以有待罷了。就是貴老師差黃堡主整理太湖，同千手觀音乘著呂老先生遺言，結交海上英雄，都有最大的用意在內，無非殊途同歸罷了。在老朽這幾年暗地留心，不出廿年天下定要大亂，那時全仗諸位少年英豪，為含恨地下的忠臣義士揚眉吐氣哩。」說到此處，一陣淒惶，不覺掉下幾滴老淚來。慌忙把面前一杯酒向嘴上一傾，勉強笑道：「老朽狂奴故態，諸位休得掃興。」

話聲未絕，忽聽得砰然一聲，只見黃九龍倏的立起身來，以拳抵桌，睜著兩隻睛光炯炯的眸子，大聲道：「晚輩平日所受敝業師的熏陶，和平生所抱的志願，都被老前輩一語道破，老前輩真是快人。晚輩此番奉師命除掉常傑，為江南英雄預備一席立足之地，不料師母千手觀音不諒苦衷，偏要興師問罪，真難索解？倘如海上英雄真有胸襟磊落、統率群英的人物，俺黃某情願率領堡內好漢拱手聽命，免得同室操戈。」言罷，兩眼直注雙鳳。

舜華柳腰一挺，正想發言，范老頭子已雙手一搖，呵呵大笑道：「黃堡主這番話，老朽知道完全從肺腑中流露出來，可是其中還有曲折，諸位稍安毋躁，聽老朽一言。說到此番糾葛，在座只有老朽肚內雪亮。如為殺常傑而起，老實說，像常傑這種人，死有餘辜，千手觀音何至於為這種人報仇？如為海上英雄立足地設法，千手觀音也知道黃堡主是個義氣深重的漢子，盡可雙方婉商，這兩樁都不是主要原因。說來說去，全在貴老師陸地神仙一人身上。諸位都知道雙方老師，原是一對患難夫妻，而且都是武藝絕倫舉世無雙的人傑。講到歲數，兩人都修養到握固葆元，返老還童的地步，偏偏年輕的時候，種了一點孽因，到現在還芥蒂在心，事事掣肘，解不開這層惡果，你說奇不奇呢？」

紅娘子從旁插言道：「究竟從前有什麼海樣深仇呢？」

范老頭子搖頭道：「不能說，不能說，其中還關係另外一個人，這個人也是同他們兩位差不多的一個神通廣大的奇人。陸地神仙這幾年忽東忽西，倏隱倏現，一半是物色豪傑，恢復河山，一半也因為專找這個人，想解脫自身的怨孽。據老朽旁觀，像陸地神仙那副本領，何求不得？也許就在目前，可以把那層怨孽弄個水落石出了，諸位到了那時，自然會恍然大悟的。至於現在黃堡主身上，無端出了這個岔兒，在老朽看來，千手觀音無非取瑟而歌，並非真同黃堡主為難。稍停幾天，由老朽出頭，從中做個和事佬，陪同呂姪女親去見那千手觀音疏通一下，定個折衷辦法，大約總可賞個薄面。黃堡主同呂家兩位賢姪女，都不必掛在心上，憑老朽是問好了。」

黃九龍聽得喜出望外，趕忙離座向范老頭兜頭一揖，說道：「難得老前輩這樣維護，使晚輩感激得不知如何是好，只可先代全堡湖勇，向老前輩致謝。」說罷又是深深一揖。范老頭子也是謙遜不迭，連稱不敢。

此時舜華也盈盈起立，春風滿面的說道：「姪女初會黃堡主同王居士，就非常敬佩，無奈師命在身，又不測師尊真意所在，弄得左右為難。現在蒙老伯成全，免得雙方意氣從事，實在最好沒有的了，就是姪女們也感恩不淺的。」說罷這句，似乎心有所觸，不由向王元超飛了一眼，霎時紅霞泛頰，依然默默的坐下來。

同時正襟端坐的王元超，耳朵裡聽得舜華一番話，目中看得舜華這番形態，也像觸電似的，無緣無故微覺心內一動，情不自禁的雙目一抬，眼光直射到雙鳳面上去。偏偏舜華也在此時妙睞遙注，眼光一碰，各人心頭立刻突突一陣亂跳。趕忙收回眼光，各自眼觀鼻，鼻觀心，坐得像泥塑木雕一般。

這一幕活劇，黃九龍、范老頭子滿不理會，唯有紅娘子剔透玲瓏，暗暗瞧料幾分，故意笑道：「老爺子這樣一做和事佬，黃堡主、王居士同呂家姐妹都是一家人了，格外可以放懷暢飲幾杯哩。」說罷，又一伸手提起酒壺，在各人面前滿滿斟了一巡。可是雙鳳姐妹聽她說出一家人三字，非常刺心，幸而其中還夾著黃堡主，心裡似乎略略寬鬆一點。忽然聽得黃九龍向范老頭子告辭道：「今天冒昧晉謁，蒙老前輩垂青招待，諸事關照，真真感激萬分。但是此刻魚更三躍，時已不早，晚輩等暫且別過，明天晚輩想請老前輩、姑奶奶同兩位女英雄，一齊光降敝堡，彼此再暢敘一番，晚輩還有許多事要向前輩請教。明日就著舟勇迎迓，務請諸位不卻為幸。」

范老頭子笑道：「我們這姑奶奶最喜熱鬧，呂家兩位賢姪女也是巾幗英雄，老朽愛的就是英雄美酒，一定叨擾就是。」於是兩人離座，向諸人長揖告別，范老頭子領著雙鳳、紅娘子一齊送至大門外。

忽然舜華咦的一聲笑道：「兩位且請留步，還有那冊秘笈就請兩位帶回，幾乎把這事忘掉了。」說罷，就要退身進內去取，兩人一聽大喜。無奈范老頭兒用手一攔，止住舜華道：「何必心急，明天賢姪女帶去，豈不格外顯得鄭重，何必此刻叫兩個累贅的帶在身邊呢？」

舜華聽得果然有理，也就嫣然笑道：「那就明天趨階獻上吧。」兩人也只好拱手告別。正在穿過柳林的時候，微風起處，瞥見側面幾株衰柳上面，一個黑影翩然而逝。兩人以為是夜貓子一類的禽鳥被兩人足聲驚起，也不在意。尋著繫船所在，那兩個駕舟湖勇正蹲在船上，在月光底下打盹。兩人跳下船去，才把他們驚醒，趕忙揉揉眼，解開繩纜，拿起雙槳，搖出葦港，疾駕而回。

兩人回到堡內，已是夜靜無聲，仍從窗戶躍入自己屋內。可笑癡虎兒抱著頭，趴在桌上，呼呼的鼾聲如雷。大約兩人走的時候，囑咐他看守屋內，他就不敢回到自己屋內去，實行坐夜了。

黃九龍走近他的身邊，輕輕向他背上一拍，兀自沉睡如故。黃九龍笑著輕舒猿臂，揪著他的衣領，猛的向上一提，提得他揮手舞腳的怪嚷起來。兩人大笑，他才睜開雙眼，認清兩人已自歸來，黃九龍放手笑問道：「我們走後有事麼？」

癡虎兒瞇著眼，思索了一回，猛的把自己的腦袋擊了一下，道：「似乎有個頭目進來，我回他明天再說，他就出去了，不知道他有什麼事。」

黃九龍笑道：「兄弟，你去安睡吧，時候已是不早，我們也要休息休息了。」

癡虎兒道：「你們究竟上哪兒去了，怎麼去了這久才回來呢？」

王元超笑道：「一時對你也說不清，反正明天你自會明白。」說著把他一推，催他快回房去睡。癡虎兒也不尋根掘底，呵欠連連的出房去了。

黃九龍道：「我們今晚總算不虛此行，明天倒要好好接待他們才是。」

王元超道：「可惜那冊秘笈，今天沒有帶回來，好在明天總可快讀的了。」

黃九龍道：「我對於那冊秘笈，倒不十分注意，並不是自己滿足的意思。因為紙上無論如何說得透徹奧妙，總須名師在旁指點，和自己肯用苦功。講到我們老師所傳這一派功夫，據我猜想，定與秘笈上大同小異，沒有十分差別。不過在少林派同內家以外各派，看得這冊秘笈，自然當作終南捷徑，貴重異常。」

王元超道：「師兄的話，自是正理。但是這冊秘笈萬一落在匪人巨盜手上，大可助長惡焰，混淆內家的名頭。這樣看起來，這冊小小秘笈，關係也非同小可呢！至於我們還夾著重視先輩手澤的一番意思在內，一半也因為單天爵無理取鬧，又生出赤城山醉菩提一番糾葛，愈覺得要保全這冊秘笈了。」

黃九龍笑道：「可是此刻書在雙鳳手上，毋須杞人憂天，我此刻正想著明天如何接待柳莊方面的人，那位范老英雄，將來也是一條好臂膀呢！」

王元超道：「我們明天何妨找幾隻大船，把酒席移上船去，容與中流，賞些湖光山色，豈不大妙。」

黃九龍拍手道：「太妙太妙，準定如此，想必范老英雄同那呂家雙鳳也是贊同的。」兩人又細細商量了一陣，各自歸寢。可是王元超回到自己房內，惦記著范家席上一番旖旎風光，仔細回味，未免略存遐想，胡亂睡了一宵。

次日一早起來，聽得窗外黃九龍吆喝聲音，趕忙披衣出戶，走到屋外，靠在台基朱紅欄干向下一看。只見柏樹底下圍著一堆人，黃九龍正在連聲吆喝。對面一個穿著軍營號衣，滿臉黑麻的兵勇，綁在一株柏樹上，垂頭搭腦，已是生氣毫無。兩旁立著幾個湖勇，手上拿著藤鞭，兩隻眼望著黃九龍，似乎等待命令用刑。王元超看得有點不解，慢慢的走下台階，挨進人叢，向黃九龍問道：「此人何來？」

黃九龍怒氣勃勃道：「我們上赤城山的一幕趣劇，就是此人作的祟。此人就是從太湖堡逃走投入單天爵營內，獻出那封書信，才有醉菩提自告奮勇，到寶幢鐵佛寺盜走秘笈的一段糾葛。在他以為投入單天爵軍營裡，我奈何他不得，不料我硬要把他弄回來。昨天白天在廳上時候，我派去的人已有報告到來，遵照我的吩咐，已把他從蕪湖軍營裡暗地捉來，不日解到此地。那時雙鳳突然到來，無暇對你細說。等到晚上我們從柳家莊回來，虎弟不是說有人進來報告嗎？那就是解到此人的報告，所以我一早起來發落他。」

王元超聽罷，這才明白前後情節，就袖手旁邊一站，靜看他們如何發落。只聽得黃九龍厲聲喝道：「洩漏秘密，暗地潛逃，按照我們太湖堡的定律，哪一樁也是死刑！你倘然從此立誓悔過，把單某最近舉動從實招來，本堡主念你初犯，尚可從輕發落。」

說罷，兩旁湖勇也和聲喝道：「堡主的話聽清楚沒有？你也不想想堡主待我們何等仁愛，哪一樁事虧待過我們，偏你喪心病狂似的暗地逃走了。逃走不算，還要把堡主的信洩露到外邊去，這不是找死嗎？現在難得堡主天佛似的寬容你，你還不覺悟，等待何時呢？」

那幾個湖勇一吹一唱的把話說完，只見樹上綁著的兵勇，勉強把頭一抬，兩隻眼眶裡眼淚像泉水一般流下來，嗚咽著喊道：「眾位老哥，我悔已來不及了。堡主啊，你趕快把我宰了吧，把我做個榜樣，待我來生變牛變馬，再來報答堡主的恩義。」

黃九龍喝道：「廢話少說，單某究竟現在作何舉動，快說。」

那兵勇垂淚道：「單天爵現在野心極大，各處天地會，哥老會，和各水陸碼頭綠林黑道都有來往，宛然是個坐地分贓的山大王。一面借著總兵的勢力，手下爪牙到處魚肉鄉民，弄得蕪湖一般百姓怨氣衝天，偏那朝廷抬舉他，說他才堪大任，新從總兵署了提督銜。又傳說兩江總督風聞太湖名氣很大，長江會匪又鬧得很凶，想調他到江蘇去鎮懾，不日就可真補提督實缺。據他幾個親隨說出來，他自己也上了一本條陳，很吹一氣，恐怕這個消息，不久就要實現的。至於內中細情，單天爵向來心計刻毒，不是心腹，不易知道，小的實在無法探聽了。」

說到此處，已竟有聲無氣，大約一路捆綁，受罪不輕，已折磨得奄奄一息了。黃九龍看他這副狼狽神氣，倒減去了幾分怒氣，厲聲喝道：「暫時把他監禁起來，待他確實悔悟以後，再定處分。」說畢，把手一揮，左右幾個湖勇把樹上逃勇解下來，叉了出去。

第十六章　癡兒慈父

黃九龍轉身邀了王元超，回進臥室，只聽得後面癡虎兒房內，呼呼奇響，好像舞弄棍棒的聲音。兩人過去一看，原來癡虎兒光著脊樑，站在當地，把那枝禪杖舞得風車一般。雖然沒有家數，看他神氣非常凝神注意，連黃九龍、王元超立在門外，毫不覺得。黃九龍大笑道：「快替我停止，不要白費氣力了。」

不料這時他正舞得興高采烈，那枝純鋼禪杖滴溜溜隨身亂轉，發出呼呼聲響，被黃九龍在門外一聲喊，猛一疏神，手上一鬆，一個收不住，那枝禪杖就在喊聲中脫手而出，恰恰向門口飛來。黃九龍一伸手接住禪杖，跨進門去大笑道：「這一手算什麼呢？換了別人，被你這一手就得腦漿迸裂，那才冤枉呢。」癡虎兒睜著一雙環眼，一張蟹殼面，霎時染成一陣大紅色，竟像熟蟹殼了。

王元超過去拍著他的肩膀，笑道：「我知道你急於練功夫，可是練功夫不能亂來的，倘然自己胡來一氣，使過了力，岔了氣，不是玩的。這幾天我們有事，停幾天我們自然一步步會教

你的。」

黃九龍隨手把禪杖倚在壁間，向癡虎兒笑道：「今天我們到湖心去喝酒，你可以跟我們去玩一天，有幾個本領了得的人物，你也可見識見識。」癡虎兒一聽有酒喝，立時把練功夫的心思放在一邊，張著闊嘴道：「去去，就此跟你們去。」

黃九龍道：「你這樣赤著腳去可不成，回頭你把赤城山彌勒庵得來的衣服穿在身上，我們走的時候，一定通知你的。」說罷，同王元超回到自己房內，兩人坐定，王元超道，「師兄預備好船隻沒有，我們何時下湖呢？」

黃九龍道：「我一早起來就派人布置一切了。」話猶未畢，門外進來兩個湖勇，垂手說道：「遊湖大船一隻，夥食行廚船一隻，都已備齊，請示堡主何時下船？」

黃九龍笑向王元超道：「此刻未免過早。」

王元超道：「我們早點親自去迎接范老英雄，作個竟日之遊，也未始不可。」

黃九龍點首向湖勇道：「就此下船去，通知後房虎爺一聲。」兩個湖勇應聲退出。王元超也回房更衣去，一忽兒，癡虎兒穿得很整齊進來，黃九龍也換了一件袍子，外罩四方大袖馬掛，同癡虎兒走出房來，在王元超房門外喊道：「五弟，走吧。」王元超應聲徐步而出，於是三人走向前廳，廳上幾個頭目向黃九龍問道：「堡主遊湖，可以多派幾個弟兄去？」

黃九龍道：「人多船上反而擁擠，可以不必。」邊說邊向門外走去，堡門外已備著三匹駿馬，三人各自控鞍上馬，絲鞭揚處，一忽兒已到渡口。王元超一看湖邊停著一隻丈餘畫舫，船篷盡去，只頭尾擎著四根鐵杆，支著遮陽布幔，四周垂著流蘇，四角掛著幾盞明角風燈，倒也雅致非凡。遊船後面，還繫著一隻白篷巨艇，艇內刀勺之聲，烹炙之味，揚溢出來，想必是遊湖的行廚船。

三人棄鞍上船，黃九龍一看船內寬大，中間設了一張花梨桌子，四面圍著小椅子，桌上擺著鮮花香茗點心盒水煙盤之類，色色俱全。不覺高興異常，對王元超道：「我們堡內幾個頭目，同文案室幾位先生，著實有點才性，我知道這樣布置準對你的心思。」

王元超笑道：「真也虧他們。」又前後一看，船頭船尾各立著兩個精壯湖勇，分司櫓篙，行廚船上也有幾個湖勇。一數兩船的人，連煮茗燒菜的廚役，共有十餘名，足供支應，就吩咐開船，向柳莊進發。

恰值天氣晴爽，嵐光隱隱，秋波疊疊，遠處渺小的幾隻漁舟，同掠波的水鳥出沒天際，宛如圖畫，這樣幽靜的水面，近處只自己兩隻船上一路發出欸欸的櫓聲，和船頭推波而進的接觸聲，偶然遠遠的幾聲漁歌從水面傳來，景象清幽之至。

這樣三人談談笑笑行了一程，忽然癡虎兒伸手指著水面遠處，喊道：「咦，那紅色的是什麼？」

黃九龍目力最好，朝他指的方向一看，只見對面浩渺一碧之上，隱隱的露出一點紅如赤血的東西，正對著船行方向推波而來。王元超也已看見，笑道：「古人用『萬綠叢中一點紅』的詩句作畫題，這不是絕妙的畫稿嗎？」

忽聽黃九龍喊道：「我看出來了，那船上擠著一堆人，紅顏色似乎是女人穿的衣服，看那來船方向正是柳莊所在，難道范老英雄也來得這樣快麼？」回頭吩咐湖勇快迎上去，立時雙櫓如飛，船如疾箭。對方來船卻是一葉扁舟，飛也似的駛來。相離還有半里多路時候，隱隱聽得對船上有人擊楫高歌，水面上一陣清風吹送，歌聲非常悲壯激楚。

王元超伏在船欄上，借著水音，側耳細聽，聽出唱的岳武穆滿江紅一闋，他聽到：「三十功名塵與土，八千里路雲和月，莫等閒白了少年頭，空悲切」響遏行雲，聲裂金石，字字送到耳朵內，回頭向黃九龍笑道：「聽這歌聲，范老無疑，此老豪氣凌雲，一腔熱血，有心人聽到這幾句慷慨悲歌，就可知道他的為人了。又難得這樣大年紀，一點沒有頹敗之態，真所謂得天獨厚的了。」

話猶未畢，一陣微風，掠面而過，又隱隱聽得一個又尖又脆的嗓子唱道：「一帶江山如畫，風物向秋瀟灑，蓼嶼荻花洲，掩映竹籬茅舍。」這幾句唱得纏綿悱惻，抑揚頓挫，從風尾遙曳過來，若斷若連，便像碧天盡處，有仙女從雲中歌舞一般。王元超扶著船欄，聽得神思迷離，不意遠遠一陣拍手歡呼，歌聲便劃然而止。原來兩船愈趨愈近，一剎那，彼此都可望見，所以拍手歡笑。

這邊黃九龍等仔細向前一看，可不是柳莊那般人？最醒目的是船頭立著的紅娘子，披了一件猩猩大紅呢的一口鐘，映著水面倒影，流波閃動浮著一片片的紅光，照眼生纈。王元超笑道：「怪不得人稱紅娘子，原來愛穿紅色衣服出了名的。」

再一看紅娘子身後，范老頭子頭戴范陽氈笠，身披米色繭綢道袍，足登雲頭朱履，箕踞而坐，膝上擱著一片槳，鶴髮童顏，神采奕奕，同昨晚見面時又是不同。范老頭子身後，緊坐著呂氏雙鳳，也各外罩一件燕尾青羽線呢的風氅，越顯得素面朱唇，珊珊秀骨。雙鳳身後還有一個不認識的黑面矮漢卻蹲在船尾，掄槳如飛的急駛而來。片時兩船接近，黃九龍、王元超步出船頭，一齊恭身迎迓，一面命湖勇點篙定船。

那小舟上范老頭子首先起立，拱手大笑道：「有勞兩位遠迎。」語音未絕，已自躍過船來。紅娘子同呂氏姐妹也含笑招呼，先後輕輕躍上船頭。彼此一陣寒暄，步入艙中。范老頭子先不就座，遙向小舟上的黑矮漢連連招手道：「老弟快上這邊來，我給你引見兩位少年英雄。」

那矮漢遙應了一聲，慢慢放下雙槳，立起身來，先向這邊拱一拱手。就在這一拱手的工夫，也沒有看他怎樣動作，只一眨眼，他已從那邊船尾一躍過船，竟像棉絮一般，毫無聲息，連船身都沒有晃動一點。黃九龍、王元超起初以為這黑矮漢一身灰撲撲的村裝，定是范家的長工，此刻一聽范老頭子稱呼老弟，身手又這樣矯捷，才知道以貌取人未免小覷人家。正想上前同他答話，忽見他回頭向外一看，喊聲「不好」，顧不及同人周旋，急匆匆又轉身走到船頭，立時伸出兩手，憑空向湖面一陣亂招。眾人看得非常詫異，也一齊走近船頭，順著他招手的所在一看，不禁暗暗驚奇。

原來這位黑矮漢飛身上來時，兩足不免向小船一點，那張小舟經他一點，舟上沒人主持，自然直蕩開去，偏又下水順流，霎時飄離大船老遠。這邊船頭上的湖勇，急想用竹篙帶住，已是不及。等到黑矮漢走上船頭，那隻小舟已隔開二丈多遠，不料經這黑矮漢立在船頭雙手遠遠一招，說也奇怪，那隻小船好像懂得人性一般，立時在水面上打了個轉身，定在水上不動了。

這時船上的黑矮漢兩掌齊舒，五指勾屈，如鳥爪一般，朝著那隻小船運氣伸縮不定。一看他臂上虬筋枝枝突起，好像掌上挽著千百鈞重的東西一樣，再看那隻小船，似已漸漸移動過來。一忽兒那黑矮漢猛的向後一退，兩掌一拳，兩臂往回一掣，一聲猛喝，就見那隻小舟霎時箭也似的飛射過來。眾人看他有這樣神奇手段，齊聲喝起采來。船頭湖勇見小船已自動回來，慌忙用篙點住，再用船上鐵鏈搭在小船上，就不會再蕩開去了。

黑矮漢回身進艙，笑向范老頭子道：「俺真魯莽，幾乎把老大哥的寶舟，飄去得無影無蹤。」

范老頭子笑道：「想不到我這破舟，也會同你開玩笑，急得你用出混元一炁功來。許久不見你練這手功夫，今天我們大開眼界，還要感謝那隻破舟呢。」說罷，一船上的人都大笑起來。

黃九龍、王元超重新過來見禮，那黑矮漢衣服雖然村野，語言應對卻非常彬彬有禮。這時范老頭從中介紹道：「說起我們這位老弟，也是三湘七澤中一位無名英雄，姓滕單名一個聲字，現年五十有七，湖南麻陽人氏。因為中年遭了天災弄得家破人亡，從此就單身浪遊，沒有家室。可是老天爺安排甚巧，這位老弟因隻身浪遊，反而遇到異人傳授了一身好功夫，所以這位老弟的功夫，還是中年以後才練出來的。因為素性恬淡，不計名利，不遇知己，絕口不談武技，人家看這副外表，宛然是個憨腦的莊稼人，誰知道他身懷絕技呢。

「生平同老朽最講得投機，老朽從前許多好友當中，也要算這位老弟最忠實。自從老朽隱在湖濱，每年總來看望一次，盤桓幾天。昨晚兩位大駕剛才進門，這位老弟接踵而至，老朽同兩位暢談一番，正高興得不得了，又遇老友臨門，那份歡喜就不用提啦。我對他說起兩位大名，他也欽佩得不得了，而且昨晚兩位離開蝸居當口，這位老友已在暗地裡依稀望見兩位丰采，所以今天一同邀來聚會聚會。」

范老頭子介紹已畢，彼此又道了幾句仰慕的話，黃九龍又拉著癡虎兒替他向各人介紹一番，然後彼此紛紛就座。湖勇們依次獻上香茗，大家就興高采烈的開懷暢談起來。這時大船帶著范家的小船，後面跟著行廚船，在湖面緩緩而行。坐船上除去四個搖船的湖勇不算，中艙環坐著范老頭子、滕聲、舜華、瑤華、紅娘子、癡虎兒、王元超、黃九龍，賓主共八個人，你一言，我一語，談天說地，熱鬧非凡，中間還夾著紅娘子落落大方，詼諧百出，逗得一船上笑聲不絕。

范老頭子笑向黃九龍道：「黃堡主這樣盛情接待，後面還攜著行廚，想必愛這四面湖光山色，做個遊湖的盛會，真是雅人勝致。老朽從此隱居湖上，不愁寂寞了。可是我們還沒有到貴堡登堂拜謁，就在中途逗留，似乎太放肆了。」

黃九龍忙答道：「老前輩何必過謙，登堂的話，更不敢當，老前輩倘能蒞臨敝堡，指教一切，已是榮幸非凡了。」

這時，忽見紅娘子眼光閃爍不定，東一溜西一溜的向滕鞏、癡虎兒兩人面上來回瞧個不住，瞧一回，同雙鳳嘁喳一陣，雙鳳也把明眸閃爍起來。黃九龍、王元超都看得有點詫異，暗地向滕鞏面上一看。不料此時滕鞏也是兩眼直勾勾的瞅著癡虎兒，順著他們的眼光，向癡虎兒一看，只見他懶洋洋的靠在船欄上，似乎被他們看得不好意思，假裝遠眺，避開他們的目光。但是黃九龍、王元超這樣仔細一留神，也看出他們的意思來了，原來他們看得滕鞏長相同癡虎兒一模一樣，從頭到腳無一處不像，而且越看越相似，連滕鞏自己也覺得了。

兩人再細細一打量，果然滕鞏也是濃眉闊口，也是短身橫面，甚至五官位置，皮膚顏色處處相同。不過癡虎兒正值青年，肌膚充盈，氣色潤澤，滕鞏已留著一口花白短鬚，又是一臉風塵蒼老之色，有點不同罷了。黃九龍、王元超這樣一看破，也是暗暗納罕，轉念天下同貌的也有，不足為奇。再一看滕鞏還是一瞬不瞬的看著癡虎兒的背影，眉頭雙鎖，似乎滿腔心事，露出一臉淒惶之色來。

黃九龍一看這副形狀，勾起好奇心來，心想他自己也知道與人面目相同，但是何必這樣愁容滿面呢？猛然想起癡虎兒幼年的身世，頓有所觸，正想同滕鞏攀談，忽見紅娘子匆匆離座，走到范老頭子跟前，低低嘁喳了一陣。范老頭子一面點頭，一面向滕鞏、癡虎兒看了一回，登時笑容可掬的向黃九龍問道：「這位雅號癡虎兒的弟台，想必是貴堡新進的少年英雄，是否同出尊師門下？」

黃九龍聽他忽然問到癡虎兒，知道是紅娘子搗的鬼，趁勢答道：「說起我們這位虎弟，幼年出世時候，非常奇特，也非常淒慘。最奇怪的，他到現在還不知道自己姓什麼，只知道父母是湖南人罷了。」

范老頭子聽到此處，兩隻眼珠亂轉，滿面詫異的說道：「呦，原來也是湖南人，想不到滕老弟在此地還碰著同鄉人的。」邊說邊看了滕鞏一眼，只見滕鞏很惶急的問道：「現在這位堂上二老，都健在麼？」

黃九龍道：「說也可憐，我們這位虎弟一離娘胎，慈母就撒手歸天，父親呢，又早已不知下落，一出世就成了一個無父無母的人。非但同父母沒說過一句話，連自己的父母面長面短，都不得而知，又沒有半個戚族，所以到現在自己究竟姓什麼，還無從查考呢！」

此時癡虎兒臉雖朝外，兩隻耳朵聽得非常清楚，聽得黃九龍提到自己幼年身世，頓時觸起悲腸，鼻子一酸，眼淚就要奪眶而出。這一來，益發不敢回頭，等到黃九龍說出自己還沒有姓，一陣難受，但看他肩背一起一伏，就知道他傷心已極，一船上都代為歎息不已。

不料這當口，滕鞏微一跺腳，哎的一聲，直立起來，瞪著淚汪汪的眼珠，伸著顫抖抖的手臂，意思之間，似乎想去撫慰癡虎兒，又像欲前又卻的樣子。紅娘子正在他身後，倏的伸手一拉滕鞏衣襟，悄悄說道：「滕叔，我們且聽黃堡主細談。」滕鞏經這一拉，悚然一驚，一聲長歎，仍復頹然就座。

范老頭子笑道：「我們滕老弟心腸非常慈悲，自己又沒有一男半女，所以一聽黃堡主講得淒楚就感動心曲了。但是老朽尚不明白，這位既然出世就沒了父母，由何人撫養長大呢？」

黃九龍笑道：「晚輩說他出世奇特，就在這個地方。這位虎弟在五六歲以前，可以說沒有經過人撫育。」此言一出，眾人大為震動，尤其是舜華，忽然觸起心機，想著一事，急急問道：「才出世小孩，不經人撫養，難道遇著奇異的獸類代為撫育麼？」

這一問，黃九龍、王元超同時吃了一驚，心想你怎麼知道的？連癡虎兒也聽得奇怪，一抹眼淚，回過頭來瞧了舜華好幾眼，依然回過頭去，惘惘然的看那船舷的流水，紅娘子以為舜華語言不檢，說出獸類撫育的話，所以惹得癡虎兒心不樂，回頭直瞧，暗地向舜華看了一眼。

黃九龍徐徐笑道：「呂女士所說的很有見地，並沒說錯。事不說不明，左右閒著無事，我把其中詳細情形講一講，諸位就明白了。」

於是把癡虎兒出世情節，一直到自己碰到癡虎兒，趕走醉菩提，帶到太湖堡為止，原原本本巨細不遺的說了一番。每逢說到奇特慘痛之處，非但范老頭子、紅娘子聽得拍案驚奇，連雙鳳也大聲呼怪起來，惟獨滕鞏同癡虎兒一聲不響的聽著，只各人眼淚像瀑布一般直淌下來。等到黃九龍一口氣說完，忽見滕鞏面上眼淚，點滴都無，只瞪著一雙巨眼，直勾勾的看住癡虎兒身上，額上滿迸出一顆顆像黃豆般大的汗珠，形狀非常可怕。

范老頭子一看滕鞏這副形態，喊聲不好！正想立起身來，說時遲，那時快，猛聽得滕鞏一聲慘叫，張開兩手，從座上向癡虎兒直撲過去，還未撲到跟前，兩眼向上一翻，全身直挫下去，砰的一聲巨震，整個兒跌在船板上，昏死過去了。

這一來，船上立時大亂，癡虎兒還莫名其妙，回頭一看，以為這人發了瘋，驚得直跳起來。范老頭子同紅娘子首先一躍而前，蹲下去一左一右地扶住滕鞏，不住的掐穴搖背，范老頭子也是老淚婆娑，兩眼望著天空大聲喊道：「難得，老天有眼！」把這幾句話顛倒叨念不已。一忽兒滕鞏轉過一口氣來，咯的一聲吐出一口稠痰，悠悠的喊了一聲：「我的天呀！」叫了這聲，眼淚又直瀉下來。

范老頭子流著淚道：「好了，好了，老弟且休著急，愚兄自有辦法。」復向黃九龍道：「諸位休慌，今天事出非常，難怪我們滕老弟一時急痛攻心，昏厥過去，待一會就好了。」

黃九龍和王元超心裡已瞧料幾分，心想真有這樣天緣湊巧的事麼？如果滕老頭子沒有誤會，倒是我們虎弟的大造化。

黃九龍一面思索，一面倒了一杯熱茶，送到滕鞏口邊，紅娘子趕忙接過，連稱不敢，滕鞏呷了一杯茶，神色漸漸回復。范老頭子同紅娘子扶他起來，仍舊納在座上，范老頭子又回身向眾人朗聲道：「今天事非偶然，也許老天爺安排定當，故而鬼使神差使我們聚在一起。諸位不明白其中詳情當然看得詫異，現在待老朽把滕老弟的身世對諸位一講，然後咱們再從長計議。

「說起我們滕老弟的家鄉，在湖南麻陽縣鄉下，祖上務農為業，傳到這位滕老弟也是半耕半讀，家境也算小康人家。娶了一位姓金的夫人，荊釵布裙，非常賢慧。不料到了滕老弟三十餘歲時候，禍從天降，忽然山洪暴發，秋雨連綿，湖南全省大水為災。偏偏滕老弟的一鄉地勢格外低窪，一天晚上，忽聽天崩地裂價一聲巨震，全村眾人俱從夢中驚醒。一剎時村外像千軍萬馬一般的聲浪，鼎沸而起，夾著男女呼號之聲，天翻地覆般鬧成一片。知道不好，定是江堤倒塌，大水來襲。急急穿衣下床，把門房一開，嘿，可不得了哇！立時一股洪流衝進門內。

「那時滕老弟無非是個安分守已的鄉農，水性又未精練，一陣驚慌，早已隨波逐流，飄得不知去向，等到被人救起甦醒過來，已在百里開外。想到自己那位金夫人，當然也被大水衝去，又是女流之輩，多半已是性命難保。最悲痛的是自己夫人已經懷孕，從前又沒有添過孩子，這一來豈不斷宗絕根，那時滕老弟的悲痛，也就不用提呀。偏又禍不單行，自己剛從水裡被人救起，又接著生了一場大病，幾乎了此殘生。幸而尚有救星，因為他從水裡被人救起的地方，是座古廟的門前，救他的人就是廟內的和尚。

「可是那個和尚救他起來以後，不料他又生起大病來，病了許多日子，病勢愈來愈重，弄得廟內和尚束手無策。正在病得奄奄一息的當口，幸而那廟裡忽然來了一個遠方掛單老和尚，係從四川峨嵋雲遊到此。看到滕老弟病倒僧房，自願擔任醫藥。果然那個掛單僧醫術神通，連服幾味丹藥，居然起死回生，幾天以後，就復了原。滕老弟自然感激得不知所云，但是他這一病，已耽誤了幾個月，病中人事不知，沒有話說。病好以後，自然一心記掛著金夫人的存亡下落，和家鄉水災退後如何光景？立時想拜別寺僧，趕回家去。

「哪知那個掛單僧聽他說出這份意思，哈哈大笑起來，向他說道：『你臥病時候，老僧已替你到貴鄉走過一遭了，你今生今世，休想見到你的家鄉了。』滕老弟聽得自然吃驚，忙問他此話怎講？他說你們貴鄉地勢本屬低窪，此次全省大水，又為前十年所未有，各路的水都聚在貴鄉，所以田廬樹木統統浸沒，已變成眾派所歸的巨澤，地形也改了模樣，正應了桑田滄海那句話了，你還想找得著你的家園嗎？滕老弟知道這個掛單僧年高貌古，一臉慈祥，絕不會說謊，立時嚇得只有哭泣的份兒。那老和尚驀然一聲猛喝，大聲道：『田園身外之物，何足戀惜？大明江山還要失掉，何況你這幾畝田園！』

「滕老弟被他一喝，吃了一驚，哭喪著臉道：『田園棄掉也罷，但是……』老和尚不待他出口，忽然大笑道：『夫妻聚散，子孫有無，都有緣分。比如你明明已被大水漂去，到百里外，還被人救活，焉知你老婆肚中一塊肉，不養個黑黑胖胖的好兒子，替你傳宗揚名呢？』這幾句話說得滕老弟毛骨悚然，心想我肚內的意思，怎樣他知道得這樣透徹呢？想必是個得道高僧，自己正在走投無路的時候，就跪在老和尚面前，求老和尚指點迷途。

「那老和尚也毫不客氣，立起來，把全身骨骼一摸，用手一提，像提小雞似的提了起來，只說一句『跟我走！』從此滕老弟就拜老和尚為師，跟他海角天涯的跑了十幾年，練成了一身好功夫。

「有一年師徒二人，走到峨嵋山最高峰一座石洞內，老和尚對他說，這座石洞是老和尚早年修行的地方，所以洞內石桌石床，和一切應用物件，都很完備，兩人在石洞內又居住了許多日子。

「有一天，老和尚從洞底掘出一具石匣，打破石匣拿出兩柄長劍來，說是這兩柄劍還是當年百拙上人在雲南莽歇崖鑄成的八劍之二，一名奔雷，一名太甲。這柄奔雷，現在我賜你，以助積修外功。這柄太甲，你暫時一併帶在身邊，將來機緣湊巧，你或者尚能會著你親生兒子，到了那時候，你把太甲劍轉賜你的兒子佩用。那時滕老弟雖然知道自己師父道行高深，玄機朗澈，所說定有道理，但是突如其來的兒子，實在聽得莫名其妙，又不敢細細探問，只好恭恭敬敬的接受。

「老和尚把兩柄劍交付完畢，又對他道：『你跟我這幾年，已經有點修養，論到本領，也可獨自在江湖閱歷一番，做點功德，尤其應該到浙江地方常常走走，自有你安身立命之所。你要知道，鄉能變湖，湖亦能變鄉，天下事沒有一定的，而且天下無不散的筵席，我與你的緣份，也盡如此，我自己也要尋一個歸宿之處。你明天就可獨自下山，不必戀戀在此。』說完這番話，就面壁入定，不理會他了。

「從此滕老弟就拜別師尊，浪遊天下，暗地做了許多俠義功德的事。因為記著師父臨別贈言，常常到江湖來遊玩，所以同老朽結為知己朋友，這是滕老弟親口對老朽說的從前經過。諸位請想，我們把滕老弟和癡虎兒兩位的身世，互相對證起來，又看他們兩位的面貌，同老和尚所說遇緣得子的話，各方面一湊合，此刻不是奇緣巧合，父子團聚麼？」

黃九龍等靜靜的聽他講畢，人人感動得又驚又喜，心想果然有這種奇事，立時各個的眼光，都集中在滕鞏、癡虎兒兩人身上。這時滕鞏抹著老淚立起身來，向眾人羅圈一揖，未開言先自一聲歎，然後岔著嗓音道：「像俺苦命的人，萬料不到有今天一樁巧事，此刻俺好像在夢裡一般，心裡也亂得一點沒有主意。究竟其中有沒有錯誤的地方，還要請諸位代我們作主。倘然千真萬確，確是這麼一回事，也許老天爺可憐俺，設法補償我一生慘痛。現在應該怎樣確切證明，全仗黃堡主和諸位大德成全。非但俺感激得難以形容，就是俺地下的拙荊，也變牛變馬報答不盡的。」一言未畢，嗓子一啞，眼淚像拋珠一般灑下來。

眾人正想開口，忽聽得癡虎兒一聲大吼，搶過來伸出一隻黑毛的巨手，擘胸把滕鞏的衣襟扭住，瞪著一雙怪眼，一頭毛蓬似的亂髮，根根上豎。面上又掛著一道道縱橫的淚痕，像凶煞般對著滕鞏，嘴上發出咻咻之聲，只說不出話來。這一來，非但滕鞏摸不著頭腦，眾人也不知道他是什麼意思。黃九龍慌忙喝道：「虎弟不得無禮，這是你的父親。」

癡虎兒經過這一喝，忽然哇的一聲大哭起來，邊哭邊跳腳嚷道：「天啊，我娘死得好苦呀！」大嚷大鬧只喊著這句話，依然扭著滕鞏不放手，眾人聽他這句話，依然丈二和尚摸不著頭腦？可是經他沸天翻地的一鬧，那隻船東簸西蕩，幾乎翻了身。

眾人正想近前勸阻，滕鞏兩手一搖，一跺腳，抱住癡虎兒，大哭道：「兒啊，為父知道你的意思了，你因為想到你娘死得淒慘，怨為父不早來尋訪。兒啊，你要明白，咱們一鄉的人被水溺死了十之八九，也不知道你娘怎樣逃出命來。事後俺們家鄉又被大水匯成巨澤，弄得無家可歸，一村幸而逃出命來的人，都散在遠處，想訪查你娘的下落，也無從著手。為父離師以後，接二連三的到咱們家鄉尋訪，無奈好好一個村莊變了白茫茫的大湖，叫為父如何是好呢！兒啊！你不要哭壞了身子，天可憐我今天使我們父子相逢，又難得黃堡主在赤城山陌路相逢，把你提攜到此，看待得像自己手足一般，這樣的恩義，我們父子要時時記在心裡，設法圖報才是。」

癡虎兒聽他父親說得這樣委婉，覺得自己太魯莽了，初次碰著難得見面的父親，不問皂白，就來了這一手，自己知道太不對了。心裡一陣難過，卜通一聲，跪在地上，抱住滕鞏大腿，抽抽噎噎的哭個不已。滕鞏也是悲喜交集，隱痛難言，索性父子擁抱著大哭一場。這一場大哭，只哭得一船的人個個歎息不已！尤其紅娘子同舜華、瑤華雖是巾幗英雄，終究是兒女心懷，竟在旁邊陪了許多眼淚。

等到他父子倆哭個盡興，范老頭子又再三勸慰一番，才停止悲聲，由船上湖勇遞上熱手巾，一一擦過臉。滕翬又向眾人很懇摯的道謝一番，尤其對於黃九龍、王元超表示出十分感激的意思。這時癡虎兒早已收起煞神般的凶態，變成了馴柔的乳羊，依依難捨的靠著滕翬，問長問短，流露出父子天性來。一船上的人，也依然開懷談笑，掃盡愁雲慘霧，又復充滿了融融洽洽之象，可是談話的資料，還是他們父子倆身上的事。

紅娘子笑道：「我們這位虎弟，出世果然奇怪，但是那隻哺乳的雌老虎，尤為奇怪，憑什麼對於虎弟有這種情義，實在想不出所以然來。」

舜華忽然笑道：「講到那隻雌老虎，愚姐妹倆倒略知一二，而且我們姐妹倆小的時候，同那隻雌老虎還天天在一塊兒玩耍呢。」這幾句話又是奇峰突起，引得眾人又連聲呼怪起來。

紅娘子柳腰一擺，斜睨了舜華一眼，格格笑道：「怪不得剛才黃堡主還未說出虎弟的詳情，你就說異獸撫育的話，難道說你也嚐過那雌老虎的虎乳？」

舜華輕輕啐了一口，嬌嗔道：「狗嘴裡會生象牙才怪呢。」

兩人一打趣，引得眾人大笑，滕翬急得想打聽雌老虎的來源，笑向舜華道：「范姑奶奶一天不說笑話不過日子的，可是事情真奇怪，呂小姐怎麼也知道那雌老虎呢？」

舜華道：「那隻雌老虎從前在雲居山深谷內憩息，無意中被舍親千手觀音瞧見，生生把牠活捉回來，調養了幾個月，馴服得像狸貓一般。平日舍親同幾位道友講經說法，那隻雌老虎總在身旁蹲著，豎著虎耳，癡癡的聽道友們講些修真養性的話，好像懂得一般。幾年過來，野性全無，千手觀音說的話，句句懂得，非但守門司守，啣柴代騎，可以指揮如意，而且忠心耿耿，一刻不離主人左右。

「那時愚姐妹年紀尚小，先父去世，蒙舍親千手觀音接到雲居山教養，時常騎在虎背上，滿山遊玩。有一天忽然雌老虎引了一隻雄老虎來，向舍親搖尾乞憐，好像二虎原是一對夫妻，所以雌老虎引來懇求一起收錄，從此一雌一雄兩隻老虎養在家裡。又隔了一年多，那隻雌虎忽然生出兩隻豹來，不料生下來的兩隻豹，不到幾個月的工夫，野性大發，滿屋亂竄，逢人就咬。幸愚姐妹逃避得快，幾乎被兩豹咬傷。可笑那雌雄兩虎一看自己生出來的東西，闖了大禍，急得一陣亂啃亂咬，生生把兩豹咬死。恰巧那天舍親出門採藥去了，等到回家，只見兩虎一齊跪在門口，淚如雨下，面前還橫著兩隻死豹。

舍親非但懂得虎性，似乎她一言一動兩虎也能略解，對那雌虎不知說了幾句什麼話，只見雌虎立起身來，朝那雄虎嗚嗚一陣悲鳴，立時向山內跑得無影無蹤。我們看得莫名其妙，向舍親問起情由，才知那天千手觀音路過赤城山，看見一個逃難的垂斃婦人，身旁還有一個初出胎的小兒子，情景非常淒慘。細看那婦人生命已無可挽回，對於初出胎的小孩，又一時沒有妥當處置的法子，正想回家再設別法，恰巧未進門，就碰上兩虎這麼一段事，頓時觸起妙策。先向兩虎訓斥一頓，然後當夜帶著雌虎到赤城山去救初出胎的小孩，並將婦人屍首掩埋。在赤城山上找個洞穴，命雌虎用虎乳哺育初出胎的小孩，須哺乳到小孩自己會走，就近送與彌勒庵方丈以後，才准回來，把這樁事將功贖罪。倘然那小孩撫育得不得法，立時要把兩虎一齊處死。

「那兩隻虎對於舍親原是唯命是聽，從來沒有毫釐違背，或做錯一點的。所以舍親也很信任牠，舍親為這事，也奔走了一整夜。又據舍親說，無論哪種禽獸都可以感化得同人類一樣，不過感化的方法，各有不同罷了。愈是龐大厲害的禽獸，愈容易感化，一經感化，絕不至中途變心，倒是人類卻不容易感化。因為禽獸腦筋究竟簡單的，所以佛教有馴象伏獅的阿羅漢，儒教有懂得牛鳴鳥語的介葛盧公冶長，和百獸率舞的師曠。懂得此中奧妙，要馴服幾隻烈禽猛獸，原不足為奇。

「話雖如此，那兩隻老虎根基頗厚，卻與他獸不同，舍親當時說了這番話，我們聽得也有點領悟。想到普通人家養的雞犬之類，同形體大一點的牛馬，何嘗不是禽獸？老虎處在深山偶然被人碰見，不是駭走，就是設法置牠於死地，同人類一點沒有接觸情感的機會，自然而然變成一種可怕的獸類。果然，這事隔幾年，那雙癡虎突然回到雲居山，向舍親搖頭擺尾的一陣亂吼，居然還落下幾點虎淚。我們聽舍親說，知道癡虎已把那小孩養大，設法交與彌勒庵長老領養，而且那癡虎還表示非常愛惜那小孩，時常偷偷的到赤城山去探望那小孩在彌勒庵中的情形。卻不敢跑進庵去，總在對山松林內暗暗守候那孩子出庵來。倘然見不著小孩的面，回來必定乖頭搭腦，餵牠食吃，也像吃不下去樣子，到了第二天，還得跑去看望，待見著了小孩的面，才死心塌地地回來，所以我們都喊牠癡虎婆。

「不料牠有一次從赤城山探望小孩回來，跪在舍親面前嗚嗚悲吼，彷彿哭訴一般。舍親跟牠到赤城山去了一趟，才明白就裡。回來拿出一顆丹藥同許多鹿腿，命我騎了癡虎去救那小孩的命。舍親又把自己常用的一顆押忽大珠，教我拿著可以代燈夜行。可是從雲居山到赤城山路確實不近，走的又是偏僻山道，虧那癡虎拚命馱著人飛跑一路竄高越矮，竟像騰雲駕霧一般，沒有多少時候，就到了赤城山。只見那癡虎從一塊雪上，馱起一個凍斃的少年，馱進了一個黑暗深廣的洞內，我拿著那顆押忽大珠照著，待牠把丹藥灌入少年口內，那癡虎抱著少年，活像母子一般。那時我聞不慣洞中的穢氣，就立在洞口待了一忽兒，直等到那少年甦醒，才催那癡虎一同回轉，這就是以前那隻癡虎的歷史。此刻碰上滕老丈父子巧遇，黃堡主說起癡虎哺乳的事，才明白滕老丈這位令郎就是從前雪地上的少年。」

這樣經舜華補敘明白，眾人格外驚歎，好像一船上的人都非偶然而聚，尤其是滕鞏同癡虎兒，感念那隻癡虎的恩情，稱道不置。癡虎兒道：「怪不得兩位女英雄昨天駕臨湖堡的時候，我在席上看見這位女英雄彷佛面熟得很，原來在赤城山虎窩洞口，早已會過面的。」

滕鞏也接口道：「不知現在那靈通的義虎仍舊在雲居山上嗎？將來小兒應該想法報答哺育之恩才是道理。」

舜華笑道：「現在那一公一母兩虎，依然馴養在舍親別墅內，比從前格外通靈了。報答的話，倒可不必，將來有機會，令郎再同那癡虎會面一場，那癡虎必定非常滿足的了。」

這時船內眾人談談說說，不知不覺時已近午，船也遊行到太湖深處，兩岸山岩陡削。王元超、黃九龍指揮湖勇泊船設筵，行廚船上就陸續獻上山珍海味，美酒時饈，霎時賓主入座，開懷暢飲起來。

大家吃到半酣時節，范老頭子在首座忽然對王元超笑道：「老朽癡長了這麼大，像滕老弟今天父子巧遇，倒是生平罕見罕聞的奇事。萬一雙方沒有事實證明，或者雙方經過的事實，模糊不足為據，明明是父子，當時沒有確實法子來證明，這又如何是好？王居士滿腹經綸，定必另有妙法，可否賜教一二，使老朽開開茅塞。」

此言一出，又引起眾人注意。頭一個滕鞏，心想這話對呀，就是我們今天父子巧遇，也無非憑朋友居中一番傳述，倘然另外還有確實證明法子，豈不格外完美。可是王元超一聽范高頭問到這句話，早已明白范老頭子的意思，是明知故問的，當時不慌不忙放下酒杯，微笑道：「范老前輩見多識廣，定然知道古人滴血為證的故事，照冤錄上所載，不要說是活人，就是百年枯骨，也一樣可以滴血的。」

滕鞏不待范老頭子答話，搶著道：「王居士說的滴血為證，不知如何滴法？我們父子倆何妨當場一試，也可長長見識。」

王元超笑道：「滴血法子非常簡單，無非用一杯清水，雙方各自刺一些血出來，同時滴在杯水內，倘然血滴下去，剎時凝結成一塊，就可證明確是親骨肉無疑，否則就不會凝結在一塊的，

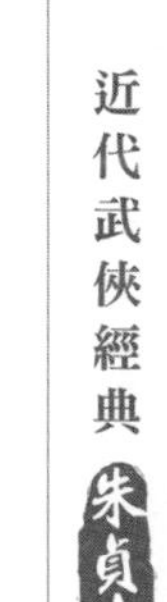

但是現在兩位何必多此一舉呢？」

不料眾人好奇心盛，都想見識一番。加以滕鞏自己願意，親自立起來找了一隻茶杯，在船頭舀了一杯清水，匆匆回座，放在桌上。立時捲起左袖，露出虯筋密布的臂膀，抬頭向各人一瞧，向紅娘子道：「姑奶奶，你頭上金釵借吾一用。」

紅娘子笑道：「滕叔，你這一身刀槍不入的鋼筋鐵骨，金釵軟軟的怎麼能用，我倒有一宗法寶，可以權充一使。」

邊說邊向腰下解下一個很小的皮袋來，解開袋口掏出兩枚金錢來，眾人細看，原來是一種特製的金錢鏢。這種金錢鏢並非真個金錢，卻是周圍鑲著尖利鋒芒的鋼邊，發出時專取敵人要害，就是有鐵布衫金鐘罩功夫的人，遇上這種金錢鏢也要擔心。因為功夫練不到眼上，金錢鏢卻是專取雙目的暗器，形式又小，一發就是連珠不絕，很不容易躲閃。紅娘子是使用金錢鏢的專家，尤其練得神出鬼沒，遇著許多敵人時，能夠滿握金錢鏢，漫天一撒，個個金錢鏢不為落空。只用一枚時候，也能使出種種巧妙著數，令人防不勝防。

這時她拿出金錢鏢，滕鞏接過去向眾人一揚笑道：「這是姑奶奶的看家法寶，當年在江湖江北不少好漢，敗在這小小金錢鏢上，綠林中還有人送她撒錢女劉海的雅號呢。」邊說邊把袖子向上一勒，又分了一枚給癡虎兒，教他照樣劃一個小口子，流出一點血來。

父子倆將要動手，范老頭子猛然一拍身，笑道：「且慢，這樣試驗還不確當，我也來陪你們出點血，先試驗一次不是親骨肉的看看，諸位以為如何？」

紅娘子首先搶著說道：「老爺子這麼年紀，憑空想出點血，這是何苦呢？橫豎我這鏢內沒有毒藥煮煉過的，人人都可以試驗，我就代替老爺子來玩他一下。」

范老頭子笑道：「出點血有什麼了不得，也罷，你就流點血試試看。」

紅娘子立時又叫人另外舀水來，自己拿出一枚鏢來，對癡虎兒道：「虎弟你先在膀上微微劃一下。」

癡虎兒果然也擄起左袖，右手拈住金錢鏢，在膀上輕輕一劃。紅娘子趕忙也在左指上劃了一下，立時滲出一縷血來，流入杯中，把杯向癡虎兒面前一送，癡虎兒一俯身，也把膀上的血流在杯內。

眾人一起抬身細看杯內，只見水中兩縷鮮紅的血絲，蕩漾開來，化為許多遊絲一般的赤縷嫋向杯底。范老頭子催著癡虎兒道：「你不用再劃第二個口子，趁勢再向這杯水內流一點就好了。」癡虎兒依言再伸著臂膀，靠迎他父親面前一杯水內，用手一擠創口，又濃濃的流了一大點血進去。滕鞏一看他兒子滿不在乎的左流一點血，右流一點血，看得有點心痛，慌忙從懷內掏出一瓶藥來，遞給紅娘子道：「這是我師父親自製煉的名貴刀創藥，略微上一點就可封口，請姑奶奶自己用後，交小兒也上一點就好了。」

紅娘子接過藥瓶後笑道：「滕叔，你快流血罷，不要耽誤了眾人吃酒呀！」滕鞏聽得，趕忙把左臂湊近杯口，右手用鏢鋒一勒，立時冒出血來，流入杯內。這時一席的眼光，個個注在杯內。說也奇怪，這回頓時不同，只見滕鞏的血一流入杯內，立時同癡虎兒的血像吸鐵石一般凝合在一處，直沉杯底，並不分散開來。許久，才被水化開，由濃而淡，由淡而變成一杯淡淡的紅水。

這時范老頭子脆生生一拍手掌，呵呵大笑道：「王居士真是滿腹經綸，這樣一試驗還有誰敢不信滕老弟今天的巧遇呢，我們應該大家恭賀一杯！」

這時眾人也明白范老頭子故意引逗王元超說出滴血的話來，重加一番證明，免得將來另生波折，沒有不暗暗佩服范老頭子思慮周到。於是大家收去兩杯血水，又向滕鞏父子舉杯道賀，滕鞏、癡虎兒也自高興非凡，同眾人謙讓一番。這時黃九龍是東道主人，自然滿席張羅，王元超也自殷勤招待。

等到酒闌席散日已過午，黃九龍想到滕氏父子一番巧遇已告一段落，自己也有許多話要同范老頭子商量，心中略一盤算，就向范老頭子笑道：「我們這位虎弟今天無意中逢著自己父親，正是天大喜事，晚輩愚見想請滕老前輩暫息遊蹤，在敝堡盤桓幾時，虎弟也可稍盡侍奉之道，滕老前輩也可及時傳授家學。而且晚輩這次同虎弟回到敝堡，係奉敝老師的手諭行事。虎弟雖未正式列入門牆，回想敝老師在赤城山同虎弟一番周旋，也可算得門下，將來敝老師對於虎弟當另有後命。有這幾層原因，所以晚輩想請滕老前輩暫居堡內，晚輩也可諸事叨教。」

范老頭子聽得這番話連連點頭，正想開口答話，忽見癡虎兒倏的立起身來，向他父親大聲說道：「我今天得能重見著父親，從此我也有了姓，也知道了自己的父母，好像另做一回人，這樣大恩大德，都是那赤城山見著的老神仙和黃大哥所賜。現在兒子在堡內，黃大哥又看待得勝如手足，難得黃大哥知道我的心，請父親一同住在堡內，這是最好沒有的了。父親橫豎沒有一定的家，尤其合適不過，父親快答應我黃大哥吧。」

滕鞏被他兒子像炒暴栗似的一陣叫喊，知道他兒子是個直心直眼的人，倒一時弄得不能開口。但是左右一想，也只可如此，就連連向黃九龍拱手道：「小兒承蒙熱心照拂，已是過意不去，又添一個老朽去打擾，於心實在不安。」

黃九龍知道他心裡已經願意，不禁大笑道：「滕老前輩何必太謙？我們略去私情不講，倘然滕老前輩對於敝老師的舉動，和敝堡一切設施表示同意的話，只看在地下幾位先朝志士面上，也應該當仁不讓的了。」

這時范老頭子也大笑道：「黃堡主真是快人快語，滕老弟雖然浪跡江湖，也是同道中人。今天氣味相投，無庸多說，就此一言為定，準照黃堡主意思同歸貴堡就是。」滕鞏究是鄉村本色，訥訥於言的總算默認了。

黃九龍笑道：「范老前輩，倘有餘興，和姑奶奶同兩位呂女士就此光降敝堡，指教指教。」

范老頭子未待說畢，拍手笑道：「好極了，本來老朽和黃堡主還有不少要緊話一談，不知今天一見面，就發生滕老弟天大喜事，沒有工夫細說。趁此酒醉飯飽，何妨就此掉船回堡，我們到了貴堡，也算不虛此行。」

黃九龍喜不自勝，正想吩咐啟碇回堡，滕鞏忽然向黃九龍拱手道：「承堡主盛情相邀，不敢推卻，但是俺有隨身一點行李和兩柄寶劍，寄存范兄府上，似乎應該回去取來，方可進堡。」

黃九龍道：「不要緊，回頭差一個妥當的湖勇，跟范老丈到柳莊取來就是。」滕鞏連聲道謝，黃九龍就命湖勇把大小三船一齊搖回堡，片刻到了近堡湖岸，眾人棄舟就陸，聯騎進堡。雙鳳是來過一次的，已略窺規模。范老頭、滕鞏、紅娘子是初次觀光，邊走邊四面觀玩，看得布置精嚴，形勢雄壯，各個讚不絕口。黃九龍、王元超又領導眾人在堡內各處參觀一周，然後在一間設備精雅的客廳內一齊落座。幾個湖勇奔走供應，紛獻芳茗，於是主客之間，又高談闊論起來。

這時舜華、瑤華兩人悄悄說了幾句，瑤華轉身從貼身取出一個小小的長方錦匣，交與舜華。舜華接到手，姍姍邁步，走到王元超面前，朱唇微啟道：「這就是令先祖征南先生所著的那冊內家秘笈，奉舍親千手觀音之命，從鐵佛寺彌勒佛肚內取來，說是到太湖以後，乘便親交王先生收藏。幾乎被醉菩提捷足劫去，幸而半途又被愚姐妹略使巧計暗地收回。收回以後，愚姐妹細看封裹嚴密，知道尚未洩露內容，可告無罪，愚姐妹也未敢私自拆開，所以內外依然封固，從此請王先生什襲珍藏好了。」

王元超慌忙恭身雙手接過，嘴上極力遜謝了幾句，可是內心這份高興，實在難以形容。想不到千迴百折，費盡心血，還取不到的這冊書，此刻容容易易有人雙手奉獻，而且出諸美人之手。接在手時，只覺匣上熱香四溢，猶有溫馨，想是瑤華貼身藏著，沾著玉體脂粉。舜華又婷婷的立在面前，口馥微度，鶯語如簧，益覺心中怦怦，不知如何答覆人家才好。等到舜華回身就座，王元超兀自捧著癡立出神。

紅娘子格格笑道：「王先生這一喜，也同我們滕叔今天父子巧遇一樣，這樣一比，呂家兩位妹妹，也是王先生的大恩人哩。」此言一出，雙鳳面孔一紅，眾人哄堂大笑。王元超從這笑聲中，斂神就座，趁勢向眾人道：「姑奶奶這句話，確也不錯，非但兩位呂女士一番跋涉，應該感激，就是師母千手觀音這番厚意，也應該銘諸五內的。不過她老人家居然有此一舉，按照平日同我們師父落落難合的情形，實在難以索解。」

范老頭子微微笑道：「此中自有道理，將來王居士自會明白。」這句話非但王元超不解，眾人亦愕然不測其故。可是雙鳳似乎別有會心，現出脈脈拈衣嬌羞不勝的樣子來，王元超也不理會，又向眾人道：「從前對於這冊秘笈，曾經同敝師兄說過，倘然能夠得到秘笈，有同道中人，絕不保守秘密，盡可公開研討。何況現在得此秘笈，全仗兩位呂女士的大力，應該先請呂女士過目才是。」

哪知舜華在這當口另有一點秘密的舉動，一見王元超意思之間，想把這冊書當眾公開起來，急得柳眉微蹙，玉掌連揮，向王元超道：「愚姐妹曾聽舍親千手觀音說過，這冊秘笈文字深奧異常，還夾著許多籀文奇字，不要說愚姐妹淺薄難解，就是在座幾位老少英雄，於此道也是門外漢。只有王先生文字高深，可以參透其中奧妙，所以舍親特地吩咐送交王先生收存，也是此意。將來王先生慢慢研究出來，再賜教我們不是一樣麼？」

范老頭子大笑道：「照這樣一說，這冊書在我手上，無異拿了一張白紙，就是讓醉菩提得去，也未見得看得懂，無非白瞪眼罷了。老朽以為書上無論說得如何奧妙，總須從多年苦功中揣摩出來，旁邊還須名師指點，這樣才能有用，僅僅捧著書本，是沒有用的。試看以前成名的幾位英雄，一身絕藝都是從投師訪友得來，何嘗有什麼秘笈呢？」

黃九龍道：「老前輩這番話，同晚輩所見相同，我們五師弟無非因為這冊秘笈是先人手澤，所以格外重視的。」王元超被眾人這樣一說，只好把手上秘笈籠在袖裡，且談別的。

這時走進一個湖勇，向黃九龍低低說了幾句話，黃九龍道：「命他進來就是。」湖勇轉身出去，不多時，即見一個身軀高大的頭目跨進廳來，先向眾人略一為禮，即轉身向黃九龍報告道：「今晨六七隻掛帆江船，駛進湖內，直到此刻還逗留在近市鎮的湖岸，每隻船上都有十幾個雄壯漢子，其中還夾著個相貌猙獰的出家人，船上插著天竺進香的旗子，但是現將冬令，並非香汛當口，而且船上的人絡繹上岸，借購買食物為名，細細打聽柳莊方向和范家的情形，又打聽了我們堡內。鎮上商鋪看得形跡可疑，平日又有堡主命令，只隨口敷衍，並沒說出真話，一面暗地趕來報告。那時堡主正在遊湖，先由堡內派幾撥幹練的弟兄扮作本湖漁舟，向那幾隻船上暗地巡查了一遍。窺得那幾隻船上並無貨物眷口，只每隻船上擱著長長的幾捆蒲包，形式上看去，好像藏著火器兵刃一類的東西。確有可疑的地方，所以報告堡主請示辦法。」

黃九龍聽了頭目的報告，仰頭思索了片刻，點頭道：「好，此刻你先傳令通知遠近各要口弟兄，嚴密駐守，稽查出入，不准外人隨意進來。湖面多派幾批弟兄喬裝著漁舟，不時巡弋監視那幾隻船上的舉動，快去，快去。」

那頭目領命出去之後，廳內眾人都已聽明頭目的報告，尤其范老頭子已疑心陡起，想不出那幾隻船打聽柳莊的意思。正在沉思間，黃九龍笑道：「范老前輩想已聽得敝堡頭目的報告，這事可真透著奇怪。范老前輩多年隱跡，難道現在還有人知道蹤跡不成，來船打聽是善意還是惡意呢？」

范老頭子笑道：「雖說天有不測風雲，但是老朽多年不同外人來往，今天同黃堡主流連竟日，也是近幾年稀有的事。據貴頭目報告，那幾隻船確也可疑，打聽到老朽住址，更是令人難以索解。」

眾人都聽得這番消息，立時議論紛紛，各有主張。當下黃九龍道：「今天晚晌，我們不管那幾隻船如何舉動，敝堡和范老前輩的寶莊，總是謹慎一點的好。」這時紅娘子聽得自己父親和黃九龍這樣一說，未免心中忐忑不寧，立時鬧著回去。

范老頭子笑道：「你這妮子，總是遇著風便是雨，我同黃堡主自有安排的法子，何必焦急呢？」說罷，走到黃九龍跟前，微微笑道：「老朽有幾句要緊的話，想借一步同堡主談談。」黃九龍趕忙立起身，向王元超道：「五弟陪諸位隨意談談，俺同范老前輩另談幾句，再來奉陪諸位。」說畢，同范老頭子匆匆走出廳外。

這時紅娘子第一個焦急起來，急急的道：「我們老爺子今天真奇怪，從來不曾這樣媽媽蠍蠍的，竟然撇下眾位拉著黃堡主另談體己話起來，這不是顯著不對嗎？」

王元超笑道：「姑奶奶這倒錯怪了，也許范老前輩別有用意呢。」

滕鞏也含笑道：「王居士說的一點不錯，我只想貴頭目報告的事，最好我們這幾個人中，自己去探一個實在出來。倘然真有不利我們的地方，不用等他們動手，先來個先發制人，使他們知難而退，免得大動干戈。」雙鳳同王元超齊聲讚道：「好一個先發制人，滕老丈這句話，真真佩服。」

舜華卻笑說道：「那幾號江船既然形跡可疑，我們第一要探明是何路道，才能想對待的法子。」王元超連連點頭。正說著，范老頭子同黃九龍已大笑而進，黃九龍向眾人拱手道：「失陪失陪。」

范老頭子接口道：「彼此都是志同道合的好友，此後堡主毋庸客氣，倒是今晚我們恐怕都要費點手腳。將才黃堡主在廳外又得到案下幾批報告，說是太湖靠近江蘇震澤、吳江等水口，發現了幾隊水師遊弋湖邊，也是可疑。不過這種水師都是廢物，就讓他來了千萬軍馬，也不足慮。惟獨進湖的幾隻形跡可疑的船隻，倘然真有窺覦太湖的意思，其中主持的人，不是沒有耳朵的。豈不知太湖王的英名？既然敢來一試，定有恃而不恐的地方。而且自從黃堡主整理太湖以來，沒有出過事，今天突如其來的發生此事，其中定有別情，我們不能不謹慎從事。老朽此刻同黃堡主細細商量，我們第一步先要探得來船真確的消息，才可想法對待。要這樣去偵探，非從我們這般人內，推舉幾位親自出去一趟不可。」

王元超搶著說道：「這真叫英雄所見略同，剛才滕老丈同呂大小姐也這樣說來。」

黃九龍接口道：「既然所見相同，事不宜遲，晚輩就親自出去一趟，請老前輩同諸位暫且安坐，待我探得確實消息回來，大家再妥商辦法如何？」

黃九龍這樣一說，王元超、滕鞏都自告奮勇，也要前去。正在這樣論議當口，忽聽遠遠一陣吆喝聲，霎時足聲雜遝，跑進幾個湖勇，變貌變色的向黃九龍稟道：「此刻堡外突然來了一個奇形異服的怪漢子，口口聲聲喊著堡主的名字，不待通報，徑往內直闖。弟兄們阻擋不住，都被他破袖一甩，一個個滾跌開去。」話猶未了，又是一陣喧嘩，夾雜著幾個頭目大嚷怪叫，響成一片，似乎那怪漢已進堡內。

黃九龍倏的雙眉一揚，厲聲喝道：「何人敢這樣無禮？待我出去。」一言未畢，猛聽得廳外霹靂般一聲怪喝道：「嘿，老三如此無禮，難道藏著花不溜丟的小媳婦不敢見我嗎？人生行樂耳，這又何妨，只要你捨得幾瓶太湖佳釀，誰耐煩管這些些鳥事咧！」

這一陣胡喊，只把廳內幾位女客臊得柳眉倒豎，滿臉紅霞。黃九龍面上益為掛不住，恨得牙癢癢的，也不細辨來人語音，一抬身，就想一個箭步竄上廳去。不料廳簾一揚，劈面吹進一陣濃厚的酒氣，接著突的跳進一個黑蓬蓬的怪漢子，幾乎同黃九龍撞個滿懷。慌忙向後一退，定睛一看，黃九龍、王元超同時啊喲一聲，趨前幾步，向怪漢一躬到地齊聲歡呼道：「真想不到是二師兄駕到，未曾遠迎，恕罪，恕罪！」

那怪漢子脖子一挺，鬚髮齊飛，仰面哈哈大笑道：「我算定老五也在此地，果然不出所料。閒話少說，這幾位高朋面生得很，恕我來得魯莽，擔待擔待。」說罷，向眾人掃地一揖。他這一周旋不要緊，只把滿身酒氣都發散出來，像箭也似的射進眾人鼻管。只把雙鳳同紅娘子薰得噁心脹腦，連連後退，可是一看那怪漢情形，又樂得咬牙齧唇，幾乎笑出聲來。

請續看《虎嘯龍吟》中　虎穴龍潭

近代武俠經典復刻版

虎嘯龍吟(上) 劍氣騰霄

作者：朱貞木
發行人：陳曉林
出版所：風雲時代出版股份有限公司
地址：10576台北市民生東路五段178號7樓之3
電話：(02) 2756-0949
傳真：(02) 2765-3799
執行主編：劉宇青
美術設計：吳宗潔
業務總監：張瑋鳳

出版日期：2024年8月
ISBN：978-626-7464-44-1
風雲書網：http://www.eastbooks.com.tw
官方部落格：http://eastbooks.pixnet.net/blog
Facebook：http://www.facebook.com/h7560949
E-mail：h7560949@ms15.hinet.net
劃撥帳號：12043291
戶名：風雲時代出版股份有限公司

風雲發行所：33373桃園市龜山區公西村2鄰復興街304巷96號
電話：(03) 318-1378
傳真：(03) 318-1378
法律顧問：永然法律事務所 李永然律師
北辰著作權事務所 蕭雄淋律師

行政院新聞局局版台業字第3595號 營利事業統一編號22759935

定價：320元

國家圖書館出版品預行編目資料

虎嘯龍吟 / 朱貞木著. -- 臺北市：風雲時代出版股份有限公司, 2024.07
冊； 公分
ISBN 978-626-7464-44-1(上冊：平裝). --

857.9 113007063